SAUERLÄNDER

Kathrin Tordasi wurde in der Nähe von Stuttgart geboren und wuchs mit den Büchern von Astrid Lindgren, Michael Ende und Kenneth Grahame auf. Seit 2012 lebt sie in Berlin und gibt zu viel Geld in ihren Lieblingsbuchläden aus. Sie schreibt am liebsten in Cafés und verbringt ihre Freizeit entweder am Meer oder auf ihrem grünen Stadtdschungelbalkon.

Weitere Informationen zum Kinder- und Jugendbuchprogramm der S. Fischer Verlage finden Sie unter www.fischerverlage.de

Kathrin Tordasi

Nachtschattenwald

Auf den Spuren des Mondwandlers

SAUERLÄNDER

Weitere Bücher der Autorin bei FISCHER Sauerländer:
»Brombeerfuchs. Das Geheimnis von Weltende«

Aus Verantwortung für die Umwelt hat sich der Fischer Kinder- und Jugendbuch Verlag zu einer nachhaltigen Buchproduktion verpflichtet. Der bewusste Umgang mit unseren Ressourcen, der Schutz unseres Klimas und der Natur gehören zu unseren obersten Unternehmenszielen.
Gemeinsam mit unseren Partnern und Lieferanten setzen wir uns für eine klimaneutrale Buchproduktion ein, die den Erwerb von Klimazertifikaten zur Kompensation des CO_2-Ausstoßes einschließt.
Weitere Informationen finden Sie unter: www.klimaneutralerverlag.de

MIX
Papier aus verantwortungsvollen Quellen
FSC® C083411
FSC www.fsc.org

2. Auflage: September 2021

Originalausgabe
Erschienen bei FISCHER Sauerländer

Umschlagabbildung und -gestaltung: Isabelle Hirtz, Hamburg (Inkcraft) mit Maximilian Meinzold
Satz: Dörlemann Satz, Lemförde
Druck und Bindung: CPI books GmbH, Leck
Printed in Germany
ISBN 978-3-7373-5812-5

Für Mama

Inhaltsverzeichnis

Hannah

Sie hatte die Regeln gebrochen. Hannah wusste es, und sie wusste auch, was als Nächstes passieren würde.

Sie lief durch den Wald, bahnte sich einen Weg durch hüfthohe Farnwedel und knackendes Springkraut. Halb hoffte sie, noch ein Versteck zu finden, aber eigentlich war ihr bereits klar, dass ihr das nicht gelingen würde. Sie sah hoch und erhaschte einen Blick auf die Mondsichel, die zwischen den Blättern der Bäume hervorlugte.

Geh niemals nach Sonnenuntergang in den Wald.

Wie oft hatte ihre Mutter ihr diese Regel eingetrichtert?

Am Tag können wir uns frei bewegen, können pflanzen, ernten, Verstecken spielen und so weiter. Aber die Nacht gehört dem Wald. Sie gehört dem Mondwandler.

Hannah blieb abrupt stehen. Sie hatte eine Stelle erreicht, an der der Waldboden in einen steinigen Krater abrutschte. Sie ging in die Knie und versuchte herauszufinden, wo sie am besten nach unten klettern konnte.

Je weiter sie sich von der Lichtung entfernte, auf der sie Finn zurückgelassen hatte, umso besser.

Die Geschichte, die ihre Mutter ihr eingebläut hatte, hallte weiter in ihren Ohren nach.

Der Mondwandler hält Ausschau nach denen, die die Regeln brechen und sich zur Schutzzeit außerhalb ihrer Häuser aufhalten. Und wenn er so einen Regelbrecher findet, dann entführt er ihn, bringt ihn in sein Lager und versetzt ihn in einen immerwährenden Schlaf.

Warum macht er das? Diese Frage hatte Hannah mehr als einmal gestellt.

Weil es das Gleichgewicht so vorsieht, hatte ihre Mutter geantwortet.

Sie hoffte so sehr, dass ihr kleiner Bruder in Sicherheit war.

Sie schwang ihre Beine über den Rand des Kraters und suchte mit der Schuhspitze nach Halt, als ihr auffiel, wie still der Wald geworden war. Sie drehte sich um. Ein Lufthauch blies durch den Farn und ließ die Wedel zittern.

Er ist hier, dachte sie. Gänsehaut kroch über ihren Nacken. Hannah begann, nach unten zu klettern, während der silbrig schimmernde Nebel zwischen den Farnblättern hervorquoll.

1
Explosion im Gewächshaus

Sechs Jahre später

Die Grünlilie hatte das Handy fast vollständig aufgeladen. Von seiner Bettkante aus konnte Finn das Licht des Akkus blau blinken sehen. Prima. Gerade rechtzeitig.

Ein Blick auf seine Armbanduhr verriet ihm, dass es neun Uhr morgens war. Der Efeu vor dem Fenster blockierte das Tageslicht, deshalb hatte er seine Nachttischlampe angeschaltet. Während Musik aus dem Wohnzimmer durch seine Tür drang, schnürte Finn seinen linken Stiefel zu, griff sich seine rote Kapuzenjacke und ging zum Fensterbrett.

Die Grünlilie, die Samira ihm zum letzten Geburtstag geschenkt hatte, stand in einem Tontopf, der mit bunten Mosaiksteinchen beklebt war. Lilly die Lilie hätte wie eine normale Zimmerpflanze ausgesehen, wäre da nicht das weiße Kabel, das wie ein Trieb aus der Erde wuchs. Samira hatte das Ende des Kabels so mit dem Wurzelstamm vernetzt, dass es den Bio-Strom, den die Lilie produzierte, direkt zu einem USB-Anschluss beförderte. Ein integrierter Wassertank sorgte dafür, dass Lilly immer gut gefüttert blieb.

Sie braucht eine Nacht, um den Akku aufzuladen, hatte Samira erklärt. *Danach läuft das Ding für mindestens zwölf Stunden. Krass, oder?*

»Krass«, wiederholte Finn jetzt mit einem Lächeln. Laut Display war der Akku jetzt bei hundert Prozent. Er fischte seine Kopfhörer aus der Jackentasche, pfriemelte das Kabel durch den Kragen seines T-Shirts und unter dem Saum wieder heraus. Dann stöpselte er das Ende des Kabels in die Buchse und schob das Handy in die Gesäßtasche seiner Jeans. Jetzt nur noch den Rucksack auf den Rücken, die Machete einsammeln, und dann konnte es losgehen.

Finn lebte mit seinen Eltern in einer Wohnung, die über und über mit Krimskrams vollgestopft war. Zwei Sofas standen in der Mitte des Wohnzimmers, auf dem Couchtisch stapelten sich Strickpullover, und von der Decke baumelten Kräutersträußchen zum Trocknen.

Als Finn an diesem Morgen ins Wohnzimmer kam, saß seine Mutter auf einem der Sofas und strickte an einem Pulli aus sonnengelber Wolle. Sein Vater werkelte indes in der Küche herum, und der Duft von köchelndem Zucker und warmen Himbeeren erfüllte die Luft.

»Ich geh jetzt los«, rief Finn. Als er zu seiner Mutter ging, warf sie ihm kurz einen Blick über die Schulter zu.

»Vergiss die neuen Handschuhe nicht«, sagte sie.

Finn drückte ihr einen Kuss auf die Wange. »Ich denk dran.«

Er schnappte sich einen der Kekse, die auf einem Teller auf dem Sofa lagen, und machte noch einen Abstecher in die Küche.

Sein Vater hatte sich eine karierte Schürze umgebunden und rührte in einem großen Topf mit Himbeergelee. Dabei summte er vergnügt mit den Beatles mit.

Als Finn in die Küche kam, ließ er gerade ein paar Tropfen Gelee auf eine Untertasse fallen, um die Festigkeit zu prüfen.

»Alles bereit?«, fragte er Finn, ohne aufzusehen.

»Yep.« Finn ließ seinen Blick durch die Küche schweifen. Überall standen Einmachgläser. Finns Vater hatte sie abgekocht und kopfüber auf Handtücher gestellt. Bald würden sie gut gefüllt ihren Weg zum Tauschmarkt hinter der alten Bibliothek finden. Genauso, wie die Pullover auf dem Couchtisch.

»Probier mal«, forderte Finns Vater ihn auf und hielt ihm die Untertasse hin. Finn tippte seine Fingerspitze in das warme Gelee und schleckte es genüsslich ab.

»Gut!«

»Ja?«, Finns Vater runzelte die Stirn. »Nicht zu süß?«

»Kann es gar nicht sein«, antwortet Finn und stibitzte sich noch eine Kostprobe.

»Irgendwas sagt mir, dass ich deinem Urteil nicht trauen kann, o Spross meiner Lenden.« Finns Vater zog ihm den Teller weg und rührte weiter in seinem Topf. »Du übernachtest heute bei Oma, ja?«

»Yep.«

»Nimm ihr ein Glas Kirschmarmelade mit«, sagte er und

wies mit dem Kochlöffel auf einen Stapel Einmachgläser neben der Spüle. »Ist gestern Abend fertig geworden.«

»Mach ich«, sagte Finn, nahm sich eins der vollen Gläser und stopfte es auf dem Weg zur Haustür in seinen Rucksack.

»Handschuhe!«, rief seine Mutter aus dem Wohnzimmer.

»Ja, Mam!« Finn verzog das Gesicht, als er sich die neuen Schutzhandschuhe aus der Kiste neben der Wohnungstür schnappte und überstreifte. Sie waren ihm nicht nur ein Stückchen zu groß, sondern sie rochen sehr stark nach dem Imprägniermittel, mit dem sie eingesprüht worden waren.

Besser als Brennesselbrand, dachte Finn sich. Oder Bärenklaublasen. Oder Raupenätze.

Er rief seinen Eltern ein letztes *Bis morgen!* zu, nahm seine Machete vom Haken neben der Tür und verließ die Wohnung.

Finns Familie wohnte im fünften Stock, direkt unter dem Dach. Das Erdgeschoss sowie die Stockwerke eins bis zwei waren bereits seit Jahren zugewachsen.

Als Finn jetzt die Treppe herunterkam, sah er, dass sich der Wald in Form von Dickicht und grünen Ranken bereits bis zum oberen Treppenabsatz des vierten Stocks hochgekämpft hatte. Ein paar besonders motivierte Schnecken krochen über die Reste des roten Teppichs, der früher die Treppenstufen verkleidet hatte.

Finn stupste das gekringelte Ende einer Ackerwinde mit dem Stiefel an. Wurde demnächst mal wieder Zeit für eine GreenX-Sprühaktion. Geschickt stieg er über die Schnecken auf die Planke, die wie eine Brücke vom Treppenabsatz zu dem Loch in der Hauswand führte. Er balancierte zum Ausgang und verharrte kurz, um sich auf den Übergang in den Wald vorzubereiten.

Die Bäume rings um das Haus standen dicht an dicht, und direkt gegenüber dem Ausgang wuchs eine riesige Linde. Der Stamm war so dick wie ein Wehrturm, und die Äste reichten bis weit über das Dach von Finns Haus. Vor ein paar Monaten hatte ein Ast eine der Solarantennen umgeknickt, die Finns Eltern dort oben aufgestellt hatten.

Da haben wir wohl geschlafen, hatte Finns Vater kommentiert und geseufzt. Normalerweise funktionierte das Leben mit dem Wald ganz gut. Man musste jedoch darauf achten, dass alles im Gleichgewicht blieb, damit die Natur nicht doch noch alles überwucherte. Dafür gab es Regeln, aber wie gesagt: Wenn man die befolgte, kam man hier eigentlich ganz gut klar.

Finn sog tief die Luft ein, dann kletterte er an der Strickleiter hinunter in die tieferen Ebenen des Waldes.

Finns Welt war grün, und er hatte sie nie anders gekannt. In alten Filmen konnte man sehen, wie es früher auf diesem Planeten ausgesehen hatte. Die Bilder zeigten Spielplätze zwischen Backsteinhäusern, Eisdielen in trubeligen

Fußgängerzonen und Menschen, die Bücher in fahrenden S-Bahnen lasen. Aber das alles hatte sich schon vor Finns Geburt radikal geändert.

Hier, wo Finn lebte, wuchs heute ein riesiger Urwald – genauso, wie auf dem Rest der Welt. Oder zumindest dem Rest des Kontinents. So genau wusste das keiner, denn Telefone oder Internet funktionierten schon lange nicht mehr.

Finn hatte den Waldbezirk, in dem er wohnte, noch nie verlassen. Es gab auch keinen Grund dazu. Alles, was er brauchte, war hier. An ein paar Tagen in der Woche fand in der alten Stadtbibliothek Schulunterricht statt. Zumindest wenn keine Ernte- oder Pflanzzeit war. Alles, was die Menschen aus Finns Bezirk an Lebensmitteln brauchte, stellten sie selbst her. Und was sie nicht selbst herstellen konnten, bekamen sie auf den Tauschmärkten, die auf den Grenzplätzen zwischen den Bezirken stattfanden. Warum sollte Finn woanders hinwollen? Seine beste Freundin Samira war hier und seine Familie.

Außerdem sind wir zu Hause sicher, dachte Finn, während er die Strickleiter hinunterkletterte. Zumindest tagsüber.

Unten angekommen, sprang er von der letzten Sprosse der Leiter und sah sich um. Diesen Moment mochte er nicht so gern. In die tiefen Ebenen des Waldes einzutauchen war, als würde man sich unter Wasser sinken lassen. Das Licht wurde dunkler und zäher, es roch nach feuchter Erde und moderndem Laub, und alles um einen herum schien sich in sachten Wellen zu bewegen. Finn hatte ein sehr gutes Gehör, und das machte den Wald in seinen Ohren noch lebendiger. Irgendwo raschelte immer ein Tier, tropfte Wasser auf die Blätter eines Busches, oder surrten Insekten durch ein Gestrüpp aus Brennnesseln und Giersch.

Wie immer war Finn dankbar für Hannahs rote Kapuzenjacke. Sie war zwar weich, fühlte sich aber trotzdem wie eine Art Rüstung an. Er trug sie beinahe jeden Tag, seit er sie aus dem Schrankfach seiner Schwester genommen hatte. Finn zog den Reißverschluss hoch.

Früher, als er noch mit Hannah im Wald unterwegs gewesen war, hatte sie ihm immer Geschichten erzählt. Über Irrlichter und winzige Baumgeister, die sich zwischen den Blättern versteckten. Mittlerweile war er alt genug, um zu wissen, dass sie sich diese Wesen nur ausgedacht hatte. Trotzdem hatte er ab und an das Gefühl, dass ihn jemand bei seinen Streifzügen durch den Wald beobachtete.

Alles Unsinn, natürlich. Finn straffte die Schultern und ging zu den bunten Nylonschnüren, die nicht weit vom Haus an einer Eisenstange festgebunden waren. Die Schnüre waren straff gespannt und führten in kerzengeraden Linien in fünf verschiedene Richtungen hinein in die Wildnis.

Hier im Unterwald war es sinnlos, Wege anzulegen, denn jeden Pfad, den man sich bahnte, hatte der Wald spätestens zwei Tage später wieder verschlungen. Die Wegfäden waren eine gute Alternative, denn sie wiesen einem die richtige Richtung, und die Natur wucherte einfach um sie herum.

Finn sah den roten Faden entlang, der ihn zum Haus seiner Großmutter führen würde. Yep. Der Faden verschwand nur wenige Meter entfernt in einem Gestrüpp aus Lindengrün, mannshohem Gras und Ahornschösslingen, das über Nacht gewachsen war.

»Dann mal los«, murmelte er. Er prüfte noch mal den Akku seines Handys, stöpselte sich seine Kopfhörer in die Ohren und schaltete die Musik an. Dann packte er seine Machete und bahnte sich einen Weg durch das üppige Grün.

Oma Veras Haus lag nicht weit entfernt, aber je nachdem, wie wild der Wald seit Finns letztem Besuch gewuchert war, konnte der Weg zu ihr auch mal eine Stunde dauern. Heute ging es schneller, denn kurz nachdem er den siebten Song auf seiner Playlist gehört hatte, kam er an eine Stelle, die schon jemand anderes gerodet hatte. Die rote Nylonschnur führte durch eine Schneise aus abgesäbelten Ästen und niedergetretenen Ranken. Finn steckte die Machete in die Halterung an seinem Gürtel, stellte seine Musik ab und ging weiter, dankbar für die Verschnaufpause.

Links und rechts ragten Wände aus Holundergestrüpp, Hopfen und Waldreben auf, so dass er sich fühlte, als würde er durch einen Tunnel gehen. Der Boden mit dem ganzen abgerissenen Laub war weich unter seinen Füßen, und jetzt fielen auch einzelne Sonnenstrahlen schräg durch das Dickicht. Die fedrigen Samen der Waldreben tanzten in den Lichtstreifen.

Mit wachsender guter Laune ging er auf das Ende des grünen Tunnels zu. Dort vorne sah er schon die mit wildem Wein überwachsene Gartenmauer von Oma Veras Grundstück und die riesigen Sonnenblumen, die dahinter ihre gelben Köpfe in die Höhe streckten. Nicht mehr lange, dann würde er mit Oma Vera und Samira in der Laube sitzen. Bestimmt hatte seine Oma Rosinenbrötchen gebacken. Es würde Tee geben, frische Butter, dazu die Kirschmarmelade von Finns Vater und …

RUMMS.

Ein ohrenbetäubender Knall, gefolgt von einem lauten Klirren und Scheppern, ließ den Boden unter Finns Füßen erzittern. Kurz schien der ganze Wald die Luft anzuhalten, dann gab es ein Krachen, ein Rascheln, und vom Haus her brüllte Oma Veras zutiefst empörte Stimme:

»SAMIRA!«

2
Diebische Elstern

Das Dach des Gewächshauses lag überall im Garten verstreut. Glasscherben glitzerten im Rasen, in den Hochbeeten und zwischen den Mangoldpflanzen. Und dort, wo das Dach eigentlich sein sollte – nämlich *auf* dem Gewächshaus – ragte jetzt ein Apfelbaum empor. Die Krone befand sich in etwa zehn Metern Höhe, die Äste ragten nach allen Seiten über das Gewächshaus hinaus, und der Stamm drückte von innen gegen die Wände. Von den Setzlingsbänken, die Oma Vera drinnen aufgestellt hatte, waren jetzt bestimmt nur noch Splitter übrig.

Finn, Oma Vera und Samira standen auf der Wiese vor dem zerstörten Gewächshaus und dem Baum, der vor fünf Minuten noch nicht existiert hatte. Oma Vera trug eine Latzhose, und ein grünes Tuch hielt ihre orangeroten Haare im Zaum. Mit in die Hüfte gestemmten Händen starrte sie zur Krone des Apfelbaumes empor. Samira stand neben ihr und hatte ihre Schutzbrille hoch auf den Kopf geschoben. Ihr Gesicht war schwarz vom Ruß. Bis auf das bisschen hellbraune Haut um ihre Augen, das von der Brille geschützt gewesen war.

»Du hast wieder versucht, dein Schrumpfserum zu brauen?«, fragte Oma Vera.

»Ja«, antwortete Samira.

»Und weil du dich bei deinem Rezept verrechnet hast, hat das Serum wie ein Wachstumsbeschleuniger gewirkt?«

»Ja.«

Noch während sie hinsahen, löste sich ein roter Apfel von einem der unteren Äste und fiel polternd zu Boden.

Oma Vera seufzte. »Naja. Immerhin wird es in diesem Herbst viel Apfelmus geben.«

Eine halbe Stunde später saßen Finn und Samira in Oma Veras Küche und tranken Zitronenlimonade. Die Küche lag im Erdgeschoss und hatte an der linken Seite eine riesige Glasfront mit Schiebetür. Der Übergang zum Garten war fast fließend, denn die Klematis, die an den Pfeilern des Terrassendachs hochwuchs, hatte auch ein paar Ranken über die Decke der Küche ausgestreckt. Wie Fühler tasteten sie sich ins Innere des Hauses.

Oma Vera machte das nichts aus. Sie war in einer Zeit aufgewachsen, in der es noch Städte gab und der Wald nicht so wild wucherte wie jetzt. Aber sie behauptete steif und fest, dass sie nichts von früher vermisste. Im Gegenteil, sie liebte den Wald und seine Kapriolen. Sie hätte die Klematis aufhalten können, immerhin hatte sie GreenX erfunden, einen der besten Wachstumsregulierer, die es derzeit gab. Aber sie hielt nichts davon, den Wald zurückzudrängen, solange es keinen wirklichen Grund dafür gab. Für sie reichte es aus, ihren riesigen Garten und ihre Beete vor dem Vormarsch der Wildnis zu schützen. Und wenn ihr keine Blätter in die Teetasse fielen.

Während Finn und Samira am Tisch saßen, kochte Oma Vera in einem großen Topf Rainfarn. Der Sud daraus würde später in Flaschen abgefüllt und dann als Antilausspray verwendet werden. Der Geruch war eigenartig angenehm und erinnerte Finn an Pfefferminztee.

Samira hatte sich das Gesicht gewaschen. Ihre Schutzbrille hing an einem Riemen um ihren Hals. »Ich hätte mehr von der Nonansäure verwenden sollen«, sagte sie. »Ich war zu vorsichtig, das war der Fehler.

Oma Vera schnaubte amüsiert. »Herzchen, du bist vieles, aber nicht zu vorsichtig.«

Samira warf Finn einen empörten Blick zu, aber der zuckte nur mit der Schulter und grinste. »Sie hat recht.«

»Mit Vorsicht hat noch nie jemand Fortschritte gemacht«, brummte Samira, brach ein Stück Brot ab und tunkte es in die Kirschmarmelade, die Finn mitgebracht hatte.

Samira war Finns beste Freundin. Er hatte sie vor sechs Jahren kennengelernt, kurz nachdem sein Leben aus den Fugen geraten war. Das war keine gute Zeit für ihn gewesen. Aber Samira hatte ihn abgelenkt, hatte ihn mit ihrer Neugier immer wieder aus der Reserve gelockt und ihn mit ihren Streichen zum Lachen gebracht. Damals hatte sie ausgesehen wie eine kleine runde Eule mit ihren zerzausten schwarzen Haaren und den großen grauen Augen.

»Du könntest eine Probe aus dem Baum entnehmen«, schlug Oma Vera vor. »Wenn du die in ihre Bestandteile zersetzt, findest du vielleicht heraus, woran es lag.«

»Gute Idee«, antwortete Samira. »Was nehme ich da am besten? Lösung 4-B?«

»Nimm besser was aus der C-Sparte«, sagte Oma Vera. »Finn, braucht ihr noch mehr Brot?«

»Danke, Oma, wir sind versorgt.«

Finn füllte sich gerade Limonade nach, als er etwas Weiches, Warmes an seiner Wade spürte. Eine von Oma Veras Katzen strich um seine Beine herum, aber der Blick ihrer grünen Augen war ganz auf Samira fixiert. Samira bemerkte es und legte rasch die Hand über die Gürteltasche, die sie neben sich auf den Tisch gelegt hatte. Finn hob fragend eine Augenbraue, und Samira öffnete die Finger einen Spaltweit. Ein kleiner weißer Frosch streckte sein Köpfchen aus der Tasche.

»Ich hab ihn im Gewächshaus gefunden«, flüsterte Samira. »Kurz bevor, na, du weißt schon. Puff!« Sie blies die Backen auf, um die Explosion nachzuahmen. »Es war die Nonansäure«, sagte sie nachdenklich. »Ich bin mir fast sicher.« Die Katze lief auf sie zu, und sie schob sie sacht mit dem Fuß beiseite. »Ich will mir meine Notizen noch mal ansehen, kommst du mit?«

»Logo«, sagte Finn und trank seine Limonade aus.

Samira stand auf und wich der hartnäckig um sie herumschleichenden Katze aus. »Wir gehen ins Labor«, verkündete sie.

»Alles klar«, sagte Oma Vera, ohne sich umzudrehen. »Und den Frosch setzt du vorher noch hinter der Gartenmauer aus, ja? Wir brauchen wirklich nicht noch mehr Amphibien in unserem Teich.«

»Mhm«, sagte Samira, nur um danach in Finns Richtung zu nuscheln: »Deine Oma hat Augen am Hinterkopf, wusstest du das?«

»Behauptet meine Mama auch«, gab er ebenso leise zurück.

Während die beiden auf die Terrasse hinausgingen, rief Oma Vera ihnen hinterher: »Wenn ich noch eine einzige zusätzliche Stimme in dem nächtlichen Gequake höre, schütte ich den Teich mit Zement zu!«

Samira verdrehte die Augen, und Finn war sich ziemlich sicher, dass sie den Frosch behalten würde.

Als es Abend wurde, lagen Finn und Samira auf Samiras Bett. Ihr Zimmer lag direkt unter dem Dach. Sie hatte die Dachschrägen mit Pflanzenzeichnungen vollgeklebt und sogar Formeln direkt auf die Tapete geschrieben. Wenn Samira eine Idee hatte, musste die weiter ausgetüftelt werden, und zwar sofort.

Ableger von Lilly der Grünlinie standen auch überall herum und versorgten Samiras elektrischen Kram mit Strom. Sie hatte einen Laptop, auf dem an die hundert Filme gespeichert waren, einen E-Book-Reader, den Samiras Mutter von ihrer eigenen Mutter geerbt hatte, und ein halbes Dutzend Lichterketten, die sie an den Wänden und der Decke befestigt hatte.

Finn lag auf dem Bauch und spielte Musik von seinem Handy ab. Samira lag auf dem Rücken und ließ den weißen

Frosch über ihre Hand krabbeln. Einen wie ihn hatte Finn tatsächlich noch nie gesehen. Seine Haut war so blass, dass man Schatten der Adern darunter sehen konnte. Seine Augen waren glänzend schwarz und so rund wie Stecknadelköpfe.

»Hey Mira, denkst du, es gibt mehr wie ihn?«, fragte Finn. »Oder ist er eine Ausnahme?«

»Keine Ahnung«, sagte Samira. »Aber er ist total hübsch, findest du nicht?«

»Sieht aus wie ein weißer Edelstein«, stimmte Finn ihr zu. »Und hey, er quakt nicht.«

»Braver Frosch«, lobte Samira mit einem Schmunzeln.

Finn und Samira hatten schon immer viel Zeit bei Oma Vera verbracht. Finn liebte es, mit seiner Oma im Garten zu werkeln oder abends Karten und Mensch ärgere Dich nicht zu spielen. Samira mochte das alles auch und war zusätzlich fasziniert von Oma Veras Labor und ihren Erfindungen. Finns Oma wiederum wusste Samiras Forscherdrang zu schätzen und unterstützte sie dabei, immer mehr Wissen über Chemie, Botanik, Biotech und Pflanzenenergie anzusammeln.

»Solange ihr nicht irgendwann unseren Bezirk bei euren Versuchen abfackelt«, hatte Finns Mama gesagt, als sie alle zusammen bei Pellkartoffeln und Gurkensalat im Garten gesessen hatten und Samira von ihren neuesten Experimenten erzählt hatte.

Oma Vera hatte nur mit den Schultern gezuckt. »Und wenn, dann würde dieser kleine Überflieger hier im Nu einen superwirksamen Löschschaum erfinden.«

Samira hatte über das ganze Gesicht gestrahlt und sich an ihren Vater gekuschelt. Kurz darauf war Samira bei Oma Vera eingezogen. Vorübergehend, bis ihre Eltern zurückkamen. Die waren zwei der wenigen Forscher, die sich über die Grenzen der einzelnen Bezirke hinauswagten. Das war vor einem Jahr gewesen.

»Nächstes«, sagte Samira. Finn drückte auf die Weiter-Taste auf seinem Handy, und die Musik wechselte zum nächsten Track. Er mochte Samiras Zimmer. Es fühlte sich ein bisschen wie ein Baumhaus an. Von der Welt abgeschottet, gemütlich. Während draußen die Sonne unterging, funkelten hier drin die Lichterketten, und durch das offene Fenster drang die kühle Abendluft.

»Vielleicht gibt es tiefer im Wald mehr von seiner Sorte«, sagte Samira.

»Lass mich raten«, sagte Finn, »du würdest am liebsten los und nach seinen Artgenossen suchen, richtig?« Er sagte es leichthin, hatte dabei aber ein mulmiges Gefühl im Magen. Samira zuckte mit der Schulter und hielt dem Frosch den Finger vor das Schnäuzchen. »Wenn die Erwachsenen mich lassen würden, sofort.« Sie presste die Lippen zusammen. »Die richtige Ausrüstung habe ich eh schon.«

Ein Schatten schien sich über ihre Augen zu legen. Finn wusste, dass sie an ihre Eltern dachte. Er wartete ab, ob sie noch etwas sagen wollte, aber sie schwieg. Nur ihr Blick wurde trauriger.

Zeit für eine Ablenkung.

»Du würdest also bei der erstbesten Gelegenheit in den

Wald stiefeln«, sagte er. »Ich habe echt keine Ahnung, warum Oma Vera denkt, du wärst unvorsichtig!«

Samiras Mundwinkel zuckte nach oben. »Sie hat ja recht.«

»Ach, auf einmal?«

Samira streckte ihm die Zunge heraus. »Ich werde nie vorsichtig sein«, sagte sie. »Vorsichtig ist langweilig.«

Finn schnaubte. »Das ist dein Motto, oder?«

Samira grinste. »Yep.« Der Frosch schnupperte an ihrem Finger. »Ich glaube, ich gebe ihm einen Namen«, sagte sie. »Hast du eine Idee?«

»Schneeball«, schlug Finn vor.

»Sahnehäubchen«, konterte Samira. »Oder hey, wie wär's mit Veras Nervensäge?«

Finn prustete schon, als ihm das Aufheulen einer Sirene jäh das Lachen abschnitt. Sofort fuhr er kerzengerade in die Höhe. Kurz verharrten er und Samira starr auf dem Bett, dann heulte der Alarm unten vor dem Haus erneut los.

Finn und Samira wechselten einen Blick.

»Elstern!«, knurrte Samira, steckte den Frosch in die Fronttasche ihrer Latzhose, und sprang vom Bett.

Auf dem Weg nach unten nahm Finn immer zwei Stufen auf einmal. Die Sirene auf der Gartenmauer heulte ein drittes Mal auf, als er nach draußen rannte.

»Finn!« Oma Vera tauchte neben ihm auf. Sie trug einen

Morgenmantel über ihrem Pyjama, und die frisch gewaschenen Haare klebten ihr am Kopf.

Samira machte neben ihnen halt, und gemeinsam starrten sie in den Garten, der schon fast in den Schatten der umstehenden Bäume versunken war. Finn sah, wie sich das letzte rote Glimmen des Himmels auf einer Glasscherbe im Gras widerspiegelte. Dann bemerkte er den Schatten, der zwischen den Mangoldstauden hindurch hinter das Gewächshaus huschte.

»Da!«, rief er, während drei weitere Gestalten von der Rückseite des Hauses in Richtung Gewächshaus rannten.

»Diese feigen Banditen!«, fluchte Oma Vera. »Die sind gekommen, um unsere GreenX-Vorräte zu klauen!«

Samira ballte die Fäuste. »O nein, kommt nicht in die Tüte!« Und mit diesen Worten rannte sie los.

»Samira!«, schrie Oma Vera, aber es war schon zu spät.

Oma Vera packte Finn an der Schulter. »Warte hier«, sagte sie und rannte dann weiter fluchend zum Haus zurück.

Finn stand wie angewurzelt da. *Es wird dunkel*, warnte eine Stimme in ihm. *Es wird schon richtig dunkel.* Vor ihm lag der schattengraue Garten, und er hörte genau, wie immer mehr Eindringlinge mit verräterischem Rascheln zur Rückseite des Grundstücks flohen. Er sah zum Himmel hoch, auf den schmalen Streifen aus Sonnenlicht über den Baumkronen. Die Nacht war nur noch wenige Minuten entfernt, und keiner von ihnen sollte jetzt noch hier draußen sein.

Aber Samira war hier irgendwo im Garten, und wenn

sie so richtig wütend war, dann würde sie die Elstern wer weiß wohin verfolgen. Finns Herz pochte dumpf in seiner Brust, und eine Angst, die er sehr gut kannte, kroch seinen Rücken herauf. Er dachte an eine Lichtung, an Schmetterlinge, die in der Dunkelheit verschwanden, und an krachendes Holz …

Nein, er durfte sich jetzt nicht von seiner Angst besiegen lassen. Er biss die Zähne zusammen, packte den erstbesten Gegenstand – eine Gießkanne aus Blech – und rannte Samira hinterher.

Hinter dem Gewächshaus sah er sich um. Von Samira fehlte jede Spur, aber da, am Bohnengatter bewegten sich die Blätter.

»Ich seh dich, du Dieb!« Er hatte es kaum gerufen, da sprang eine Gestalt hinter dem Gatter auf und floh in Richtung Gartenmauer. Wut kochte in Finn hoch. Er packte die Gießkanne fester und nahm die Verfolgung auf. Das war der dritte Überfall in diesem Sommer. Und jetzt war Samira wegen diesen Mistkerlen in die aufziehende Nacht gerannt.

»Bleib stehen!«

Der Eindringling, der vor ihm davonlief, war gerade mal so groß wie er – und nicht viel schneller. Trotzdem sah es danach aus, als würde er entkommen. Die Gartenmauer ragte vor ihnen auf, und im letzten Zwielicht sah Finn die Strickleiter, die die Elstern über die Backsteine geworfen hatten. Die Gestalt war fast dort.

Mit einem wütenden Aufschrei warf Finn die Gießkanne. Sie traf den Dieb an der Schulter und er strauchelte, packte dann aber doch die Leiter und begann, an ihr hinaufzuklettern. Da hatte Finn ihn allerdings eingeholt und packte ihn am Knöchel.

Ein wütendes Knurren entfuhr dem Einbrecher. Finn packte das Hosenbein des Kerls mit der anderen Hand und zerrte ihn mit einem Ruck von der Leiter herunter. Er stürzte mit einem spitzen Aufschrei zurück auf den Boden. Finn packte ihn an den Schultern, drehte ihn herum und erstarrte.

Der Dieb war ein Mädchen. Aber das war es nicht, was ihn überraschte. Sie war ein Mitglied der Elstern, die schwarz-weiß bemalte Holzfeder an ihrem Kragen ließ daran keinen Zweifel. Auf ihrem Kopf trug sie jedoch eine Pandabärenmütze: Eine Mütze aus weißem Kunstpelz, mit schwarzen Ohren, schwarzer Schnauze und Kulleraugen aus Perlen. Genauso eine Mütze hatte Finns Schwester in der Nacht getragen, als sie verschwunden war.

Nein, es war nicht genauso eine Mütze. Es war *dieselbe* Mütze. Auf der rechten Wange des Pandas prangte immer noch das kleine rosafarbene Herz, das Hannah dorthin genäht hatte.

Finn starrte das fremde Mädchen an, und sie starrte mit dunklen, wütenden Augen zurück. Bevor er irgendetwas tun oder sagen konnte, bevor er überhaupt seinen Schock überwinden konnte, flammten zwei Flutlichter über ihren Köpfen auf. Gleißend weißes Licht blendete Finn, und er hob schützend den Arm vor seine Augen. Das Mädchen nutzte ihre Chance und stieß ihn mit beiden Händen von sich. Finn stürzte auf den Rücken, und das Mädchen kletterte flink wie ein Eichhörnchen die Leiter hinauf. Er sah gerade noch, wie die schwarz-weiße Mütze hinter der Mauer abtauchte, dann war sie verschwunden.

Mit pochendem Herzen starrte Finn ihr nach. Gedanken wirbelten wie ein Blättersturm in seinem Kopf, aber dazwischen leuchtete immer wieder das weiße Kunstfell der Pandamütze auf.

Noch einen Herzschlag länger zögerte Finn, dann sprang er auf und kletterte dem Mädchen hinterher.

3
Der gelbe Schmetterling

In seinen Träumen kehrte Finn oft zurück zu der Nacht, in der seine Schwester verschwunden war. Dann war er wieder sechs Jahre alt und folgte einem Zitronenfalter in den Schatten der Bäume.

Es passierte im Juni. Finn und Hannah waren wie so oft bei Oma Vera zu Besuch. Eine Zeitlang hatten sie sich im Garten aufgehalten, dann waren sie durch das hintere Tor in den Wald gewandert. Ganz in der Nähe von Oma Veras Grundstück gab es eine Lichtung. Der Boden sackte hier ein wenig ab, so dass die Lichtung eine grüne Mulde zwischen den Wurzeln von Pappeln und Lindenbäumen bildete. Überall an den Rändern wuchs Geißblatt, und Wurzeln ragten wie die Buckel schlafender Drachen aus dem weichen Gras.

An jenem Nachmittag vergaßen Finn und Hannah die Zeit. Die Lichtung war ihr geheimer Platz, und dort hatten sie es sich gemütlich gemacht: Hannah auf einer Wurzel und Finn am Boden der Senke.

Finn liebte den Wald. Er liebte das Rauschen der Bäume, das Gezwitscher der Vögel und das Knacken von Ästen im Unterholz. Manchmal hörte er sogar ein zartes Klingeln, wie von silbernen Glöckchen. Auf den ersten Blick war alles so schön grün, und dann überraschte einen die wilde Natur mit weißen Blumentupfern, knallroten Beeren und dem warmen Braun von Erde und Rinde. Natürlich warnten ihn die Erwachsenen, und er befolgte die Regeln, die sie ihm beibrachten. Zumindest meistens. Aber er verstand nicht, warum sie ihre Umgebung so gefährlich fanden. Auf ihn wirkte der Wald wie ein freundliches großes Tier. So ein bisschen wie Oma Veras Stummelschwanzkater, der schnurrte, wenn man ihn am Bauch kraulte.

Während Finn also im Gras lag und die Ameisen beobachtete, die zu den Spitzen der Grashalme kletterten, saß Hannah auf ihrer Wurzel und malte. Finn liebte ihre Zeichnungen und betrachtete sie, wann immer er konnte. Hannah malte Naturgeister, denen sie ausgedachte Namen verpasste. Wurzelreiter, Blattlinge, Pfützenspringer. Manchmal malte sie nur die Umrisse, und Finn durfte die hüpfenden, tanzenden Wesen ausmalen.

Hannah besaß einen riesigen Kasten an Buntstiften und benutzte alle Farben des Regenbogens. So zog sie sich auch an. An jenem Nachmittag trug sie blaugrün geringelte Strumpfhosen, eine kurze Jeans, ein T-Shirt und ihre Pandamütze. Nur ihre geliebte rote Kapuzenjacke hatte sie zu Hause gelassen.

Hannah war sieben Jahre älter als Finn, aber man erkannte sofort, dass sie Geschwister waren. Sie hatte dasselbe glatte schwarze Haar wie er, dieselbe Stupsnase und dieselben braunen Augen. Allerdings war sie ein gutes Stück größer als er, und während seine Haare kurz geschnitten waren, hingen ihre lang auf die Schultern.

Eigentlich hatten die beiden Oma Vera versprochen, zum Abendessen zurück zu sein. Aber sowohl Finn als auch Hannah glaubten, dass sie noch jede Menge Zeit hatten, bevor der Abend hereinbrach. Sie irrten sich. Das Licht unter den Bäumen war unverändert matt und schimmerte grün, aber am Horizont jenseits der Wipfel stand die Sonne bereits gefährlich tief.

Vielleicht hätten sie es noch rechtzeitig bemerkt. Vielleicht wäre Hannah aufgefallen, dass die Schatten zwischen den Bäumen dunkler wurden. Doch dann sah Finn den Schmetterling.

Es war ein Zitronenfalter mit leuchtend gelben Flügeln. Er taumelte quer über die Senke und an Finns Nase vorbei. Fasziniert setzte Finn sich auf die Knie. Der Falter war größer als alle, die er bisher gesehen hatte. Er tanzte durch die Luft wie ein Blatt im Wind, drehte sich um sich selbst und segelte durch die dünnen Sonnenstrahlen, die durch das dichte Blätterdach der Bäume fielen. Wann immer er diese Lichtstreifen durchkreuzte, strahlte er wie ein lebendiger Stern.

Finn sprang auf die Beine. Und als der Schmetterling in fröhlichen Schlangenlinien aus der Senke hinaus in den Wald schwankte, ging Finn ihm nach.

Der Schmetterling flog voraus, und Finn folgte ihm, wie gefangen von dem schimmernden, federleichten Lufttänzer. Er kletterte über herabgefallene Äste, duckte sich unter mannshohem Farn hindurch und sprang über einen schmalen Bach. Der Schmetterling führte ihn immer tiefer in den Wald, bis sie plötzlich eine andere Lichtung erreichten und, oh, was für ein Anblick hier auf ihn wartete.

Er krabbelte mit seinen kurzen Beinen über eine letzte Wurzel, dann stand er staunend da. Diese Lichtung war größer, und der Boden war ein Meer aus blühenden Nesseln. Und über diesen Blumen tanzten Schmetterlinge – nicht nur zwei oder drei, sondern ein riesiger Schwarm. Wie ein Wirbelsturm kreisten sie über den Nesseln. Manchmal sah es so aus, als wären sie ein einziges Wesen, das sich in Wellen bewegte. Dann wieder blieb Finns Blick an einzelnen Faltern hängen und folgte ihrem Taumel durch das schwindende Licht. Die Flügel schienen die Sonne zu speichern: Als sich das dunkle Blau des Abends über die Lichtung senkte, leuchtete der Schwarm noch immer.

Finn starrte versunken auf das Schauspiel, bis die Schmetterlinge sich schließlich zerstreuten und das Licht aus ihren Flügeln wich. Erst dann bemerkte er die Dunkelheit, die sich um ihn herum gesammelt hatte. Erst dann bemerkte er, wie kühl die Luft geworden war.

Angst hatte er in diesem Moment noch nicht. Er war bisher nie bei Nacht draußen gewesen, und der dunkel-schattige, veränderte Wald machte ihn neugierig. Obwohl er alt genug war, um zu wissen, dass sich kein Mensch nach Sonnenuntergang im Wald aufhalten sollte.

Wenn es draußen dunkel wird, hatte seine Mutter ihm immer wieder erzählt, *dann erwacht der Mondwandler. Er schleicht auf leisen Pfoten durch den Wald und schnappt sich alle, die nicht rechtzeitig im Bett sind.*

Finn mochte die Geschichte vom Mondwandler, auch wenn sie ein bisschen gruselig war. Ihm gefielen die Namen, die seine Mutter verwendete: Mondwandler. Nachtschwärmer. So nannte sie diejenigen, die die Regeln brachen und nach Sonnenuntergang in den Wald gingen.

Hannah behauptete, dass der Mondwandler ein Naturgeist war, und hatte ihn schon ein paar Mal gezeichnet. Als einen Schatten, der sich hinter den Bäumen bewegte. Zusammen hatten sie sich sogar ein Spiel über ihn ausgedacht: Einer von beiden versteckte sich, und der andere spielte den Mondwandler, der sich auf die Suche nach einem ungehorsamen Kind machte. Finn versteckte sich dann unter dem Sofa, hinter dem Duschvorhang und unter seiner Bettdecke. Der Trick war, dass man keinen Laut von sich geben und nicht mal einen kleinen Zeh aus dem Versteck herausstrecken durfte.

Finn dachte nicht daran, dass er dem Mondwandler tatsächlich begegnen könnte. Während er sich auf der verlassenen Lichtung umsah, hatte er nur das Gefühl, dass er gerade etwas machte, wofür er Ärger bekommen könnte. Er wollte zurück zu Hannah gehen, aber er wusste nicht mehr, aus welcher Richtung er gekommen war.

Das war der Moment, in dem er das Klingeln hörte.

Gebannt blieb Finn ganz still stehen. Er kannte dieses Geräusch: das silberne Läuten von Glöckchen zwischen den Bäumen. Aber er hatte es noch nie so deutlich gehört. Das Läuten wurde schneller, aufgeregter, dann verstummte es. Kurz darauf ertönte aus der Tiefe des Waldes ein lautes Krachen.

Finn zuckte zusammen. Es hatte sich angehört, als ob ein Baum erst zersplittert, und dann zur Erde gestürzt war. Ein letztes Mal klingelte ein Glöckchen, dann raschelte das Dickicht hinter Finns Rücken, und jemand packte ihn an der Schulter.

»Finn!« Hannah drehte ihn zu sich herum und starrte ihn mit blassem Gesicht und großen Augen an. »Was machst du denn hier? Es ist schon dunkel, wir müssen –«

Weiter kam sie nicht, denn plötzlich begannen die Bäume, sich zu bewegen. Nein, das sah nur so aus. Die Erde bebte und ließ die Bäume zittern. Das Gebüsch jenseits der Lichtung raschelte und knackte, als ob sich etwas Großes den Weg in ihre Richtung bahnte.

Angst ist ansteckend. Als Hannah ihre Finger in Finns Schulter grub, spürte er die Furcht wie einen Funken in seiner Brust aufflackern.

»Hannah, ich will nach Hause«, sagte er, aber Hannah antwortete nicht. Sie starrte auf die gegenüberliegende Seite der Lichtung. Ein Vogel flog mit hektischen Flügelschlägen aus dem Unterholz auf und ließ sie beide zusammenfahren. Dann wurde es plötzlich ganz still.

»Hannah?«, fragte Finn leise. Sie nahm seine Hand, und sie beide sahen zu, wie ein seltsames, bläuliches Licht hinter den Bäumen aufglomm. Als würde ein schimmernder Nebel hinter den Ästen und Büschen aufziehen.

Hannah fasste Finns Hand fester, dann sah sie sich hektisch um.

»Komm mit«, drängte sie und kletterte mit ihm auf die Wurzeln hinter ihren Rücken. Rasch lotste sie ihn zu einem nahen Baumstamm, an dessen Fuß ein dunkles Loch klaffte.

Finn versteifte sich, aber Hannah schob ihn auf das Loch zu.

»Geh da rein«, sagte sie. »Mach schnell!«

Finn wollte nicht, aber Hannahs Stimme klang so beschwörend, dass er in das Baumloch kletterte. Es war gerade so groß, dass er darin sitzen konnte.

Hannah kauerte sich vor ihn hin. Das blaue Licht wurde stärker und brachte das weiße Kunstfell ihrer Pandamütze zum Schimmern. Finn zog den Kopf zwischen die Schultern, und Hannah berührte sein Knie.

»Hab keine Angst«, raunte sie ihm zu. »Das ist wie Verstecken spielen, erinnerst du dich?«

Er erinnerte sich sehr gut, aber das hier fühlte sich nicht wie ein Spiel an. Das Licht wurde so gleißend hell, dass Hannah kurz die Augen zusammenkniff. Dann lächelte sie und drückte Finns Knie. »Warte hier, bis es Morgen ist, okay?«

Bevor er etwas sagen konnte – oder auch nur begriffen hatte, was sie vorhatte –, sprang Hannah von der Wurzel und verschwand aus seinem Blickfeld.

Wie Verstecken spielen, dachte Finn. Er schlang die Arme um seine Beine, presste seine Stirn gegen seine Knie und schloss die Augen so fest, wie er konnte.

Stunden später, als die Sonne aufging und den Wald in rosafarbenes Licht tauchte, erschien Oma Vera vor Finns Versteck. Er hatte sich die ganze Nacht über nicht bewegt, hatte nichts von sich von draußen sehen lassen, nicht mal einen kleinen Zeh. Oma Vera hob ihn hoch und hielt ihn fest wie ein verirrtes Kätzchen.

Erst nach einer Weile bemerkte Finn die anderen Menschen, die auf der Suche nach Hannah durch den Wald streiften. Doch obwohl sie einen ganzen Tag lang suchten, fanden sie nicht die kleinste Spur von seiner Schwester.

4

Ein unerwartetes Leuchtfeuer

Finn erreichte die Oberkante der Mauer gerade noch rechtzeitig, um den weißen Pelz der Pandamütze hinter einem Gestrüpp aufblitzen und verschwinden zu sehen. Er presste die Lippen aufeinander, sprang von der Mauer ins weiche Gras und rannte der Einbrecherin hinterher.

Äste peitschten ihm ins Gesicht, als er durch das Dickicht preschte. Jenseits von Oma Veras Garten wucherte der Wald hemmungslos, aber das Mädchen lief einfach drauflos. Kein Wegfaden zeigte ihr, wo es lang ging.

Finn wischte einen Vorhang aus Ranken beiseite und sprang über bucklige Wurzeln.

Woher hatte das Mädchen die Mütze? Wusste sie, wo Hannah war? Hatte sie Hannah getroffen?

Finn konnte nicht fassen, dass er nach der ganzen Zeit plötzlich eine Spur seiner Schwester vor sich hatte. Und zwar eine Spur, die er bald wieder verlieren würde, wenn er sich nicht beeilte.

Er duckte sich unter einem umgestürzten Baum hindurch, sah vor sich die Zweige eines Busches wippen und stürmte hinein ins Blättergewirr. Er blieb mit dem Ärmel hängen, riss sich los, stolperte … und trat ins Leere.

Finn keuchte auf. Er versuchte noch, nach einem Ast

zu greifen, da stürzte er schon vornüber einen Abhang hinunter. Er überschlug sich einmal, zweimal, und landete hart auf dem Bauch.

Schwer atmend blieb er liegen, dann drehte er sich auf den Rücken und setzte sich auf. Er war in einer Mulde gelandet, die von schulterhohem Farn und Laubbäumen umgegeben war. Er schaute nach oben, zu dem Gebüsch, aus dem er gefallen war, aber das Mädchen mit der Pandabärenmütze war verschwunden. Hören konnte er sie auch nicht mehr.

So viel dazu.

Ächzend und verärgert über seine eigene Tollpatschigkeit stand Finn auf. Er tastete seine rote Kapuzenjacke ab, aber die hatte zum Glück keinen Riss bekommen. Der Sturz hatte ihn so aus der Fassung gebracht, dass er noch einige Sekunden brauchte, um sich seiner Lage völlig bewusst zu werden. Erst mal war er froh, dass er sich nicht verletzt hatte. Dann wurde ihm klar, was für eine kolossale Dummheit er begangen hatte.

Er war blindlings in den Wald gerannt. Hatte nicht einmal mehr versucht, Samira zu finden. Und jetzt war er irgendwo jenseits von Oma Veras Gartenmauer, und die Sonne ging unter.

Finn sah sich um. Vielleicht leuchtete irgendwo oben am Himmel noch ein letztes bisschen Tageslicht, aber nach hier unten, in die Eingeweide des Waldes, drang kein einziger Schimmer mehr. Es war die Blaue Stunde, in der alle Farben aus der Welt wichen. Die Schwellenzeit, in der Menschen schlafen gingen und andere Wesen erwachten.

Finn schauderte. Er hatte keine Machete dabei, keine Handschuhe, nicht einmal eine Taschenlampe. Er grub die Finger in die Ärmel seiner Jacke.

Samira, erinnerte er sich. War sie auch in den Wald gelaufen? Wenn sie den Elstern nachjagte, dann würde sie keine halben Sachen machen. Dann würde sie sich immer weiter von Oma Veras Garten entfernen. Und jeder wusste, was mit Leuten passierte, die nachts im Wald herumstreiften.

Ich hätte sie aufhalten müssen, dachte Finn, und die Angst schloss sich wie eine Faust um sein Herz. Er hätte sich nur auf Samira konzentrieren dürfen! Stattdessen war er dem Mädchen mit der Pandamütze nachgerannt. Hatte alle Vernunft, alle Vorsicht vergessen. Wie damals mit dem Schmetterling.

Die warnenden Worte seiner Mutter spulten sich in seinem Kopf ab wie ein Tonband. *Der Mondwandler hält Ausschau nach denen, die die Regeln brechen und sich nach Sonnenuntergang außerhalb ihrer Häuser aufhalten. Und wenn er so einen Regelbrecher findet, dann entführt er ihn, bringt ihn in sein Lager und versetzt ihn in einen immerwährenden Schlaf.*

Nicht schon wieder, dachte Finn. Bitte nicht schon wieder! Er ballte die Fäuste. Atmen, ermahnte er sich. Panik würde jetzt niemandem helfen. Noch einmal sah er sich um und versuchte, wirklich alles wahrzunehmen. Sich nicht von seinen kreisenden Gedanken in eine Spirale zerren zu lassen. Sehen konnte er nichts. Aber vielleicht hören?

Er zwang sich auszuatmen, dann lauschte er.

Farnblätter raschelten. Irgendwo knarzte ein Ast, und Grillen zirpten im Unterholz. Keine ungewöhnlichen Geräusche. Nichts, was die Ruhe des Waldes störte.

Finn schlang die Arme um seine Brust. Es war lange her, dass er sich so intensiv auf den Wald konzentriert hatte. Normalerweise schützte er sich mit seinen Kopfhörern vor den unheimlichen Geräuschen der Wildnis.

Er widerstand dem Drang, seine Kapuze aufzusetzen, und sah zu der Kuppe hoch, von der er abgestürzt war. Wenn Samira hier irgendwo war, dann wahrscheinlich dort oben.

Die Waldgeräusche begleiteten ihn, als er auf den Abhang zuging. Das Abendkonzert der Insekten wurde immer lauter, als sich mehr und mehr Stimmen dazu schalteten. Finns Hand griff automatisch in die Tasche seiner Jacke, aber die Kopfhörer waren natürlich immer noch nicht dort. Er schloss die Hand zur Faust.

Du brauchst die Musik nicht, sagte er sich. Aber das Mantra funktionierte nicht. Was, wenn er wieder jenes Klingeln hörte? Den Klang silberner Glöckchen, von dem er immer noch träumte und der ihn so schnell zu der Nacht zurückversetzte, in der Hannah verschwunden war?

Die Grillen zirpten, knisterten, schabten mit ihren Beinchen aneinander. Im Unterholz knackte und knirschte es. Trockenes Laub raschelte, wenn Tiere aus ihrem Bau schlüpften und sich auf die nächtliche Jagd machten. Und darunter, dumpf aber beharrlich, klang ein metallisches Summen.

Finn wollte sich bewegen, schaffte es aber nicht. Die Geräusche umzingelten ihn, wurden lauter und rauschten in seinen Ohren. Er drehte sich um, wollte schon die Hände auf die Ohren pressen, als eine Gestalt neben ihm aus dem Farngestrüpp trat.

Er fuhr zurück. Einen Moment lang konnte er nicht sehen, wer da stand. Er hörte nur dieses eigenartige Brummen. Es klang wie eine Glühbirne, deren Draht kurz davor war, durchzubrennen. Die feinen Härchen auf Finns Armen richteten sich auf. Er wich zurück, aber das Summen wurde lauter und lauter, bis er es wie ein Kitzeln auf seiner Haut spürte. Dann fasste ihn die Gestalt am Arm, und das Geräusch verstummte.

»Finn!«

Er blinzelte. Samira stand vor ihm, die Augen vor Besorgnis weit aufgerissen.

»Ist alles okay mit dir?«

»Hast du das auch gehört?«, fragte er.

Sie runzelte die Stirn. »Was meinst du?«

»Da war so ein … so ein Summen«, Finn brach ab. Sein Herz klopfte heftig.

»Ich habe nichts gehört«, sagte Samira. »Nichts außer die verdammten Elstern. Die sich echt mit unserem GreenX aus dem Staub gemacht haben. Einer von denen hat gleich zwei Kanister weggeschleppt. Mistkerle.«

Samira starrte zurück auf das Gebüsch, so als könnte sie durch es hindurchsehen und die Elstern mit ihren wütenden Blicken treffen.

Finn rieb sich mit der Hand über die Stirn. Sein Gehör musste ihm einen Streich gespielt haben. Wahrscheinlich lag's an seiner Panik. Er schüttelte den Kopf, und es knackte in seinen Ohren.

Als hätte ich mir unter Wasser die Nase zugehalten, dachte er.

»Hast du dir weh getan?«, fragte Samira besorgt.

»Nein, geht schon«, sagte er. »Ich bin gestürzt, aber es ist alles okay.« Er wollte schon sagen, dass sie sich besser schleunigst auf den Heimweg machten, da trat Samira einen Schritt zurück, und das Summen erklang erneut. Leiser dieses Mal, aber unverkennbar.

»Wenn dir was passiert wäre, dann würde ich diese –«, begann Samira, aber Finn unterbrach sie.

»Sch«, machte er und hielt sie am Arm fest. »Da ist es wieder!«

»Wovon redest du?«

Sacht schob Finn sie noch einen Schritt zurück, und das Summen wurde tiefer, lauter. Jetzt erkannte er auch, woher es kam. Er schaute hinunter auf Samiras Gürteltasche. Sie folgte seinem Blick und runzelte wieder die Stirn. Vorsichtig griff sie in die Tasche und zog den kleinen weißen Frosch heraus.

»Ich glaub's ja nicht«, murmelte Samira.

Finn war ganz ihrer Meinung. Zuvor war der Frosch blass gewesen, aber jetzt *leuchtete* er. Matt zwar, aber man konnte seine Aura ganz deutlich sehen. Wie der Hof des Mondes, nachdem es geregnet hatte. Und ja, er war die Quelle des Geräuschs.

»Was *ist* das?«, hauchte Finn.

»Ich habe keine Ahnung«, gestand Samira. Beide starrten sie entgeistert auf den Frosch in ihrer Hand. »Ich meine, es gibt fluoreszierende Tiere, aber ich habe noch nie von einem Frosch gehört, der …«

Weiter kam sie nicht, denn da hob der Frosch seinen kleinen Kopf, schloss die Augen und erstrahlte in einer Explosion aus weißem Licht. Samira quietschte, und Finn riss sich den Arm vor die Augen. Es war, als hätte jemand auf einer riesigen Kamera den Blitz ausgelöst. Kurz gleißte alles um sie herum grell auf, dann erlosch das Leuchten, und auch das Summen verstummte.

Fassungslos nahm Finn den Arm herunter und starrte wieder auf den Frosch. Als er den Kopf hob, begegnete Samira seinem Blick.

»Was zum …«, begannen sie beide, aber da wurden sie von einer anderen Stimme unterbrochen.

»Schau an, schau an. Was haben wir denn da?«

Hinter ihnen trat ein Junge zwischen den Bäumen hervor. Er war schon älter, bestimmt um die sechzehn, und einen guten Kopf größer als Finn. Die Abenddämmerung hatte ihm alle Farbe aus den Klamotten und den lockigen Haaren gewaschen, aber das schwarze Tuch, das die untere Hälfte seines Gesichtes bedeckte, markierte ihn eindeutig als Elster.

Jeder einzelne Muskel in Finns Körper spannte sich an. Hinter dem Typen traten sechs weitere Elstern aus dem Schatten und umzingelten Samira und Finn. Sein Atem stockte. Das Mädchen mit der Pandamütze war auch dabei und musterte ihn feindselig.

Der Typ, der als Erstes aus dem Wald gekommen war, zog sich das Tuch herunter und nickte zu Samira. »Was hast du da in der Hand, Kleine?«

Reflexartig zog Samira ihre Hand mit dem Frosch an die Brust. »Das geht dich gar nichts an«, erwiderte sie patzig, aber Finn bemerkte das leichte Zittern in ihrer Stimme. Er stellte sich noch ein Stück näher zu ihr.

»Ganz schön frech«, sagte der Lockenschopf und sah zu einer der anderen Elstern. »Matts?«

Der angesprochene Junge trat aus dem Kreis und machte einen drohenden Schritt auf Samira zu.

»Hey!«, rief Finn und stellte sich schützend vor sie. Samira reagierte genauso blitzschnell, zog mit ihrer freien Hand etwas aus ihrer Gürteltasche und rief: »Komm bloß nicht näher!«

Matts erstarrte. Aus dem Augenwinkel sah Finn, wie Samira eine durchsichtige Kugel in die Luft hielt. Er wusste sofort, was es war: eine von Miras selbstgemischten Badeschaumkugeln. Und genauso schnell war ihm klar, was sie vorhatte.

»Ist das Sprengstoffpulver?«, fragte er laut, und hoffte inständig, dass sein Pokerface die Elstern überzeugen würde.

»Aber so was von«, bestätigte Samira grimmig. Ein Raunen ging durch die Elstern. Der Junge namens Matts machte einen weiteren zögernden Schritt auf Samira zu, aber die holte aus, so als ob sie die Kugel werfen wollte.

Matts blieb stehen und schaute fragend zu dem älteren Jungen.

Wahrscheinlich der Anführer des Trupps, dachte Finn.

»Niedlich«, kommentierte der ältere Junge. »Aber irgendwie bezweifle ich, dass deine Murmel großen Schaden anrichten wird.«

»Wetten, dass?«, sagte Samira.

Der Anführer betrachtete sie, dann lächelte er. »Ich glaube, wenn dieses Ding da was ausrichten könnte, dann hättest du es schon geworfen.«

Finn und Samira standen jetzt Rücken an Rücken. Wenn die Elstern angriffen, dann hatten sie ihnen rein gar nichts entgegenzusetzen. Matts und die anderen rückten vorsichtig näher, als es plötzlich in einiger Ferne laut raschelte und ein Vogelschwarm mit lautem Flügelrauschen aus einem Baumwipfel aufflog. Alle in der Mulde erstarrten. Sie warteten auf das nächste Geräusch, aber das kam nicht.

Finn spürte, wie Samira die Schultern straffte. »Weißt du, was *ich* glaube?«, fragte sie den Anführer der Elstern. »Ich glaube, ihr habt keine Zeit, um hier die großen Macker zu markieren. Nach Sonnenuntergang wird's im Wald ungemütlich. Und ich glaube, ihr habt jetzt schon ganz schön die Hosen voll.«

»Halt die Klappe!« Matts streckte den Arm nach Finn aus, wahrscheinlich um ihn zur Seite zu stoßen, aber da mischte sich das Mädchen mit der Pandamütze ein.

»Schluss jetzt!« Sie packte Matts am Ärmel und zerrte ihn zurück. »Das ist doch alles Quatsch hier«, sagte sie in Samiras Richtung. »Gib uns einfach den Frosch.«

»Kommt nicht in die Tüte«, antwortete Samira.

Das Mädchen sah kurz zu ihrem Anführer und zuckte mit der Schulter. »Okay, dann kommt ihr eben mit.«

»Elli«, warnte der Anführer.

»Mach doch nicht so 'ne große Sache draus, Yanis«, sagte sie. »Wir wollen den Frosch, und sie will ihn nicht hergeben. Also nehmen wir sie alle mit. Ich gehe jede Wette ein, dass Priya sie sowieso befragen will. Immerhin haben sie den Frosch aktiviert.«

Wie gern hätte Finn jetzt einen Blick mit Samira ausgetauscht, aber er traute sich nicht. Was meinte sie damit, *aktiviert*?

»Das hast du dir mal eben so ausgedacht, wie?«, fragte Yanis.

»Irgendjemand muss hier ja 'nen klaren Kopf bewahren«, gab Elli zurück.

»Schlagfertig wie immer.« Yanis verzog den Mund zu einem Lächeln, aber sein Blick blieb kühl. Mit betonter Gelassenheit wandte er sich an Finn und Samira. »Tja, so wie's aussieht, dürft ihr uns jetzt alle drei begleiten«, sagte er. »Es sei denn, ihr wollt die Scharade hier noch weiterspielen. Dann schleifen wir euch gerne gefesselt durch den Wald.«

Jetzt tauschten Finn und Samira doch einen Blick aus. Samira biss sich auf die Unterlippe und ließ die Kugel sinken. Sie wusste genauso gut wie Finn, dass sie keine Wahl hatten.

Mit jeder Minute wurde die Dunkelheit zwischen den Bäumen zäher, schwärzer. Die Elstern brachten Leuchtstäbe zum Glimmen, die sie sich mit breiten Bändern um die Unterarme geschnallt hatten. Glow Gloves, nannte man diese Dinger. Und die waren garantiert genauso gestohlen wie die GreenX-Kanister, die sie mit sich schleppten.

Finn konnte nicht fassen, dass das hier wirklich passierte. Schritt um Schritt entfernten sie sich weiter von Oma Veras schützenden Gartenmauern. Das gedämpfte Licht der Glow Gloves machte den Marsch nicht weniger unheimlich, denn hinter den Rändern der Lichtkegel wirkte die Dunkelheit noch undurchdringlicher. Der Wald wisperte um sie her. Ab und zu fiel das Licht der Glow Gloves auf Ranken, die sich mit erstaunlicher Geschwindigkeit über den Boden räkelten. Der Wald wuchs nachts weiter, Finn wusste das, aber er hatte nicht vorgehabt, sich das je live anzuschauen. Die Panik, die er in der Mulde verspürt hatte, lag immer noch wie ein öliger Film auf seiner Haut, aber wenigstens flammte sie in der Gesellschaft der anderen nicht wieder auf.

Matts bildete das Schlusslicht, vor ihm ging Samira, dann Finn, und vor ihm ging das Mädchen mit der Pandabärenmütze. Elli. Sie trug ihr Haar in zwei Zöpfen, die im Neonlicht der Leuchtstäbe blass schimmerten. Hannah hatte sich auch manchmal Zöpfe geflochten.

Finn hatte seine Unterlippe jetzt schon so oft zwischen die Zähne gezogen, dass sie sich wund anfühlte. Er sollte sich aufs Wesentliche konzentrieren. Er und Samira wurden gerade von einer Gang entführt, die nicht nur außerhalb der Kommunen lebte und ihre Regeln nicht anerkannte, sondern durch ihre Überfälle das friedliche Zusammenleben der Menschen im Wald sabotierte. Ganz zu schweigen von dem Feuerwerksfrosch, der sie in diese tolle Lage gebracht hatte.

Trotzdem kehrte sein Blick immer wieder zu der Pandamütze zurück. Jede Faser in ihm wollte das Mädchen ausfragen, aber er brachte keinen Ton hervor. Der Wortstau in seiner Kehle erstickte ihn beinahe.

Samira berührte ihn am Arm, holte auf und ging neben ihm weiter. »Alles okay mit dir?«, flüsterte sie.

Allein diese Frage löste den Kloß in seinem Hals und ließ ihn einmal tief durchatmen. Natürlich bemerkte Samira, dass ihn etwas umtrieb. Schließlich kannte niemand ihn besser als sie.

Finn beugte sich zu ihr und gab ebenso leise zurück: »Das Mädchen vorn. Ihre Mütze hat Hannah gehört.«

Samiras Finger schlossen sich fest um seinen Arm. »Bist du sicher?«

»Ganz sicher.«

Samira pfiff gedämpft durch die Zähne. »Da soll mich doch einer … Woher hat sie die?«

»Keine Ahnung.« Finn biss sich noch einmal auf die Unterlippe, dann zwang er sich weiterzusprechen. »Meinst du, sie weiß, was mit Hannah passiert ist?«

Samira hielt einen kleinen Kompass in der Hand und versuchte anscheinend, sich die Richtung, in die sie gingen, einzuprägen. »Schon möglich«, sagte sie. »Die Elstern leben hier draußen. Vielleicht beobachten sie den Mondwandler auf ihren Streifzügen. Oder sie sammeln das ein, was er zurücklässt. Wie Aasgeier.« Ihre Augen wurden schmal. »Die andere Erklärung wäre: Der Mondwandler ist nicht der einzige Jäger im Wald.«

Finns Herz setzte einen Schlag aus. »Was meinst du damit?«

»Was wissen wir über die Elstern?«, fragte Samira zurück. »Dass sie sich einen Dreck um unsere Regeln scheren. Dass sie immer wieder Kinder dazu überreden, sich ihrer Gang anzuschließen. Aber was, wenn ein paar der Kinder nicht freiwillig von zu Hause weglaufen? Vielleicht sind wir nicht die Ersten, die sie in ihr Hauptquartier verschleppen.«

Finn starrte auf die Elstern, die vor ihm gingen. An diese Möglichkeit hatte er noch nie gedacht. Er war immer davon ausgegangen, dass der Mondwandler Hannah geholt hatte. Was, wenn sie die ganze Zeit bei den Elstern gelebt hatte? Sie hätte ihn niemals alleine im Wald zurückgelassen, da war sich Finn sicher. Dass sie nie wieder aufgetaucht war, konnte nur einen Grund haben: die Elstern hatten sie entführt und hielten sie irgendwie fest. Ihm wurde kalt.

»Verdammt«, murmelte er.

»Allerdings«, antwortete Samira, und ihre Stimme zitterte ein wenig. »Wir stecken ganz schön in Schwierigkeiten.« Sie zog ihre Gürteltasche ein Stückweit auf und schaute auf den Frosch, den sie sicher darin verstaut hatte. »Aber Flöckchen bekommen sie jedenfalls nicht ohne einen Kampf.«

Der Name brachte Finn trotz allem zum Lächeln. »Flöckchen?«, wiederholte er.

Samira zuckte mit den Schultern. »Passt am besten, finde ich.« Sie fuhr mit der Fingerspitze über den Rücken des Frosches. »Wobei, nach dem Feuerwerk vorher wäre Kugelblitz vielleicht noch angebrachter.«

»Hast du irgendeine Ahnung, warum er das gemacht hat? Oder wie?«

Samira schüttelte den Kopf. »Was wir da gesehen haben, widerspricht allem, was ich über die Tierwelt in unserer Region gelernt habe. In irgendeiner Region, wenn mich nicht alles täuscht. Auf jeden Fall ist an dem kleinen Kerl hier mehr dran, als man auf den ersten Blick sieht.« Sie sah nach vorne und verstummte abrupt.

Finn folgte ihrem Blick. Elli hatte im Gehen den Kopf leicht zur Seite geneigt, so als würde sie ihnen zuhören. Sofort zog Samira ihre Hand aus der Tasche. Von jetzt an würden sie gut aufpassen müssen, was sie sagten.

Elli drehte sich kommentarlos wieder nach vorn und kletterte den anderen über eine kleine Anhöhe hinterher. Der Trupp verschwand hinter einem Vorhang aus Moos und Flechten, der von einem umgestürzten Baum herabhing. Irgendwo dahinter schimmerte ein Licht, das zu hell war, um nur von Leuchtstäben auszugehen.

Samira hatte es auch bemerkt. Ohne sich abzusprechen, verlangsamten sie beide ihre Schritte, nur um einen harten Schulterstoß von Matts zu kassieren.

»Nur weiter«, sagte er. »Wir sind gleich da, und dann könnt ihr den Bossen schön laut erzählen, was ihr mit dem Frosch machen würdet.«

5
Der Kompass

Ein beißender, verkohlter Geruch schlug ihnen entgegen, sobald sie auf die Anhöhe gestiegen waren. Finn trat auf etwas Knirschendes und sah nach unten auf verbrannten Boden. Kleine Aschewölkchen pufften unter dem Tritt seiner Stiefel in die Höhe. Was war hier passiert?

Er hob den Blick und schaute auf eine Lichtung, in deren Mitte zwei alte Fabrikgebäude standen. Vereinzelt bewegten sich Lichter hinter den kaputten Fenstern wie verirrte Glühwürmchen. Finn ging weiter. Die Dunkelheit erschwerte zwar seine Sicht, aber ihn beschlich der Verdacht, dass die Elstern alles Grüne rund um die Fabrik abgefackelt hatten. Wie zur Bestätigung beleuchtete Ellis Glow Glove einen Haufen zusammengeharkten Gestrüpps am Rand der Lichtung. Dünne Rauchfäden kräuselten sich über dem verkohlten Haufen, und der Geruch von abgebrannten Lagerfeuern wurde stärker.

»Sie ziehen Brandgrenzen«, sagte Samira angewidert. »Diese Idioten.«

In den Kommunen würde niemand auf die Idee kommen, dem Wildwuchs des Waldes mit Feuer entgegenzutreten. Es war einfach zu gefährlich, die Flammen konnten zu schnell außer Kontrolle geraten.

Finns Blick glitt über den rauchenden Gestrüpphaufen. Zwischen den untersten Ästen glommen noch ein paar rote Funken. So, wie seine Eltern es formuliert hatten, waren Brandgrenzen nicht nur gefährlich, sondern eine Beleidigung des Waldes, ein brutaler und respektloser Akt der Zerstörung. Sie waren eine Bedrohung für das Gleichgewicht, das den Menschen erlaubte, inmitten einer unergründlichen und unbezwingbaren Wildnis zu leben. Zu sehen, wie die Elstern die Regeln seiner Welt mit Füßen traten, hinterließ einen sauren Geschmack in seinem Mund.

Das Überfallkommando führte ihn und Samira direkt auf das größere der beiden Fabrikgebäude zu. Als dunkler Klotz saß es in der Mitte der Lichtung. Zwei Schornsteine ragten an seiner Westseite in die Höhe, und eine Reihe von kleineren Schuppen säumten einen geteerten Platz.

»Jetzt wird's ernst«, murmelte Samira. Auf dem Boden vor dem offenen Tor leuchteten ein Dutzend kleiner Solarpilze. Zwei Jungs standen neben dem Eingang und sahen dem Überfallkommando schweigend und gespannt entgegen.

Finn und Samira waren auf einer Höhe mit den beiden, als der kleinere der beiden Jungen den Kopf in Richtung eines Fabrikfensters drehte und einmal laut pfiff. Sofort wurden drinnen eilige Schritte laut.

Das Überfallkommando hatte die Fabrik kaum betreten, da bog Elli nach links ab. Der Rest der Gruppe ging weiter geradeaus, doch Finn wollte instinktiv Elli folgen. Samira fasste ihn rasch am Arm.

»Später«, raunte sie ihm zu, und Finn sah schweren Herzens zu, wie Elli sich entfernte.

Yanis und die anderen lotsten Finn und Samira durch ein paar Korridore und schließlich in die Mitte einer großen Halle. Breite Stahlträger stützten Stege aus Lochgitter, die wie eine Galerie an den Hallenwänden entlang verlief. Die Halle hätte düster und kalt sein können, aber die Elstern hatten sie in einen gemütlichen Versammlungsraum verwandelt.

Bunte Lampions baumelten von der Galerie und verbreiteten ein warmes Licht. Die Wände und die Stahlträger waren mit Graffiti besprüht; mit Bildern von Vögeln, Drachen, Sternen und Schriftzügen. Alte Teppiche bedeckten den Boden, und in verschiedenen Ecken standen Sofas, Sessel, gepolsterte Rückbänke aus längst verschrotteten Autos und niedrige Tische.

Überall in der Halle verteilt saßen Elstern und schauten die Neuankömmlinge neugierig an. Ein paar von ihnen trugen dieselbe schwarz-graue Kluft wie Yanis' Trupp, andere trugen wild zusammengewürfelte bunte Klamotten.

Yanis führte sie bis zum hinteren Ende der Halle, dann deutete er auf den Boden.

»Ihr wartet hier«, sagte er und warf Matts einen Blick zu, damit der dafür sorgte, dass Finn und Samira nicht auf dumme Gedanken kamen.

Mit jeder Sekunde sammelten sich mehr Kinder und

Jugendliche in der Halle. Die Nachricht über ihre Ankunft machte wohl rasch die Runde. Finn schätzte, dass sie es hier mit mindestens sechzig oder siebzig Kids zu tun hatten. Wahrscheinlich waren es sogar mehr. Soweit er das abschätzen konnte, waren nur ein paar der Elstern in der Halle in Finns und Samiras Alter. Die meisten waren vermutlich irgendwas zwischen vierzehn und zwanzig. Finn ertappte sich dabei, wie er unter den versammelten Jugendlichen nach Hannahs vertrautem Gesicht Ausschau hielt.

Allmählich summte es in der Fabrikhalle wie in einem Bienenstock. Die Elstern tuschelten und warfen Finn und Samira immer wieder neugierige Blicke zu. Unwillkürlich rückten die beiden näher aneinander heran.

»Okay, so langsam bekomme ich Panik«, flüsterte Samira.

Finn stieß sie mit dem Ellbogen an. »Reiß dich zusammen, du Genie, ich rechne fest damit, dass du uns hier rausboxst.«

Samira gab ein kurzes Prusten von sich, aber sie straffte ihre Schultern. Finn richtete sich auch auf. Er hatte nur halb Spaß gemacht. Solange er Samira an seiner Seite hatte, kam er mit so ziemlich allem klar.

»Wir haben keinen Plan, oder?«, fragte Samira.

»Nein«, antwortete Finn.

»Und die sind klar in der Überzahl«, sagte sie.

»Yep.«

»Phantastisch.«

Die Versammlung wurde noch unruhiger, dann drehten sich alle Köpfe in Richtung einer Tür am hinteren Ende der Halle. Finn erhaschte einen Blick auf Elli, die sich neben Matts stellte. Hier im Licht erkannte er zum ersten Mal, dass sie eine blaue Strähne in den Haaren hatte. Ihre weißblonden Brauen hoben sich kaum von ihrer hellen Haut ab.

Ein älteres Mädchen trat als Erstes durch die Tür in die Halle. Hinter ihr folgten Yanis und ein breitschultriger Jungen in einem Karohemd.

»Das sind die Bosse«, sagte Matts. »Mal schauen, ob ihr bei denen auch eine dicke Lippe riskiert.«

Das Trio kam zu ihnen, und das Mädchen baute sich vor Samira auf. Fordernd hielt sie ihr die Hand hin. »Dann zeig mal her.«

Samira verschränkte die Arme vor der Brust. »Hi, mein Name ist Samira, und das hier ist Finn. Freut mich total, wie nett ihr euch uns vorgestellt habt.«

»Und da behaupten die Leute ernsthaft, ihr Elstern hättet keine Manieren«, fügte Finn hinzu.

Yanis' Miene verfinsterte sich, aber das Mädchen rollte nur mit den Augen. Sie trug ein winziges Glassteinchen an ihrem linken Nasenflügel, das glitzerte, wenn das Licht darauf fiel. »Ich bin Priya, das sind Yanis und Hark.« Sie schnippte mit den Fingern. »Den Frosch.«

Samira funkelte sie wütend an, zog dann jedoch den Frosch aus ihrer Tasche. Sofort ging ein Raunen durch die Elstern, und ein paar von ihnen kamen einen Schritt näher. Samira sah zu Finn, doch der zuckte nur mit der Schulter. Sie hatten ohnehin keine Wahl. Samira zögerte, dann legte sie den Frosch vorsichtig in Priyas Hand.

»Tu ihm nicht weh«, sagte sie.

Priya beachtete sie nicht, sondern hob den Frosch nah an ihr Gesicht.

Er hüpft nicht weg, dachte Finn. Jedes andere Tier hätte Reißaus genommen. Aber dieser Frosch saß ganz ruhig auf Priyas Handfläche und schaute sie aus seinen schwarzen Onyxaugen an.

Priya betrachtete den Frosch von allen Seiten, dann hielt sie ihn Hark entgegen.

»Sieht gut aus«, sagte sie. Hark beugte sich über den Frosch, brummte etwas und nickte. An einem seiner Handgelenke trug er zwei bunte Armbändchen mit Glasperlen, die überhaupt nicht zu ihm passten.

»Wo habt ihr den gefunden?«, wollte Priya wissen.

Samira setzte zur Antwort an, aber Priya hob rasch ihre freie Hand. »Und bitte keine spitzen Bemerkungen mehr. Ich bin mir ziemlich sicher, dass ihr genauso wenig Lust habt, hier Wurzeln zu schlagen, wie wir.«

Samira maß Priya mit einem langen Blick, dann nickte sie. Vielleicht gefiel ihr Priyas direkte Art sogar ein bisschen. Samira selbst nahm auch selten ein Blatt vor den Mund. »Ich habe ihn in Veras Garten gefunden«, sagte sie, dann drehte sie sich zu Yanis. »Ihr wisst schon, die Vera, der ihr immer die Vorräte klaut.«

Die Bosse sahen sich kurz an.

»Ein Kompass, so weit entfernt vom Zaun?«, fragte Hark.

Priya runzelte nachdenklich die Stirn.

»Hast du Kompass gesagt?«, fragte Samira irritiert.

»Vielleicht haben wir an den falschen Stellen gesucht«, sagte Priya, ohne auf Samiras Frage einzugehen.

Yanis trat einen Schritt näher an Priya heran und stupste den Frosch mit dem Finger an. Finn zuckte unwillkürlich zusammen, und Samiras Blick sprühte förmlich Funken.

»Sieht okay aus«, sagte Yanis. Priya nickte.

»Bringt ihn zu Klick!«, rief jemand aus der Menge.

»Ja, lasst ihn testen!«, forderte eine zweite Stimme.

Finn wurde zunehmend mulmig zumute. Sie hatten wirklich keine Wahl gehabt, aber jetzt, da Samira den Frosch aus der Hand gegeben hatte, wofür brauchten die Elstern sie dann noch?

Priya wandte sich an Yanis. »Du sagst, sie haben ihn aktiviert?«

Er nickte. »Hell wie ein Leuchtfeuer.«

Als würde er merken, dass sie über ihn sprachen, krabbelte der Frosch ganz langsam in Richtung von Priyas Handgelenk. Sie nahm ihn hoch, setzte ihn behutsam zurück auf ihre Handfläche, dann wandte sie sich wieder an Finn und Samira. »Wie habt ihr das gemacht?«

»Wie haben wir was gemacht?«, fragte Samira.

Priya sah zu Finn. Der zuckte mit den Schultern. »Keine Ahnung, wovon ihr redet.«

Hark berührte Priyas Schulter. »Das könnte unser Durchbruch sein«, sagte er. »Er sieht besser aus als alle anderen, die wir gefunden haben.«

»Die Zeit wäre auch günstig«, sagte Yanis, ohne dabei den Frosch aus den Augen zu lassen. »Es hat schon eine ganze Weile nicht mehr geregnet.«

Priya nickte wieder.

»Euch ist schon klar, dass wir kein Wort von dem verstehen, was ihr sagt?«, fragte Samira.

Dieses Mal zuckte Priyas Mundwinkel, kurz zwar, aber immerhin. Sie sah sich suchend um, bis ihr Blick auf Elli fiel. Die hatte die ganze Szene stumm, aber aufmerksam beobachtet. »Geh zu Klick«, sagte Priya. »Sag ihm, er soll alles vorbereiten.«

Elli nickte und ging davon. Yanis' Blick huschte in Ellis Richtung, kurz nur, aber Finn entging es nicht. Er versuchte noch herauszufinden, warum Yanis ihm so ein unbehagliches Gefühl bereitete, da meldete sich Hark zu Wort.

»Was wird aus den beiden?«

Finn spürte, wie Samira sich neben ihm anspannte, und drehte sich zu den Anführern zurück. Priya betrachtete Samira mit abschätzendem Blick.

»Du und dein Freund«, sagte sie. »Ihr seid neugierig, was hinter dem Frosch steckt, oder?«

Samira zögerte. Finn ahnte, was sie dachte. Sie könnten jetzt die Coolen spielen und so tun, als wäre ihnen der Frosch egal. Aber was würde das bringen? Außerdem hatte Priya recht. Sie *waren* neugierig. Samira presste die Lippen aufeinander und nickte.

Dieses Mal trat das Lächeln auf Priyas Gesicht deutlicher zu Tage. »Dann verrate ich euch schon mal das erste Geheimnis«, sagte sie. »Was ihr da gefunden habt, ist kein Frosch. Es ist ein Wegweiser.«

Das Labor der Elstern lag in einem flachen Bau hinter den großen Fabrikgebäuden. Priya schob eine rostige Schiebetür zur Seite und trat ein. »Kommt mit«, sagte sie und ging mit Yanis zwischen zwei Reihen von Fässern voran.

Die Fässer sonderten einen scharfen, alkoholischen Geruch ab, waren aber nicht beschriftet. Als Samira an eines herantrat und schnupperte, rief Yanis sofort nach ihnen.

»Hier lang, nicht trödeln!«

»Der ist echt nervig«, murmelte Finn.

»Wundert dich das?«, fragte Samira. Sie ließen die Fässer hinter sich und betraten den Arbeitsbereich des Labors. Sofort bekam Samira Sternchen in den Augen. Sie versuchte, sich nichts anmerken zu lassen, aber ihre Wangen glühten, und ihr Blick huschte bewundernd über ihre neue Umgebung.

Finn war ebenfalls beeindruckt. Die Elstern hatten mehrere Tische aufgebaut, auf denen sich Glaskolben verschiedener Größe drängten. Eine lilafarbene Flüssigkeit blubberte in einem Glasballon, der über der Flamme eines Bunsenbrenners balancierte. Auf den Tischen weiter hinten standen jede Menge großer Glaskästen, in denen Pflanzen sprossen. Thermometer und andere Messgeräte steckten dazwischen, und hier und da wurden blaue und rote Flüssigkeiten durch geringelte Schläuche in die Erde gepumpt.

Finn war ehrlich beeindruckt. Unter den Kindern seiner Kommune machten viele Gerüchte über die Elstern die Runde. Die meisten zeichneten das Bild einer rücksichtslosen Gang, deren Mitglieder überall, wo sie aufkreuzten,

Chaos stifteten. Finn hatte angenommen, dass sie auf Spaß und Krawall aus waren. Dass sie so viel Forschergeist hatten, um ein Labor wie das hier zu führen, überraschte ihn.

Samira hielt es offensichtlich nicht länger aus und trat dicht an den brodelnden Glasballon heran.

Finn trat neben sie. »Wirst du hier etwa neidisch?«, fragte er in gedämpftem, aber belustigtem Ton.

Samira zog schuldbewusst den Kopf zwischen die Schultern. »So beeindruckend ist das gar nicht. Ziemliches Durcheinander hier.« Lauter fügte sie hinzu. »Außerdem ist das alles garantiert geklaut.«

Elli kam vom hinteren Ende des Labors auf sie zu. »Du bist ganz schön schnell im Verurteilen, oder?«, fragte sie in bissigem Ton.

»Liege ich etwa falsch?«, gab Samira ebenso giftig zurück.

Elli verzog wütend das Gesicht, dann wandte sie sich an Finn. »Und warum starrst du mich so an?«

Finn zuckte ertappt zusammen. Elli trug immer noch die Pandamütze, und es fiel ihm schwer, den Blick von ihr zu lösen. Elli hob auffordernd eine Braue, aber bevor er etwas sagen konnte, erschien Priya mit einem blonden Jungen im Schlepptau. Yanis folgte den beiden wie ein Schatten.

»Das hier ist Klick, er leitet unser Labor«, stellte Priya den Jungen ohne Umschweife vor. Der tippte sich zur Begrüßung kurz mit der Hand an die Stirn und grinste schief.

»Er wird den Kompass für uns testen«, sagte Priya.

»Mit *Kompass* meinst du den Frosch, nehme ich an?«, fragte Finn.

»Und mit *testen* meint ihr …?«, fügte Samira misstrauisch hinzu.

»Keine Sorge«, gab Klick zurück. »Ich nehm den nicht auseinander oder so. Aber ich glaube, das werdet ihr gleich spannend finden.«

Er ging zu einem Regal, zog eine flache Glasschale daraus hervor und stellte sie auf einen viereckigen Tisch mit hohen Beinen. Finn und Samira rückten unwillkürlich näher. Klick knipste eine Stehlampe an, deren Schirm direkt über dem Tisch hing. Das Licht fiel auf die Glasschale und deren Inhalt: ein rechteckiges Stück Rasen, das die Schale komplett ausfüllte. Klick griff erneut in das Regal, nahm sich ein kleines Kästchen, aus dem zwei Kabel baumelten und steckte deren Ende vorsichtig in die Erde unter dem Grasabstich. Er drückte einen Knopf an der Seite des Kästchens, und auf seiner Oberfläche leuchteten kurz zwei blaue Balken auf. Ein tiefes Brummen setzte ein, als ob in dem Kästchen ein Motor warmlaufen würde.

»Okay«, murmelte Klick. Ohne hinzusehen tastete er nach dem Schalter der Stehlampe, drückte zweimal darauf, und das Licht der Glühbirne schaltete von hellweiß zu einem matten Gelb.

»Bereit«, sagte Klick. Priya trat an den Tisch. Klicks Kästchen brummte weiter vor sich hin, aber jetzt kam aus Priyas Händen ein schwaches Summen hinzu.

»Aufgepasst«, warnte Klick. Ganz behutsam setzte Priya den weißen Frosch auf das Stück Gras.

Finn zuckte zusammen und verzog das Gesicht. Flöckchen hatte das Gras kaum berührt, da wechselte das Summen zu einem hohen Fiepton. Finn drückte mit dem Finger gegen sein rechtes Ohr, dann beugte er sich überrascht vor. Samira sog scharf die Luft ein.

Der Frosch leuchtete wieder! Zuerst schien er nur das Licht der Stehlampe zu reflektieren, aber dann begann ein Glimmen unter seiner Haut, das bald in einem durchscheinenden, weißen Schimmer über seinen kleinen Körper hinaus drang.

Klick pfiff beeindruckt. »Na, Hallöchen!« Die blauen Balken auf dem Kästchen in seiner Hand blitzten wieder auf und rutschten aufgeregt hoch und runter. Eine Skala, begriff Finn. Klick hielt ein Messgerät in der Hand. Finn war kurz davor, sich die Ohren zuzuhalten. Dieser Fiepton war wirklich fies. Ein Wunder, dass die anderen nicht auch darauf reagierten.

Yanis lehnte sich näher an den Labortisch. »Taugt der was?«

»Immer schön langsam«, sagte Klick, ohne dabei den Blick von dem Messgerät in seiner Hand zu wenden. »Elli, knips mal das Licht aus, bitte.«

Elli tat, worum Klick sie gebeten hatte. Das Licht ging aus, und Finn zischte gequält auf.

»Was?«, fragte Samira überrascht.

»Dieses Geräusch …« Das Fiepen hatte sich jetzt zu einem sehr unangenehmen Pfeifton verstetigt. Es klang wie das schrille Kreischen eines kochenden Teekessels.

Samira sah ihn verständnislos an, aber bevor Finn noch etwas sagen konnte, fluchte Klick.

»O nein, nicht doch!«

Alle Augen richteten sich auf den Frosch. Er leuchtete immer noch, aber das Glimmen wurde zusehends schwächer. Klick hantierte an seinem Messgerät, aber die blauen Balken der Skala zuckten nur noch einmal kurz in die Höhe. Dann erloschen sie – und mit ihnen ... der Frosch.

Yanis drehte sich um und trat gegen einen Hocker, der mit lautem Krachen umstürzte. Finn zuckte zusammen, dann schüttelte er den Kopf, als müsste er eine lästige Fliege verscheuchen. Der Fiepton in seinem Ohr wurde zwar leiser, aber ganz weg ging er nicht.

»Hey!«, rief Klick empört.

»Der ist genauso kaputt wie die anderen«, fluchte Yanis.

Priya stellte sich mit verschränkten Armen und verhärtetem Gesicht neben Klick. »Ist er wirklich kaputt?«, fragte sie.

Finn sah zu Samira, aber die schüttelte nur ratlos den Kopf.

Klick fuhr sich durch die ohnehin verstrubbelten Haare. »Ich bin mir nicht sicher«, sagte er. »Er hat eigentlich ganz gut auf den Test reagiert. Aber irgendwie kommt er wohl nicht ganz in Schwung.« Er drehte sich zu Samira und Finn um. »Elli hat gesagt, dass er im Wald viel heller geleuchtet hat?«

»Sehr viel heller«, bestätigte Samira.

Klick runzelte die Stirn. »Vielleicht hat er dabei seine ganze Energie verbraucht«, sagte er. »Wäre ja nicht das erste Mal. Aber ich kann versuchen, ob da doch noch was rauszuholen ist.«

»Das Summen klingt falsch.« Finn hatte nicht vorgehabt, das laut zu sagen, aber bevor er sich's versah, waren die Worte heraus. Die anderen drehten sich zu ihm um.

»Was?«, fragte Klick.

Finn spürte, wie seine Wangen warm wurden. Hörten die anderen dieses fiese Fiepen nicht? Nein, so wie sie ihn anstarrten, hatten sie keine Ahnung, wovon er sprach.

»Der Frosch«, erklärte er. »Er summt. Aber im Wald klang das anders als hier. Irgendwie … harmonischer.«

Die Elstern wechselten Blicke, bei denen Finn sich zunehmend unwohler fühlte. Die halten mich für bekloppt, dachte er. Vielleicht war er das auch. Samira hatte ihm bereits im Wald gesagt, dass sie nichts gehört hatte.

Sie war jetzt allerdings die Einzige, die nicht zweifelnd, sondern nachdenklich aussah. »Summt er die ganze Zeit?«, fragte sie.

Finn schüttelte den Kopf. »Er hat angefangen, als er auf das Gras gesetzt wurde.«

Samira schnalzte mit der Zunge. Das machte sie nur, wenn sie eine Idee hatte. Sie drehte sich um und hob Flöckchen aus der Glasschale.

»Hey!«, protestierte Elli. Yanis machte einen schnellen Schritt auf Samira zu, aber Priya hob die Hand, um ihn zurückzuhalten.

»Wie klingt er jetzt?«, fragte Samira.

Finn trat näher an sie heran. Das Summen wurde tiefer, angenehmer, sobald sie den Frosch von der Grasfläche gehoben hatte. »Besser«, sagte Finn überrascht, auch wenn er nicht genau wusste, was dieses *besser* bedeutete.

Es klingt weich, schoss es ihm durch den Kopf. Wie Anemonenblüten. Aber der Gedanke ergab überhaupt keinen Sinn.

Während die Elstern sie unverwandt anstarrten, legte Samira Flöckchen in Finns Hände. »Versuch mal, dich mit ihm zu bewegen.«

Als Finn überrascht die Brauen hob, nickte sie ihm ermutigend zu. Er schnappte Ellis irritierten Blick auf, dann sah er hinunter auf Flöckchen. Der kleine Frosch fühlte sich seidig glatt und kühl auf seiner Haut an. Behutsam strich Finn mit dem Finger über Flöckchens runden Rücken. Der Frosch räkelte sich unter der Berührung und summte unverändert leise vor sich hin.

Unschlüssig drehte Finn sich erst nach links, dann nach rechts. Wenn er sich nach rechts wandte, schien das Summen ein klein wenig lauter zu werden. Er ging einen Schritt, dann zwei.

»Wenn ihr uns hier veräppeln wollt …«, begann Yanis, aber Priya brachte ihn mit einem kurzen »Sch!« zum Schweigen.

Finn kümmerte sich nicht um den Austausch zwischen den beiden. Er ging auf einen der Labortische zu, aber als er sich erneut nach rechts wenden wollte, setzte das Summen kurz aus, als hätte Flöckchen Schluckauf. Der Frosch hob seinen Kopf, schien in die Luft zu schnuppern und wandte sein Schnäuzchen dann nach links. Finn ging in diese Richtung weiter, vorbei an Tischen, gläsernen Glocken, unter denen Miniwälder wuchsen, bis zum hinteren Ende des Labors.

Die anderen folgten ihm, bewegten sich jetzt aber ganz am Rand seiner Wahrnehmung. Das Summen des Frosches schwoll an, bis es nicht nur seine Ohren, sondern seinen ganzen Körper ausfüllte. Es *kitzelte.* Als ob kleine, elektrische Blitze unter seiner Haut entlang zuckten.

Finn achtete nicht mehr auf seine Umgebung und wäre beinahe gegen die Schiebetür an der Rückwand des Labors gelaufen. Im letzten Moment blieb er so dicht vor ihr stehen, dass seine Stirn beinahe das Metall berührte. Jemand zog die Tür mit einem Rattern beiseite, und ein Schwall kühler Abendluft schlug ihm entgegen. Das Summen wurde noch eine Oktave tiefer.

»Du machst es spannend.« Klicks Stimme ertönte direkt hinter Finns Schulter. Finn ignorierte ihn und beobachtete nur den Frosch, der sich in Richtung seiner Fingerspitzen streckte. Er trat einen Schritt nach vorn, hörte wieder eine Schluckaufpause und drehte sich leicht nach links. Sofort hatte er das Gefühl, dass dies die richtige Richtung war. Er ging weiter, zwei Schritte, drei, bis er den Fuß ein viertes Mal auf den Boden setzte und das Summen so tief wurde, dass es in seine Knochen zu vibrieren schien.

»Jetzt«, murmelte Finn. Ein Funken Licht glomm in der Mitte des Frosches auf, breitete sich über seinen Körper aus und wurde heller und heller. Fasziniert streckte Finn seine Hände vor sich aus, und da passierte es: Flöckchen *pulsierte* wie ein Herzschlag und strahlte so grell auf, dass Finn erschrocken zusammenzuckte und ihn fallen ließ.

»Hoppla, Vorsicht!« Klick fing den Frosch auf, bevor er zu Boden stürzen konnte.

Finn rieb sich die Augen und schüttelte den Kopf. Als er wieder hinsah, schwand das Leuchten bereits aus dem Körper des Frosches, und auch das Summen wurde leiser, bis es schließlich ganz verstummte.

Es war, als hätte Finn jemand zwei Korken aus den Ohren gezogen. Langsam, ganz langsam wurde er sich wieder seiner Umgebung bewusst. Klick hielt noch immer den Frosch in den Händen, aber der Blick seiner weit aufgerissenen Augen war auf Finn gerichtet. Finn rieb sich den Nacken, drehte sich um, nur um festzustellen, dass die anderen hinter ihm standen und ihn genauso verblüfft anstarrten. Priya hob eine Braue und sagte ein einziges Wort.

»Faszinierend.«

Die Elstern standen immer noch wie vom Donner gerührt da, als Samira zu Finn trat und ihn am Arm berührte. »Alles okay bei dir?«

Er nickte, obwohl sich seine Knie wackelig anfühlten. »Schon. Was war das eben?«

Sein Blick glitt hinüber zu Klick, der Flöckchen in der Hand hielt und aufmerksam betrachtete. »Was das war?«, wiederholte er. »Das war abgefahren! Phantastisch! Pri, hast du das gesehen?«

»Natürlich«, sagte Priya. »Sieht so aus, als würde der Kompass doch funktionieren.«

»Wenn *er* ihn in der Hand hält, ja«, sagte Klick. Er klang so aufgeregt, als hätte er gerade einen Stapel Weihnachtsgeschenke vor die Füße gelegt bekommen. Mit leuchtenden Augen wandte er sich an Finn. »Wie hast du das gemacht?«

»Wie habe ich was gemacht?«, gab Finn zurück und wandte sich hilfesuchend an Samira. »Ich habe keine Ahnung, was hier los ist.«

»Geht mir genauso.« Sie presste die Lippen aufeinander, dann drehte sie sich zu Priya um. »Ich glaube, es ist höchste Zeit für ein paar Erklärungen.«

Priya erwiderte ihren Blick mit schmalen Augen und nickte. »Das kann man wohl sagen.«

Als sie ins Labor zurückgekehrt waren, schafften Elli und Klick ein paar Stühle heran. Alle setzten sich, nur Yanis blieb an einen Tisch gelehnt stehen.

Finn zog sich die Ärmel seiner Kapuzenjacke über die Hände und wartete ab. Ihm brannten tausend Fragen auf der Zunge, aber er würde bestimmt nicht der Erste sein, der sprach. Und scheinbar war er nicht der Einzige mit dieser Taktik. Das angespannte Schweigen hielt an, bis Priya schließlich die Hände hob und seufzte. »Also gut, machen wir eben den Anfang. Was wollt ihr wissen?«

Sofort lehnte Samira sich vor. »Wieso leuchtet unser Frosch? Und wieso bezeichnet ihr ihn als Kompass?«

»Klick?«, sagte Priya und nickte ihm auffordernd zu.

»Soll ich alles erklären?«, fragte er.

Priya zuckte mit der Schulter. »Warum nicht.«

Yanis' Miene verdunkelte sich, aber er widersprach nicht.

Elli saß mit einem untergeschlagenen Bein auf ihrem Stuhl. Die Pandamütze hatte sie abgesetzt. Nervös zupfte sie sich an einem Ohr herum.

»Okidoki«, sagte Klick zufrieden und wandte sich mit einem Lächeln an Samira. »Warum der Frosch leuchtet, kann ich dir nicht erklären. Das haben wir selber noch nicht herausgefunden. Aber ich kann dir sagen, *wann* er leuchtet.«

Nach ihrer Rückkehr ins Labor hatte Klick Flöckchen in einen Glasbehälter mit Deckel gesetzt und das Terrarium auf den hohen Tisch gestellt. Jetzt sah Finn zu, wie Flöckchen an einem Wasserschälchen nippte und sich dann einem anderen Schälchen mit getrockneten Mehlwürmern zuwandte. Ganz wie ein normaler Frosch. Nur, dass an Flöckchen nichts normal war.

Und an dir auch nicht, wisperte eine Stimme in seinem Kopf, die er sofort unterdrückte.

Klick lehnte sich auf seine Knie und verkündete in verschwörerischem Ton: »Der Frosch leuchtet, wenn er die Fährte des Mondwandlers wittert.«

Schlagartig richtete sich Finns ganze Aufmerksamkeit auf Klick. Hatte er sich gerade verhört?

»Sag das noch mal«, forderte Samira ihn mit dünner Stimme auf.

Klick grinste breit. »Das Leuchten tritt immer dann auf, wenn ein weißer Frosch wie der hier auf die Spur des Mondwandlers reagiert.«

»Woher wisst ihr das?« Finn hatte das Gefühl, als würde sich der Boden unter seinem Stuhl in Treibsand auflösen.

Der Mondwandler hinterließ keine Spuren. Er streifte ungesehen durch den Wald, er holte sich diejenigen, die sich nicht an die Regeln hielten, aber er *hinterließ keine Spuren*.

Wie ein Geist, dachte Finn. Gänsehaut krabbelte seinen Nacken hinunter.

»Wir wissen es, weil wir bereits andere Frösche wie ihn gefunden haben«, erklärte Priya. »Drei, um genau zu sein. Allerdings alle hinter dem Zaun. Ihr behauptet, der hier wäre in eurem Garten aufgetaucht?«

»Er saß zwischen Veras Rhabarberstauden«, sagte Samira.

Priya drehte sich zu Yanis. »Das wäre eine Premiere.«

»Vorausgesetzt, sie sagen die Wahrheit«, antwortete Yanis, ohne die Miene zu verziehen. Die Hände hatte er in den Hosentaschen vergraben, aber seine Haltung wirkte weniger lässig als lauernd.

»Wir lügen nicht«, konterte Samira, zur gleichen Zeit als Finn erstaunt fragte: »Ihr geht hinter den Zaun?«

»Natürlich«, sagte Priya. »Wenn man Jagd auf den Mondwandler macht, fängt man am besten auf der verbotenen Seite des Waldes an.«

Finn starrte von Priya zu den anderen Elstern und erwartete, dass sie ihre Worte als Scherz entlarvten. Aber das taten sie nicht. Der Zaun verlief tief im Wald, irgendwo nördlich von Finns Kommune. Er selbst war noch nie dort gewesen. Er wusste nur, dass er eine Grenze markierte zwischen dem bewohnten Teil des Waldes, und einer Region, in der unvorstellbare Gefahren lauerten.

»Überrascht?«, fragte Elli in selbstgefälligem Tonfall.

»Das ist noch untertrieben«, sagte Samira langsam. »Hab ich das richtig verstanden, ihr macht Jagd auf den Mondwandler?«

Priya nickte.

»Okay«, sagte Samira. »Also seid ihr komplett verrückt.«

»Warum?«, fragte Yanis. »Weil wir uns nicht zitternd und heulend unter unseren Betten verstecken?«

»Weil das ein Himmelfahrtskommando ist«, konterte Samira. »Ihr jagt also etwas, das nicht nur unsichtbar ist, sondern auch mit schöner Regelmäßigkeit Menschen verschwinden lässt? Warum?«

»Die Frage hast du gerade selbst beantwortet«, sagte Priya. »Wir wollen den Mondwandler stoppen, damit er keine weiteren Menschen entführt. Und ein Frosch wie dieser hier«, sie wies auf Flöckchens Terrarium, »kann uns dabei helfen.«

»Weil er ein Kompass ist«, sagte Finn. Samira hatte recht. Das alles hörte sich verrückt an. Und trotzdem schlug sein Herz mit jeder Einzelheit schneller, die die Elstern hier auf den Tisch legten.

»Ganz genau«, bestätigte Priya. »Zugegeben, vieles verstehen wir noch nicht, aber die leuchtenden Frösche, die wir bisher gefunden haben, haben uns immer in die Richtung des Mondwandlers geschickt.«

Finn lehnte sich vor. »Habt ihr ihn gesehen?«

Priya schien zu überlegen, was sie antworten sollte, aber Klick sprudelte bereits drauf los. »Meistens hört man ihn nur. Er ist auf jeden Fall groß genug, um Bäume umzuschmeißen. Und irgendwie muss er sich tarnen können, denn manchmal sehen unsere Späher einen monstermäßigen Schatten, und dann ist er plötzlich weg. Hark kam ihm wahrscheinlich am nächsten, als …«

»Hör auf mit dem Gelaber, Klick«, fuhr Yanis dazwischen. »Was ist jetzt mit dem Ding?« Er nickte in Richtung des Glaskastens. »Funktioniert er, oder was?«

»Hey, kein Grund auszurasten«, beschwerte sich Klick, aber dann zuckte er mit der Schulter und lehnte sich in Richtung des Kastens. »Ja, ich würde sagen, unser kleiner Freund hier funktioniert. Allerdings scheint er jemanden zu brauchen, der ihn zum Leuchten bringt.«

Bei diesen letzten Worten sah er zu Finn, und alle anderen taten es ihm gleich.

»Wir haben erst mal genug erklärt«, sagte Priya. »Jetzt seid ihr dran. Woher wusstet ihr, wie ihr den Frosch aktivieren könnt?«

»Ganz ehrlich?«, fragte Samira. »Wir wissen überhaupt nichts. Null. Zero.«

Elli schnaubte ungläubig, aber Priya bohrte weiter. Dieses Mal wandte sie sich an Finn. »Du hast behauptet, der Frosch würde summen.«

»Ja«, bestätigte er.

Priya zog die Brauen zusammen. »Keiner von uns hat das gehört.«

Unbehaglich wand sich Finn auf seinem Stuhl. »Wirklich? Keiner?«

Niemand widersprach. Als Finn zu Samira sah, schüttelte sie den Kopf. Das war beunruhigend.

Nicht normal, wiederholte die Stimme in seinem Kopf.

Finn fuhr sich mit der Zungenspitze über die Lippen. »Ich kann's nicht richtig erklären«, sagte er. »Ich, ähm, ich höre ziemlich gut. Und wenn ich im Wald unterwegs bin, höre ich ab und zu Geräusche, die da nicht richtig hinpassen.« Es fühlte sich seltsam an, vor Fremden darüber zu reden. Bisher hatte er nur wenigen Menschen von den merkwürden Lauten erzählt, die er hin und wieder aufschnappte. Samira wusste Bescheid, weil er mit ihr über alles reden konnte. Seine Eltern und Oma Vera wussten Bescheid, weil er ihnen kurz nach Hannahs Verschwinden von dem Klingeln auf der Lichtung erzählt hatte. Der besorgte Blick, den seine Eltern sich damals zugeworfen hatten, hatte sich in sein Gedächtnis gebrannt.

»Was für Geräusche?«, hakte Priya nach.

Finn zuckte mit der Schulter. »Alles Mögliche«, sagte er ausweichend. »Aber nichts war bisher so klar wie das Summen von Flöckchen.« *Und das Klingeln.* Doch das behielt er für sich.

Priya runzelte die Stirn. »Und das Summen hat dich nach draußen geführt?«

»Ja, irgendwie schon«, sagte Finn. »Der Ton hat sich verändert, je nachdem, in welche Richtung ich gegangen bin. Aber ich habe keine Ahnung, warum das so gewesen ist.«

»Klick?«, fragte Priya, aber der hob nur hilflos die Hände.

»Schau mich nicht an«, sagte er. »Ich bin hier nur der Pflanzen- und Biotech-Fachmann. Von summenden Fröschen hab ich keine Ahnung.« Er kratzte sich am Hinterkopf, überlegte, und setzte dann hinzu. »Wobei … vielleicht sondert der Frosch einen Ton auf einer Frequenz ab, den man mit bloßem Ohr nicht hören kann. Warum Finnie hier das dann allerdings aufschnappt, ist mir ein Rätsel.«

Priya schien mit seiner Antwort nicht zufrieden zu sein und wandte sich an Samira. »Was ist mit dir?«, fragte sie. »Warum hast du vorgeschlagen, dass er sich mit dem Frosch bewegen soll?«

Samira zögerte, dann drehte sie sich zu Finn. »Als ich dich im Wald gefunden habe, hast du mich ein Stück nach hinten geschoben. Das hast du gemacht, weil das Summen dann besser klang, oder?«

»Ja«, antwortete Finn erstaunt. Sie hatte recht, auch wenn ihm das nicht so bewusst gewesen war. »Das Summen klang irgendwie zu flach, aber sobald du einen Schritt zurückgetreten bist, wurde das Geräusch tiefer, intensiver und …«

»… und Flöckchen fing an zu leuchten«, vervollständigte Samira.

»Oh«, machte Klick, und dann lauter: »Oh!«

»Magst du uns an deinem Geistesblitz teilhaben lassen?«, fragte Priya trocken, und dieses winzige Lächeln zupfte wieder an ihrem Mundwinkel.

»Wahrscheinlich funktioniert der Frosch wie eine Stimmgabel«, überlegte Klick.

Samira sprang augenblicklich darauf an. »Du meinst, er hat eine bestimmte Schwingung, und wenn er mit etwas in Berührung kommt, was die gleiche Frequenz hat, erzeugen beide einen bestimmten Ton?«

Klick nickte begeistert. »Oder eben einen Missklang, wenn die Frequenz nicht passt. Oder!« Er schlug sich aufgeregt auf die Schenkel. »Oder er hat einen Magnetsinn! Wie …«

»… Zugvögel«, vervollständigte Samira. Klick klatschte in die Hände und zeigte dann beeindruckt mit beiden Zeigefingern auf Samira. Finn lächelte. Es wunderte ihn kein bisschen, dass Samira mit Klick mithalten konnte.

»Zugvögel bestimmen ihren Flug, indem sie sich am Magnetfeld der Erde orientieren«, erklärte sie den anderen. »Im Prinzip sind sie geflügelte Kompassnadeln, die sich nach den Schwingungen des Erdmagnetfelds ausrichten.« Sie wandte sich wieder an Klick. »Aber wenn Flöckchen ein Kompass ist, der den Weg zum Mondwandler zeigt, dann würde das bedeuten, dass der ein eigenes Magnetfeld hat?«

»Gut möglich«, stimmte Klick zu, ruderte dann jedoch wieder zurück. »Allerdings ist dann meine Spurentheorie im Eimer.«

»Was für eine Theorie?«, fragte Finn.

»Das Gras, auf das wir euren Frosch gesetzt haben«, sagte Klick. »Wir haben es bei unserer letzten Jagd aus dem Nachtschattenwald geholt. Pri, magst du's erzählen?«

»Klar«, sagte Priya. »Yanis und seine Truppe hatten einen Kompassfrosch gefunden, ist schon ein, zwei Monate her. Wir sind ihm ziemlich tief in den Wald hinter dem Zaun gefolgt, bis zu einer Stelle, an der der Mondwandler durch ein Gebüsch gebrochen war.«

Finns Finger krampften sich um die Säume seiner Ärmel. Priyas Geschichte spielte sich wie ein Film vor seinem inneren Auge ab. Er stellte sich einen tiefschwarzen Wald vor. Bäume, so hoch, dass ihre Kronen mit dem Himmel zu verschmelzen schienen. Und dann, direkt vor Priya und den anderen, eine Wand aus wild wucherndem Unterholz, in dessen Mitte ein riesiges Loch wie ein offenes Maul klaffte.

»Wir haben ihn wohl nur knapp verpasst«, knüpfte Klick an. »Das Loch war gerade erst dabei, wieder zuzuwachsen.«

»Was?«, unterbrach Samira. »Vor euren Augen?«

Klick nickte ernst, und Elli sagte: »Im Wald hinter dem Zaun wächst alles noch viel schneller als hier.«

»Das ist auch der Grund, warum wir die Kompassfrösche brauchen«, sagte Priya. »Ohne sie verlieren wir die Spur des Mondwandlers immer wieder. Und der Frosch, den wir damals hatten, gab genau vor dem Loch den Geist auf.«

»Er ist gestorben?«, fragte Samira entsetzt.

»Erloschen«, korrigierte Priya. »Erst hat er aufgehört zu leuchten, dann wurde er träge und grau.«

»Das wurden sie alle«, sagte Klick. »Der zweite sogar schon fünf Sekunden nach dem ersten Leuchten. Was auch immer sie aktiviert, sie hören einfach auf, darauf zu reagieren und verfärben sich in so ein aschiges Grau.«

»Als der dritte nicht mehr funktionierte, haben wir noch versucht, die Spur auf eigene Faust weiterzuverfolgen«, sagte Priya. »Aber nach ein paar Metern war Ende.«

»Der Wald war makellos«, sagte Yanis düster, fast vorwurfsvoll. »Als hätte sich dort nie etwas bewegt.«

»Ich hatte schon befürchtet, dass das passieren würde«, sagte Klick. »Deshalb habe ich Pri gebeten, Bodenproben von der Stelle mitzubringen, an der der Frosch das letzte Mal angeschlagen hat.«

»Das Grasstück?«, fragte Samira.

Klick nickte. »Genau. Ich hatte die Vermutung, dass der Mondwandler irgendetwas absondert. Einen Geruch vielleicht, oder ein Sekret wie Schweiß, das er im Boden und an den Bäumen hinterlässt.«

»Deshalb habt ihr Flöckchen auf das Gras gesetzt«, sagte Finn. »Weil ihr gehofft habt, dass es noch eine Spur des Mondwandlers enthält und Flöckchen darauf reagiert.«

»Exakt«, bestätigte Klick. »Und das hat er ja auch, zuerst. Was für meine Sekret-Theorie spricht. Aber das Geräusch, das du hörst, spricht eher für Schwingungen, also, ganz ehrlich? Ich habe gerade keine Antworten.«

»Die brauchen wir auch nicht«, sagte Yanis barsch, und alle drehten sich überrascht zu ihm um. »Wir müssen nicht wissen, wie der Frosch funktioniert. Wir müssen nur wissen, dass er es tut. Und wir wissen noch etwas: *Er* kann ihn zum Leuchten bringen.« Er deutete auf Finn, und der wich unwillkürlich in seinem Stuhl zurück.

»*Er* heißt Finn«, empörte sich Samira, aber Yanis ignorierte sie und sprach weiter zu Priya.

»Wenn wir ihn mit hinter den Zaun nehmen, funktioniert der Frosch vielleicht lange genug, damit wir das Mistvieh endlich erwischen.«

Finn richtete sich kerzengerade auf. »Hey! Moment mal!«

»Du hast sie ja wohl nicht alle«, schloss Samira sich an.

Yanis funkelte wütend in ihre Richtung. »Dein Ton geht mir langsam auf die Nerven, Kleine.«

Samira sprang auf. »Weißt du, wie schnurzpiepegal mir das ist?«, schnauzte sie ihn an. »Finn geht garantiert nicht mit euch hinter den Zaun.«

Finn stand ebenfalls auf und mit ihm auch alle anderen.

»Hey, hey«, sagte Klick beschwichtigend. »Gibt keinen Grund, dass wir uns hier an die Gurgel gehen, okay?«

Yanis verzog angewidert das Gesicht. Den lässigen Anstrich hatte er jetzt völlig abgelegt. Gut, dachte Finn wütend. Zeig dein wahres Gesicht.

»Priya«, beharrte Yanis. »Das ist die Chance, auf die wir gewartet haben.«

Priya jedoch behielt die Ruhe. »Vielleicht«, sagte sie.

Finns Herz hämmerte jetzt in seiner Brust. »Nichts ist mit *vielleicht*«, sagte er. »Selbst wenn ich wüsste, wie man richtig mit dem Frosch umgeht, und das tue ich nicht, würde ich nicht mit euch in den Wald hinter dem Zaun gehen. Warum sollte ich?«

»Vielleicht, weil du eine Rechnung mit dem Mondwandler offen hast?«, fuhr Elli ihn an. »Wie wir alle?«

Das nahm Finn mit einem Schlag den Wind aus den Segeln.

Priya ging zu ihm. Finn wich vor ihr zurück, aber sie hob nur beschwichtigend die Hände. »Ich habe nur eine Frage«, sagte sie. »Du hast jemanden an den Mondwandler verloren, oder?«

Finn nickte stumm.

Priyas Miene wurde ein kleines bisschen weicher. »Wer war es?«

»Meine Schwester.« Finn schluckte. »Hannah.«

Samira trat so dicht neben ihn, dass sich ihre Arme berührten. Er spürte, wie sie mit ihrem Ellbogen leicht gegen seinen drückte. Dankbar erwiderte er die Geste.

Priya deutete indessen auf sich und die anderen Elstern. »Wir haben auch alle Menschen, die wir sehr lieb hatten, an ihn verloren. Deshalb sind wir hinter ihm her. Deshalb wollen wir sein Lager finden.«

»Sein Lager?«, wiederholte Samira. »Ihr wollt den Ort finden, an den er die Menschen bringt, die er entführt?«

»Den Ort, an den er sich zurückzieht«, sagte Priya. »Den Ort, an dem er am allerwenigsten mit uns rechnet.«

Sie sah Finn eindringlich an, aber der war einfach nur sprachlos. Zu viele Informationen prasselten hier auf ihn ein. Zu viele beunruhigende Möglichkeiten.

»Das ist doch Wahnsinn«, sagte er leise.

Elli schnaubte, und Yanis meldete sich auch wieder zu Wort.

»Du kannst davon halten, was du willst«, grollte er. »Aber am Ende vom Tag …«

»Yanis«, unterbrach Priya. »Das bringt so nichts.« Sie zögerte, dann presste sie die Finger gegen ihre Schläfen. »Okay. Heute Nacht kommen wir nicht weiter.« Sie überlegte kurz, dann fasste sie einen Entschluss. »Ihr zwei werdet heute bei uns übernachten«, sagte sie zu Finn und Samira. »Dann haben wir alle Zeit, das, was hier vorgefallen ist, zu verdauen. Und morgen reden wir dann darüber, was mir machen.«

»Das heißt, ihr haltet uns hier gefangen?«, fragte Samira mit gepresster Stimme.

Priya lächelte dünn. »Ich würde sagen, ihr seid unsere Gäste.«

»Und wenn wir versuchen wegzulaufen?«, fragte Samira.

»Durch den Wald? In der Nacht?« Priya neigte den Kopf zur Seite. »Würde mich wundern, wenn ihr das nicht auch wahnsinnig fändet.«

Weder Finn noch Samira antworteten.

»Habe ich mir gedacht«, sagte Priya zufrieden. »Also. Eine Nacht Bedenkzeit für uns alle.«

»Kann ich den Frosch solange weiter untersuchen?«, fragte Klick.

»Klar«, sagte Priya, dann wandte sie sich an Elli. »Elli, bei dir ist Platz, oder? Nimm die beiden mit, okay?«

Elli öffnete überrumpelt den Mund, schien es sich dann aber anders zu überlegen. Mit grimmigem Gesicht zog sie sich die Pandamütze wieder auf den Kopf und bedeutete Finn und Samira mit einer Handbewegung, ihr zu folgen.

»Gehen wir«, sagte sie und stiefelte voran, während Klick Flöckchens Terrarium mit einem seligen Strahlen vom Tisch hochhob.

6
Elli

Samira war alles andere als begeistert darüber, dass sie und Finn ausgerechnet bei Elli übernachten sollten.

»Die dreht uns doch den Hals um, wenn wir schlafen«, murmelte sie, während sie Elli aus Klicks Labor hinaus ins Freie folgten.

»Einen wirklich freundlichen Eindruck macht sie nicht«, stimmte Finn zu. Vielleicht war es aber gar nicht so schlecht, dass sie Zeit mit Elli alleine verbrachten. Vielleicht würde er es dann endlich schaffen, sie auf Hannahs Mütze anzusprechen.

»Fragst du sie nach der Mütze?«, wollte Samira wissen.

Wie immer hatte sie ein gutes Gespür dafür, was bei Finn gerade vorging. Und das war im Moment ganz schön kompliziert. Einerseits wollte er unbedingt wissen, woher Elli die Mütze hatte. Andererseits fürchtete er sich vor der Antwort. Daran, dass Hannah von den Elstern entführt wurde, glaubte er nicht mehr. Priya war spröde und Yanis einfach nur unheimlich, aber wenn die Elstern es gewohnt waren, Leute einzusperren, wären sie anders mit Samira und ihm umgesprungen. Nein, wenn es stimmte, dass die Gang dem Mondwandler auf der Spur war, dann gab es ganz andere Möglichkeiten.

Zum Beispiel: Hannah hatte die Mütze bei ihrer Entführung verloren, und Elli hatte sie gefunden. Oder: Elli hatte Hannah gesehen und wusste, was ihr widerfahren war. Und so gern Finn gewusst hätte, was zutraf, so sehr fürchtete er sich vor der Gewissheit. Die Erwachsenen behaupteten, der Mondwandler versetzte die, die er einsammelte, in einen tiefen Schlaf. In der ersten Zeit nach Hannahs Verschwinden hatte er sich vorgestellt, wie sie auf einem Bett aus wilden Rosen schlief. Wie Dornröschen in den Märchen, die Oma Vera ihnen früher vorgelesen hatte. Aber je älter er wurde, umso unwahrscheinlicher fühlte sich dieses Bild an. Aber was wäre die Alternative, wenn Hannah nicht schlief?

Finn schloss die Augen.

»Finn?«, fragte Samira. »Hannah ist bestimmt okay.«

Er nickte und ärgerte sich gleichzeitig über sich selbst. Er sollte Elli einfach fragen. Es war ja nicht so, als gäbe es keine anderen Rätsel, die er auch noch lösen musste. Zum Beispiel das Mysterium, warum ausgerechnet er Flöckchen summen hörte, und alle anderen nicht.

Finn rieb sich mit der Hand durch die Haare. Priya hatte recht. Eine Mütze Schlaf wäre wirklich gut. Er brauchte eine Pause vom Nachgrübeln.

»Möchte bloß wissen, wo sie mit uns hinstiefelt«, murrte Samira.

Elli führte sie am zweiten Fabrikgebäude vorbei und ging weiter auf den Rand der Lichtung zu. Der Mond stand mittlerweile hoch am Himmel, und sein Licht fiel auf eine Backsteinmauer, in der ein quadratischer Durchgang klaffte. Dahinter lag ein Stück Wiese, das nicht verbrannt war, sondern von Unkraut überwuchert war.

Mitten im Gras stand ein Klotz, der sich beim Näherkommen als kleiner Bus entpuppte. Autohülsen gab es im Wald viele. Sie waren durchgerostet und ausgehöhlt, von Efeu überwuchert oder von jungen Bäumen aufgebrochen. Dieser Bus schien jedoch gut in Schuss zu sein. Er hatte sogar noch alle seine Fensterscheiben, soweit Finn das erkennen konnte. Auf der hinteren Längsseite standen ein paar Leuchtpilze verteilt im Gras. Zwei Klappstühle und ein Campingtisch warteten neben der Seitentür des Busses, und eine Markise reckte sich über den kleinen Vorplatz.

Kommentarlos öffnete Elli die Schiebetür des Busses, stieg ein, und kurz darauf ging drinnen eine ganze Schar honiggoldener Lichter an.

Finn und Samira tauschten einen Blick aus, dann stiegen sie ebenfalls in den Bus.

Starr vor Staunen blieb Finn direkt auf der Schwelle stehen. Er wusste nicht, was er erwartet hatte, aber das hier überrumpelte ihn total. Das Innere von Ellis Bus war *gemütlich.* Eine erhöhte Matratze mit jeder Menge Kissen diente als Sofa an der langen Wand gegenüber der Tür. Tücher mit bunten Mustern hingen vor den Fenstern, und aufgefädelte Sterne aus Silberfolie hingen von der Decke. Eine schmale Leiter führte auf eine Empore über dem Fahrer- und Beifahrersitz. Da oben lag eine weitere Matratze mit noch mehr Kissen und Decken.

Elli knipste eine Lichterkette an, die sie quer über das Armaturenbrett drapiert hatte.

»Ihr könnt auf der Couch schlafen«, sagte sie, ohne sich umzudrehen.

»Sehr großzügig«, bemerkte Samira trocken.

Wütend fuhr Elli zu ihr herum. Sie war die ganze Zeit schon mürrisch gewesen, aber jetzt fuhr sie endgültig aus der Haut. »Ich hab mir nicht ausgesucht, für euch den Babysitter zu spielen«, fauchte sie. »Ihr kommt hier an und fühlt euch wie was Besseres, oder? Weil ihr ach so brave Kommunenkids seid? Ihr geht mir so was von auf die Nerven. Und du!« Sie funkelte Finn an. »Warum glotzt du mich die ganze Zeit so an?«

Samira baute sich breit auf und wollte zurückfeuern, aber Finn nahm seinen ganzen Mut zusammen.

»Es ist wegen der Mütze«, sagte er zu Elli.

»Wegen was?« Elli runzelte irritiert die Stirn.

Finn deutete auf die Pandamütze. »Deine Mütze hat meiner Schwester gehört.«

Das brachte Elli zum Verstummen. Zum ersten Mal wich die Anspannung zumindest ein Stück weit aus ihrer Haltung. Ihre Miene glättete sich, und ihr Blick wurde nachdenklich.

Vielleicht musste sie einfach kurz Dampf ablassen, dachte Finn. Das konnte er auch irgendwie verstehen.

Einen Momentlang standen sie alle drei schweigend da, dann zog Elli die Pandamütze vom Kopf. »Ich hab sie im Wald gefunden«, sagte sie. »In der Nähe des Zauns.«

Sie zögerte, dann hielt sie Finn die Mütze hin. Es wirkte wie ein Friedensangebot.

Finns Herz krampfte sich zusammen, als er die Mütze in

die Hand nahm. Er fuhr mit dem Daumen über den Kunstpelz und hörte, wie die seidigen Härchen unter seiner Berührung leise wisperten. »Hast du …« Er stockte, fuhr sich mit der Zungenspitze über die Lippen und versuchte es noch einmal. »Hast du das Mädchen gesehen, das sie getragen hat?«

Elli schüttelte bedauernd den Kopf. »Die Mütze hing an einem abgebrochenen Ast. Wohl schon eine Weile. Eine Ackerwinde hatte sich drumherum gewickelt.«

Finn strich über das aufgestickte Herz. Erleichterte ihn diese Antwort? Er wusste es nicht.

Samira sah auf die Mütze, dann setzte sie sich mit einem tiefen Seufzer auf die Couch. »Was ist das alles für ein Schlamassel«, sagte sie.

Finn faltete die Mütze zusammen und steckte sie in seine Jackentasche. »Danke«, sagte er zu Elli.

Sie nickte, überlegte und sah sich dann in ihrem Bus um.

»Habt ihr Hunger?«, fragte sie. »Ich hab irgendwo noch Kekse.«

Finn träumte. Wieder stand er in der Lichtung, zu der ihn der Schmetterling geführt hatte. Nur war er diesmal kein pausbäckiger Knirps. Er steckte im schlaksigen Körper seines zwölfjährigen Ichs. Der Wald war genauso unruhig wie sein Schlaf: Blätter rauschten, Bäume schwankten, und kleine Lichter hüpften mit glockenhellem Klingeln durchs

Geäst. Als Finn nach unten sah, hielt er kurz Flöckchen in den Händen, und dann einen der Waldgeister, die Hannah immer gezeichnet hatte: Ein rundes Männlein mit einem Kopf in der Form einer halb geöffneten Knospe.

Mit einem Ruck wachte er auf. Es fühlte sich an, als hätte er kaum fünf Minuten geschlafen. Das Innere des Busses lag im Dunkeln, bis auf den rosafarbenen Schein einer Leuchtkugel, über die Elli ein buntes Tuch gelegt hatte.

Samira schlief auf der Seite und hatte sich dicht an die Wand des Busses geschmiegt. Finn lag auf dem Rücken und starrte zum Dach hinauf. Er war erschöpft, keine Frage, aber in seinem Kopf wirbelten zu viele Gedanken herum. Kein Wunder, dass sein Traum alles zusammengewürfelt hatte: Den Ort, an dem Hannah verschwunden war, einen ihrer Waldgeister *und* den eigenartigen Frosch.

Finn dachte daran, wie sich Flöckchen in seinen Händen angefühlt hatte. Wie sich das Summen nicht nur in seinen Ohren, sondern auch unter seiner Haut ausgebreitet hatte. Wieso reagierte er so auf den Frosch? Und wieso reagierte außer ihm selbst niemand?

Dieses Rätsel ließ ihm keine Ruhe, aber die eigentlich wichtige Frage war noch beunruhigender: Was würde er mit dieser Fähigkeit anstellen? Würde er den Elstern helfen und mit ihnen auf die Jagd nach dem Mondwandler gehen?

Allein die Vorstellung war verrückt.

Oder nicht?

Nach einer Weile hielt Finn es nicht mehr aus. Leise stand er auf, streifte sich seine Kapuzenjacke über und tappte zur Tür, die einen Spaltbreit offenstand. Vorsichtig zog Finn am Türgriff, bis er nach draußen schauen konnte.

Elli saß auf einem der Campingstühle vor dem Bus. Das Leuchten der Solarpilze war schwächer geworden, aber Elli hatte sich eine Stirnlampe umgebunden und schmökerte in einem zerknautschten Buch. Als Finn sich aus dem Bus lehnte, schaute sie kurz hoch, legte ein Lesezeichen zwischen die Seiten und knipste die Stirnlampe aus.

»Alles okay?«, fragte sie.

Finn zuckte mit den Schultern. »Klar.« Was sollte er auch sonst sagen? Ich kann nicht schlafen? Oder: Es fühlt sich so an, als würde ich vor einer offenen Tür stehen, hinter der entweder ein Abgrund oder eine komplett neue Welt wartet?

Elli musterte ihn nachdenklich, dann nickte sie zu dem freien Stuhl neben sich.

Finn zögerte. Es fiel ihm schwer, bei Dunkelheit einen Fuß ins Freie zu setzen. Er musste nur von der Türschwelle des Busses auf den Boden hüpfen, aber irgendwie hatte er das Gefühl, als würde er damit auch über eine Hürde steigen. Ganz schwach, wie ein Echo, hörte er die Stimme seiner Mutter.

Wenn es draußen dunkel wird, erwacht der Mondwandler. Er schleicht durch den Wald und schnappt sich alle, die nicht rechtzeitig im Bett sind.

Finn presste die Lippen aufeinander, sprang hinunter auf die Wiese und ging zu dem leeren Stuhl. Der knarzte, als er sich setzte, aber abgesehen davon herrschte hier draußen Stille.

Finn versuchte, sich zu entspannen. Die Baumgrenze war noch an die hundert Meter weit entfernt. Wenn nötig, wären sie innerhalb von zwei Sekunden zurück im Bus. Das beruhigte ihn dann doch etwas.

Elli streckte die Füße vor sich aus. »Als ich das erste Mal hierhergekommen bin, konnte ich auch nicht schlafen.«

Finn warf ihr einen Seitenblick zu. »Wie lange bist du denn schon bei den Elstern?«

»Seit einem Jahr.« Sie sah ihn nicht an, als sie hinzufügte: »Meine Mutter ist auch geholt worden.«

»Das tut mir leid«, sagte Finn. Er dachte an Priyas Worte. *Wir haben auch alle Menschen, die wir sehr lieb hatten, an ihn verloren.* In seinen Augen waren die Elstern nichts als Unruhestifter gewesen. Dass sie vielleicht gute Gründe hatten, um sich von den Kommunen abzusondern und ihre eigenen Pläne zu verfolgen, daran hatte er nie gedacht.

»Wie … wie ist es passiert?«, fragte er Elli.

Sie bohrte ihre Fußspitze in den Boden. »Ein Kind aus unserer Kommune hatte sich verirrt. Ein Mädchen. Meine Mutter ist nach Sonnenuntergang auf die Suche nach ihm gegangen und nicht zurückgekommen.«

Finn war überrascht. »Das war mutig von ihr«, sagte er. In seiner eigenen Kommune war tatsächlich nie jemand losgezogen, um jemanden zurückzuholen, der nicht rechtzeitig nach Hause gekommen war. So zu handeln war nicht nur gefährlich, es war tabu. Nachts nach Vermissten zu suchen wäre ein Regelbruch und damit eine Bedrohung für das Gleichgewicht zwischen Wald und Menschen.

Elli schnaubte leise. »Sonst hat's ja keiner für nötig befunden«, sagte sie. »Die anderen waren komplett okay damit, den Dingen ihren Lauf zu lassen.«

Die Bitterkeit in ihrer Stimme weckte Finns Mitleid. So langsam verstand er, warum Elli so viel Wut ausstrahlte. Er hörte auch, was sie nicht sagte. Die Menschen aus ihrer Kommune hatten nicht nur das Mädchen aufgegeben. Sie hatten auch Ellis Mutter ihrem Schicksal überlassen.

Und noch etwas stimmte Finn nachdenklich. Als Hannah verschwunden war, hatte sich der Suchtrupp aus seiner Kommune erst bei Sonnenaufgang auf den Weg gemacht. Er hatte das nie in Frage gestellt. Er hatte sich immer nur Vorwürfe gemacht, weil er die Regeln missachtet hatte. Aber was wäre gewesen, wenn Oma Vera und seine Eltern noch in der Nacht nach Hannah und ihm gesucht hätten?

Der Mondwandler hätte sie alle geholt, dachte Finn. Oder etwa nicht?

Elli sah ihn immer noch nicht an. »Was ist mit deiner Schwester passiert?«, fragte sie.

Finn sank etwas tiefer in seinem Stuhl und schob die Hände in die Tasche seiner Jacke. Es fiel ihm schwer, über jene Nacht zu reden. Selbst Samira hatte er nur einmal richtig davon erzählt, abends, als sie auf Samiras Bett lagen und das Licht bereits aus war. Dass Samira ihn nicht sehen konnte, hatte es irgendwie einfacher gemacht.

»Wir haben die Zeit vergessen«, sagte er jetzt. Er traute sich nicht zu prüfen, ob Elli immer noch zu Boden starrte. »Ich war neugierig und bin zu tief in den Wald gelaufen. Sie kam hinterher, aber als sie mich gefunden hat, war's schon zu spät. Die Sonne war untergangen und … der Mondwandler kam.«

»Hast du ihn gesehen?«, fragte Elli.

Finn schüttelte den Kopf. »Hannah hat mich versteckt. Aber sie …« Wieder ballte er die Hände zu Fäusten. »Für sie gab's kein Versteck.«

Mit glühenden Wangen wartete er darauf, dass Elli ihn wegen seiner Fahrlässigkeit verurteilte. Aber das tat sie nicht. Schweigend saßen sie nebeneinander, und nach einer Weile konnte Finn wieder ruhiger atmen.

Irgendwann sagte Elli: »Ich geh schlafen.«

Sie war gerade aufgestanden, als Finn sie fragte: »Wollt ihr wirklich Jagd auf den Mondwandler machen?«

Elli drehte sich zu ihm um. Im schwachen Schimmer der Leuchtpilze wirkten ihre Augen groß und dunkel wie die Nacht. Die Frage, die sie ihm stellte, sorgte dafür, dass Finn noch lange nicht einschlafen würde.

»Du etwa nicht?«

7
Märchen und Lügen

Am nächsten Morgen trafen sich Finn, Samira und Elli mit den Anführern der Gang zum Frühstück. Dazu stiegen sie auf das Dach des großen Fabrikgebäudes, wo die Elstern einen erstaunlich schönen Garten angelegt hatten. Überall standen Hochbeete aus Holzkisten und Metalltonnen. Gurken und Bohnen rankten an Stangen hinauf, während andere Beete vor Salat, Kräutern und Zwiebelgrün überquollen. Bienen schwirrten um einen Lavendelbusch, der in einer alten Badewanne wuchs.

Ein paar Elstern gossen die Hochbeete, andere saßen an den Tischen, die zwischen den Pflanzen aufgestellt waren. Viele von ihnen hatten etwas zu essen dabei oder holten sich Tee und Obstsäfte aus der Freiluftküche, die sich am hinteren Ende des Dachgartens befand.

Der Tisch, an dem sich Finn, Samira und die anderen versammelt hatten, stand direkt neben einer großen Kiste, die mit Tomatenstauden bepflanzt war. Heute früh fühlte sich ihre Zusammenkunft entspannter an. Selbst Yanis wirkte versöhnlicher. Als Hark Finn ein Glas mit Kirschmarmelade hinstellte, reichte Yanis ihm sogar einen Löffel.

Beinahe hätte man es für ein Treffen von Freunden halten können, wäre da nicht der Glaskasten mit dem kleinen weißen Frosch, der zwischen ihnen auf dem Tisch stand. Jedes Mal, wenn Finn ihn ansah, wurde ihm wieder bewusst, was die Elstern von ihm wollten.

Priya saß im Schneidersitz auf einem gepolsterten Hocker. Sie nippte schon eine Weile an einer Tasse Tee herum, aber jetzt schien sie nicht mehr warten zu wollen. »Okay«, sagte sie und stellte ihre Tasse ab. »Ich schätze, wir kommen besser zur Sache. Wie habt ihr euch entschieden?«

Mit einem Schlag war es still am Tisch. Finn und Samira wechselten einen raschen Blick. Heute früh hatten sie Elli um einen Moment für sich gebeten und sich beraten. Würden sie den Elstern helfen oder nicht? Ihre Unterhaltung spielte sich wie ein Film in seinem Kopf ab:

»Ich traue ihnen nicht«, sagte Samira. »Du?«

»Ich weiß es nicht.« Finns Blick glitt zur Tür des Busses, hinter der Elli wartete. »Sie sind anders, als ich gedacht habe.«

»Stimmt«, bestätigte Samira. »Sie sind sehr gut organisiert, das ist das eine. Und dann die Sache mit dem Mondwandler. Als sie davon angefangen haben, dass sie Jagd auf ihn machen, dachte ich erst nur: Wie bekloppt kann man sein? Aber dann die Idee, dass man sein Lager finden könnte? Es ist verrückt, aber irgendwie …«

Irgendwie weckt die Idee Hoffnung, beendete Finn ihren Satz in Gedanken. Laut sagte er: »Wenn man sein Lager finden würde, würde man auch die Nachtschwärmer finden.«

Samira nickte. »Trotzdem. Geheuer ist mir das alles nicht. Wir wissen einfach zu wenig.« Eine nach der anderen zählte sie die offenen Fragen an ihren Fingern ab. »Wie wollen sie den Mondwandler stoppen? Was genau haben sie im Wald hinter dem Zaun schon alles gesehen? Und was steckt hinter Flöckchen und deinem Supergehör?«

»Also Supergehör würde ich es jetzt nicht nennen«, widersprach Finn.

»Wie auch immer«, sagte Samira. »Mir ist das jedenfalls alles zu schwammig. Ich brauche mehr Daten.«

Finn lehnte sich gegen die Wand des Busses. »Das heißt, bevor wir irgendwas entscheiden, stellen wir den Elstern eine Menge Fragen.«

»Yep.«

Finn zögerte. »Ich stell's nur in den Raum«, sagte er, ohne Samira anzusehen, »aber wir könnten auch einfach nein sagen, ihnen Flöckchen überlassen und nach Hause gehen.«

»Würdest du das wollen?«, fragte sie.

Die Antwort sprang ihm sofort auf die Zunge. »Nein.« Er lehnte den Kopf gegen die Wand. »Verdammt. Ich kann einfach nicht aufhören, an dieses Lager zu denken. Ich will wissen, ob es stimmt. Ob die Nachtschwärmer dort sind.« Und ob man sie retten kann, setzte er in Gedanken hinzu.

»Geht mir genauso«, gab Samira zu. »Also bleiben wir dabei: Wir löchern sie so lange, bis wir genug wissen, um uns zu entscheiden.«

Oben im Dachgarten erinnerte sich Finn an das, was Samira noch gesagt hatte: *Außerdem glaube ich nicht, dass sie uns tatsächlich einfach gehen lassen. Nicht, solange sie glauben, dass du ihnen nützlich bist.*

Unter den erwartungsvollen Blicken der Elstern lehnte sich Samira auf den Tisch. »Wir haben erst noch ein paar Fragen«, sagte sie.

»Was für eine Überraschung«, kommentierte Yanis säuerlich.

Priya jedoch neigte auffordernd den Kopf zur Seite. »Lass hören.«

»Okay«, sagte Samira. »Habt ihr keine Angst, dass die Jagd alles nur noch schlimmer macht? Dass der Mondwandler sich zur Bestrafung noch mehr Leute holt?«

Elli schnaubte, aber Hark meinte: »Die holt er sich doch sowieso. Es kann also kaum schlimmer werden, als es bereits ist.«

»Ich weiß, sie erzählen uns, dass wir das Gleichgewicht des Waldes in Gefahr bringen, wenn wir die Regeln brechen«, sagte Priya. »Aber habt ihr euch mal überlegt, dass man ein Gleichgewicht, das vom Verschwinden so vieler Menschen abhängig ist, vielleicht gar nicht bewahren sollte?«

Finn schwieg unbehaglich.

Yanis lehnte sich zurück und verschränkte die Arme vor der Brust. »Mal ganz abgesehen davon, dass wir überhaupt nicht wissen, ob diese ganze Gleichgewichtssache überhaupt stimmt.«

Samira runzelte die Stirn. »Wie meinst du das?«

»Uns allen haben sie dieselben Geschichten eingetrichtert«, sagte er. »Der Mondwandler holt sich die Regelbrecher. Und weil sie nachts nicht brav in ihren Betten liegen, versetzt er sie in einen immerwährenden Schlaf.« Seine Miene verfinsterte sich zusehends. »Aber das hieße, dass wir's mit einem intelligenten Jäger zu tun haben. Jemanden, der sich selbst an Regeln hält.«

»Und du glaubst, das ist der Mondwandler nicht?«, fragte Samira.

»Ich glaube, der Mondwandler ist ein Monster«, antwortete er. »Irgendein abartiges Tier, das nachts jagt und sich die holt, die es erwischen kann. Dafür gibt's keinen Grund, keinen Sinn. Und ganz bestimmt bewahrt er kein bescheuertes Gleichgewicht.«

Bei seinen Worten wurde Finn immer mulmiger zumute. Yanis' Behauptungen widersprachen allem, was er gelernt und geglaubt hatte. Aber ein Teil von ihm horchte sehr genau auf, und dieser Teil fing an zu zweifeln.

»Wenn das stimmt«, sagte Samira, »wieso erzählen sie überall in den Kommunen die gleiche Geschichte? Und wieso haben die Erwachsenen dann nicht schon längst Jagd auf den Mondwandler gemacht?«

»Weil sie Schiss haben«, sagte Elli sofort.

»Vielleicht glauben einige der Erwachsenen selbst an das, was sie uns beibringen«, sagte Priya. »Aber Elli liegt schon richtig: Die meisten haben eine Mordsangst vor dem Mondwandler und dem Wald hinter dem Zaun.«

»Aber ihr nicht?«, fragte Samira.

»Doch«, antwortete Priya. »Aber wir lassen uns davon nicht bremsen.« Sie lehnte sich nach vorn auf den Tisch. »Habt ihr nie darüber nachgedacht, eure Vermissten zu suchen?«

Samira warf Finn einen raschen Blick zu. »Habt ihr eure Kommunen deshalb verlassen?«, fragte er ausweichend. »Um nach den Leuten zu suchen, die sich der Mondwandler geholt hat?«

»Ganz genau«, sagte Priya. »Wir haben versucht, die Erwachsenen davon zu überzeugen, dass wir das übernehmen müssen. Aber sie haben immer nur abgeblockt. Wir haben ihnen später sogar von den Fröschen erzählt, aber ihre einzige Antwort war: Lasst die Finger von Dingen, die ihr nicht versteht.«

»In deren Augen sind wir nur Punks und Diebe«, meinte Elli und wandte sich an Samira. »Und du siehst das genauso, richtig?«

Die gab sofort Kontra. »Das mit den Dieben stimmt ja wohl, oder?«

»Klar«, feuerte Elli zurück. »Nur müssten wir nicht klauen, wenn ihr uns unterstützen würdet. Aber ihr versteckt euch lieber und lasst den Mondwandler machen, was er will.«

»Schon gut, Elli«, schaltete Hark sich ein. »Gib ihnen Zeit. Das ist alles neu für sie.«

»Sollte es nicht sein«, murrte Elli, aber sie ließ es vorerst auf sich beruhen.

»Seid ihr denn wirklich damit einverstanden, den Mondwandler einfach machen zu lassen?«, wollte Priya wissen.

»Das haben wir nicht gesagt«, sagte Samira. »Aber ich verstehe immer noch nicht, was genau ihr euch von eurer Jagd erhofft. Der Mondwandler ist gefährlich, egal, ob er jetzt ein übermächtiges Wesen mit Verstand oder ein riesengroßes wildes Tier ist. Wie genau wollt ihr es überhaupt mit ihm aufnehmen?«

Finn sah Hark an. »Gestern hat Klick gesagt, dass du den

Mondwandler fast gesehen hast«, sagte er. »Was hat er damit gemeint?«

Bei der Frage schien sich ein Schatten über Harks Gesicht zu legen.

»Hark«, begann Yanis, doch Hark schüttelte nur milde den Kopf. Er war der größte der Anführer, hatte breite Schultern und kräftige Hände. Gleichzeitig war er der Ruhigste der drei und wählte seine Worte mit Bedacht.

»Ist schon in Ordnung«, sagte er, dann wandte er sich an Samira und Finn. »Ich hatte zwei kleine Schwestern, Leah und Amelie. Vor sechs Jahren hat der Mondwandler sie geholt.«

Finn spürte einen Stich im Herzen. Vor sechs Jahren. Genau wie Hannah.

»Ich habe nie verstanden, warum unsere Eltern nicht nach ihnen gesucht haben«, fuhr Hark fort. »Warum sie ihr Verschwinden einfach so akzeptiert haben. Also habe ich selbst versucht, sie zu finden.« Wieder lächelte er Yanis zu. »Yanis hat mir geholfen, und später Priya und ein paar andere unserer Freunde.«

Finn konnte es sich gut vorstellen. Das jüngere Trio der Anführer, wie es sich das erste Mal auf den Weg in den Nachtschattenwald machte. Hatten die drei Angst gehabt? Bestimmt. Aber sie mussten entschlossen genug gewesen sein, um sich ins Ungewisse zu wagen.

Finns Blick fiel auf die Armbändchen an Harks Handgelenk, die zarten Ketten aus gläsernen Gänseblümchen und bunten Perlen. Plötzlich wurde ihm klar, warum Hark sie trug. Die Bändchen hatten seinen Schwestern gehört.

»Wochenlang haben wir versucht, tagsüber eine Spur des Mondwandlers zu finden«, erzählte Hark. »Wir sind immer weiter in den Nachtschattenwald vorgedrungen, aber da war rein gar nichts, was auf ihn hindeutete. Also haben wir beschlossen, es nachts zu versuchen.«

Finns ganzer Körper spannte sich an, und er merkte, wie auch Samira sich versteifte. »Ihr habt ihn herausgefordert«, sagte sie.

»Wir haben ihn angelockt, ja«, sagte Hark. »Ich habe mich in die Mitte einer Lichtung gesetzt, und die anderen haben sich im Gebüsch drum herum auf die Lauer gelegt.«

Finns Herz klopfte schneller. Das Bild einer dämmerdunklen Lichtung huschte durch sein Gedächtnis.

»Ihr seid echt lebensmüde«, sagte Samira, aber sie klang fast ehrfürchtig.

Hark sah sie mit seinem ruhigen Blick an. »Meine Schwestern waren das Risiko wert.«

»Was ist passiert?«, fragte Finn mit heiserer Stimme.

»Wir haben ihn kommen hören«, sagte Yanis. »Laut wie ein Erdbeben. Er kam von Norden, hat Holz zersplittern und Bäume umstürzen lassen. Bis er kurz vor der Lichtung plötzlich totenstill wurde.«

»Wir haben gespürt, dass er da ist, aber gehört haben wir ihn nicht mehr«, erzählte Priya weiter. Finn bemerkte, dass auch Elli wie gebannt zuhörte. »Wir hätten ihn sehen müssen. Etwas, das Bäume umwirft, sollte sich nicht so perfekt verstecken können. Aber da war nur Dunkelheit.«

»Dann hat er geatmet«, sagte Yanis. »Und danach wurde es hässlich.«

»Es war, als würde ein Sturm durchs Gestrüpp fegen«, erinnerte sich Priya. »Nur, dass es keine gewöhnliche Luft war, die sich da bewegte. Wenn man sie eingeatmet hat, wurde einem schwindelig. Wir hätten wegrennen, uns neu sammeln sollen …«

»… aber es war schon zu spät«, sagte Yanis. »Zwei von uns wurden ins Gebüsch gezerrt, bevor wir überhaupt wussten, was los war.«

»Verdammt«, murmelte Finn.

Yanis nickte. »Danni und Mirko. Hark hat versucht, die beiden zu retten, und hat dafür ein paar Narben kassiert.«

Kommentarlos zog Hark den Kragen seines Karohemds beiseite und zeigte ihnen drei breite Narben, die sich wie die Spur einer großen Kralle von seiner Schulter zu seiner Brust hinunter streckten.

»Richtig gesehen habe ich ihn nicht«, sagte er. »Es war zu dunkel. Aber er war groß. Und schnell.«

»Wir drei sind die Einzigen, die's zurück nach Hause geschafft haben«, sagte Priya.

Samira starrte die Anführer der Elstern fassungslos an. »Und ihr wollt mir erzählen, dass der Mondwandler nur ein Tier ist?«

»Nichts im Wald hinter dem Zaun ist *nur* ein Tier oder *nur* eine Pflanze«, sagte Hark. »Wenn ihr dort seid, werdet ihr es verstehen.«

»*Wenn* wir dorthin gehen«, gab Samira zu bedenken. Mit einem *Uff!* ließ sie sich zurück in ihren Stuhl sinken. »Das ist echt viel zu verdauen.«

»Allerdings«, sagte Finn mit belegter Stimme.

»Nach unserem Fehlschlag haben wir beschlossen, den Mondwandler nicht mehr direkt anzugreifen«, sagte Priya. »Stattdessen haben wir alles darangesetzt, sein Lager zu finden.«

»Und die leuchtenden Frösche helfen euch dabei«, sagte Samira. »Weil sie auch mehr als *nur* Frösche sind.«

»Exakt«, sagte Priya.

»Woher wisst ihr denn, dass die Frösche euch ausgerechnet zum Lager des Mondwandler führen?«, fragte Samira. »Die könnten euch ja auch einfach in irgendeine Ecke des Nachtschattenwaldes lotsen. Zu ihrem Lieblingsteich vielleicht.«

»Zwei von ihnen haben uns bisher auf die Spur des Mondwandlers geführt«, sagte Hark. »Der Dritte hat zu kurz geleuchtet, um uns irgendwohin zu bringen.«

»Also hofft ihr, dass ein richtig funktionierender Frosch euch die Spur des Mondwandlers bis zu seinem Schlafplatz verfolgen lässt?«, hakte Samira nach. »Und das ist es, oder? Eine Hoffnung?«

»Besser als nichts«, sagte Priya.

Finn sah auf Flöckchen, der in seinem Kasten genüsslich an einer Schnecke kaute. Von dem kleinen Kerl hing ganz schön viel ab. Von ihm und von Finn.

»Konnte Klick mehr über den Frosch herausfinden?«, fragte er. »Hat er irgendeine Ahnung, warum ich ihn höre? Oder was ich höre?«

»Leider nein«, sagte Priya. »Wir wissen nur, dass der Frosch auf dich reagiert. Oder du auf ihn. Und dass du unsere bisher beste Chance bist, um das Lager des Mondwandlers zu finden.« Ihr Blick wurde eindringlich. »Also. Was sagst du? Wirst du uns helfen?«

Wieder richtete sich die ganze Aufmerksamkeit auf ihn. Am liebsten hätte er sich unsichtbar gemacht. Aber er konnte sich weder vor den Elstern verstecken noch vor sich selbst. Er spürte, dass er eine Entscheidung treffen musste. Doch er konnte sich einfach nicht dazu durchringen. Den Elstern zu helfen, mit ihnen den Mondwandler zu jagen … das Risiko, das er damit eingehen würde, war wahnwitzig groß. Gleichzeitig ließ ihn jedoch die Vorstellung, Hannah vielleicht doch retten zu können, nicht los.

Denn darauf könnte es hinauslaufen. Wenn sie das Lager des Mondwandlers wirklich fanden, dann würden sie vielleicht auch die Menschen finden, die er entführt hatte.

Die Möglichkeit, Hanna nach all den Jahren wiederzufinden, hatte ihre Klauen tief in sein Herz geschlagen. Was wäre, wenn er seine Schwester tatsächlich nach Hause bringen und seine Familie wieder vervollständigen könnte?

Finn schob eine Hand in seine Jackentasche und tastete über den weichen Kunstpelz von Hannahs Pandamütze.

»Ich kann euch nicht versprechen, dass ich das hinkriege«, sagte er. »Ich weiß ja nicht mal, was genau ich gestern gemacht habe, um den Frosch zum Leuchten zu bringen.«

»Es gibt Momente, da muss man nicht wissen, warum etwas funktioniert«, sagte Priya. »Da reicht es, wenn man es so lange ausprobiert, bis man Ergebnisse bekommt.«

Samira schien nicht überzeugt. »Wenn man so experimentiert, kann man die Risiken schwer abschätzen«, sagte sie.

»Stimmt«, gab Priya zu. »Aber ganz ehrlich? Wie Hark schon gesagt hat, wenn es auch nur die kleinste Chance gibt, dass in der Zukunft niemand mehr den gleichen Verlust erleiden muss wie wir, dann ist es das Risiko wert.« Sie hob eine Braue. »Also«, fragte sie Finn. »Schließt du dich uns an?«

Die Antwort kam von Samira, und zwar prompt. »Wenn überhaupt, dann kommen wir beide mit«, sagte sie und sah rasch zu Finn.

Er nickte dankbar. »Wir sind ein Team«, sagte er.

»Soll uns recht sein«, sagte Yanis. »Solange Madame Schwertzunge nicht die ganze Zeit rumnörgelt.«

Samiras Augen wurden schmal. »Nicht so schnell«, sagte sie. »Fassen wir zusammen. Eure Jagd dauert bereits sechs Jahre, und beim einzigen richtigen Kampf habt ihr den Kürzeren gezogen.«

»Ehrlich jetzt?«, unterbrach Elli. »Dich möchte ich mal sehen in so einer Situation!«

Samira wurde rot, ließ sich aber nicht bremsen. »Das sollte keine Beleidigung sein«, sagte sie. »Ich sage nur: Mal angenommen, ihr stellt den Mondwandler ein zweites Mal, was dann? Wieso denkt ihr, dass es anders ausgeht als vor sechs Jahren?«

»Weil wir ihn in seinem Lager überraschen«, sagte Hark. »An dem Ort, an dem er schläft. Wie gesagt, dort rechnet er nicht mit uns.«

»Ihr wollt ihn überfallen, wenn er schläft?«, fragte Finn.

»Das ist der Plan«, bestätigte Priya.

»Wir werden ihn töten«, schaltete Yanis sich jetzt ein. »Das habt ihr ja wohl begriffen, oder?«

»Wir sind ja nicht blöd«, sagte Samira. »Aber wie soll das gehen? Wollt ihr ihn mit Besenstielen vermöbeln oder ihm eine Bratpfanne über den Kopf ziehen? Ich weiß ja nicht, ob euch das klar ist, aber Gewehre und dergleichen gibt's vielleicht in den Filmen von früher, aber nicht mehr hier bei uns. Es sei denn, ihr habt irgendwo eine Schatztruhe …« Sie verstummte abrupt, dann setzte sie sich kerzengerade hin. »Feuer!«, rief sie. »Ihr wollt Feuer gegen ihn einsetzen!«

Die Anführer der Elstern antworteten nicht. Das brauchten sie auch nicht, denn ihr Schweigen und Ellis ertappter Blick waren Bestätigung genug.

Samiras Augen wurden groß. »Ich glaub's nicht.«

»Samira?«, fragte Finn.

Sie drehte sich zu ihm um und sprach immer schneller. »Die Fässer in Klicks Labor«, sagte sie. »Erinnerst du dich? Da standen mindestens ein Dutzend an den Wänden. Und ich wusste, ich kenne den Geruch.« Sie fuhr zu Priya herum. »Ihr lagert Brandbeschleuniger. Das gleiche verdammte Zeug, mit dem ihr eure Brandgrenzen zieht. Das wollt ihr gegen den Mondwandler einsetzen!«

»Es ist nicht der gleiche Beschleuniger, den wir hier benutzen«, sagte Hark. »Die Mischung in Klicks Fässern ist noch wirkungsvoller.«

Fassungslos starrte Samira ihn an.

Vor seinem inneren Auge sah Finn eine Feuersbrunst. Eine Wand aus gierigen Flammen, die sich durch den Wald fraß und alles in ihrem Weg verschlang. Das mochte genug sein, um den Mondwandler auszuschalten, aber was für eine furchtbare Waffe wäre das. Und wie wollten die Elstern die Flammen kontrollieren? Das Feuer würde doch nicht nur das Lager abbrennen, sondern … Finn stockte. *Das Lager*. Er packte die Lehnen seines Stuhls.

»Was ist mit den Nachtschwärmern?«, fragte er.

Samira drehte sich zu ihm um.

»Mit den Menschen, die der Mondwandler entführt hat«, erklärte er und wandte sich wieder an die drei Anführer. »Wir wissen nicht, wo sie jetzt sind! Wenn ihr das Lager anzündet und er hält sie dort gefangen, wie wollt ihr sie vor dem Feuer beschützen? Wollt ihr sie vorher aufwecken und retten?« Das schien ihm sehr gewagt. Der Mondwandler hatte über die Jahre sehr viele Menschen entführt. Alle aufzuwecken würde eine lange Weile dauern. Ganz abgesehen davon, dass noch niemand etwas dazu gesagt hatte, wie man die Nachtschwärmer überhaupt aufwecken konnte. Im Märchen wurden schlafende Prinzessinnen mit einem Kuss geweckt, aber das würde in echt bestimmt nicht funktionieren. Und selbst wenn sie wüssten, wie: Sie müssten vermutlich mehrere hundert Menschen aufwecken, und das in einer einzigen Nacht. Bevor der Mondwandler im Morgengrauen zu seinem Lager zurückkehrte.

Diesmal tauschten die Anführer der Elstern vielsagende Blicke aus. Elli starrte indessen mit einem verkniffenen

Gesichtsausdruck zu Boden. Schließlich nahm Priya ihre Teetasse und sagte: »Es gibt keine Nachtschwärmer.«

Samira runzelte irritiert die Stirn. »Was soll das jetzt wieder heißen?«

»Ich glaube, das weißt du bereits«, antwortete Priya ruhig.

Kälte entfaltete sich an Finns Nacken wie eine Blüte. Sie breitete sich aus, kroch unter seinen Kragen und seinen Rücken hinunter.

Priya sprach weiter. »Unsere Eltern haben uns allen dasselbe Märchen erzählt. Der Mondwandler holt sich die Unachtsamen. Die Regelbrecher. Und weil sie nachts nicht brav in ihren Betten liegen, versetzt er sie in einen immerwährenden Schlaf. Aber wir wissen doch alle, was Märchen wirklich sind.«

»Märchen sind Lügen«, antwortete Elli in dumpfen Ton.

Finns Haut fühlte sich eisig an. Er ahnte, worauf das hier hinauslaufen würde. Nein, er *wusste* es. Und trotzdem wollte er es nicht hören.

Sag es nicht, flehte er innerlich. Bitte sag es nicht.

»Der Mondwandler ist ein Monster«, sagte Yanis. »Monster legen ihre Beute nicht schlafen. Sie töten sie.«

»Nein!« Bevor er wusste, was er tat, schlug Finn mit der flachen Hand auf den Tisch.

»Das könnt ihr nicht wissen«, sagte Samira. Das Entsetzen stand ihr ins Gesicht geschrieben.

Priya nahm einen Schluck von ihrem Tee. »Denk es logisch durch«, forderte sie Samira auf. »Menschen in einen jahrelangen Schlaf zu versetzen und sie am Leben zu erhalten, ohne dass sie essen, trinken oder sonst etwas tun? Wie soll das gehen?«

»Früher …«, fing Samira an, aber Yanis unterbrach sie.

»Früher gab es Krankenhäuser, die mit Maschinen ausgestattet waren, die so was möglich gemacht haben«, sagte er. »Aber die gibt es nicht mehr. Und selbst wenn sie noch irgendwo herumliegen würden: Ein Tier könnte sie nicht benutzen.«

Aufgebracht rutschte Samira zum Rand ihres Stuhls. »Ihr wisst doch gar nicht, was er kann«, rief sie. »Ihr wisst ja nicht einmal, was er ist! Ihr macht Experimente ohne Absicherung. Ihr zündet den Wald an, obwohl ihr damit eine extreme Abwehrreaktion der Natur herausfordert. Ihr überfallt unsere Vorratslager. Alles bei euch geht nur mit der Holzhammermethode. Und jetzt wollt ihr ein Feuer legen, bei dem womöglich Menschen sterben!«

Finn lehnte sich vor. »Das könnt ihr nicht machen«, drängte er. »Wenn das Feuer außer Kontrolle gerät, dann verbrennt es alle, die im Lager sind. Unsere Familien.« Er drehte sich hilfesuchend zu Elli. »Deine Mutter! Damit kannst du doch nicht einverstanden sein?«

Elli war blass geworden, aber anstatt ihm zu antworten, schaute sie nur schweigend zu Priya.

»Und was, wenn der Mondwandler entkommt?«, setzte Samira hinzu.

»Das wird er nicht«, sagte Yanis düster. »Wenn's sein muss, fackle ich den ganzen verdammten Wald ab.«

»Den ganzen Wald?« Samira warf die Hände in die Luft.

»Klar. Logisch. Dann ist der Mondwandler auch kein Problem mehr, denn dann sind wir alle hinüber.«

Mit einem dumpfen *Plonk!* stellte Priya ihre Teetasse ab. »Genug«, sagte sie. »Ihr habt eure Fragen gestellt. Es ist an der Zeit, euch zu entscheiden. Wirst du den Frosch für uns aktivieren?«

Finn schüttelte den Kopf und stand auf. Sein Herz raste. »Nicht, wenn das euer Plan ist.« Er wich vom Tisch zurück. »Samira?«

»Ganz deiner Meinung«, sagte sie grimmig und stand ebenfalls auf. Sie hatte keinen ganzen Schritt nach hinten getan, als Yanis sehr ruhig sagte. »Und was glaubt ihr, wohin ihr jetzt geht?«

Samira versteifte sich. »Nach Hause«, sagte sie. »Es sei denn, ihr wollt uns hier festhalten?«

Die Blicke des Anführertrios sprachen Bände. Finns Herz schlug jetzt so heftig, dass es in seiner Brust schmerzte.

»Hab ich's mir doch gedacht«, sagte Samira. Ohne Priya und die anderen aus den Augen zu lassen, tastete sie nach Finns Handgelenk. »Von wegen *Ihr seid unsere Gäste*. Das war nichts als Gewäsch. Und da sollen wir euch auch nur irgendwas von dem glauben, was ihr uns gerade aufgetischt habt?«

Mit einem Ruck schob Yanis seinen Stuhl zurück und stand auf. Finn und Samira zuckten zusammen.

»Mir ist egal, was ihr glaubt«, sagte er. Einer nach dem anderen standen auch Hark, Priya und Elli auf. Samiras Finger an Finns Handgelenk drückten leicht zu, als wollte sie ihm ein Signal geben. Was hatte sie vor?

Hark legte Yanis eine Hand auf die Schulter, aber der schüttelte sie ab.

»Wir haben schon zu viel verloren«, grollte er und ging um den Tisch herum auf sie zu. »Wir haben zu viel aufs Spiel gesetzt, während ihr euch in euren Häusern verkriecht. Jetzt haben wir die Chance, uns endgültig von dem Monster zu befreien, und wir werden sie verdammt nochmal ergreifen.«

»Ihr werdet eine Katastrophe lostreten«, sagte Samira mit gepresster Stimme. »Dabei helfen wir euch nicht.«

Kurz vor ihnen blieb Yanis stehen. Ganz leise sagte er: »Wer sagt, dass ihr eine Wahl habt?«

Finn ballte die Fäuste, bereit zum Kampf, aber Samira zog blitzschnell etwas aus ihrer Tasche. Finn sah die durchsichtige Kugel mit dem Badepulver zwischen ihren Fingern aufblitzen. Sie hob sie hoch und zog Finn am Handgelenk einen weiteren Schritt zurück.

»Ich hab's dir schon im Wald gesagt«, zischte Samira. »Wir lassen uns von euch zu nichts zwingen.«

Yanis verzog den Mund. »Und ich habe dir gesagt, dass dein erbärmlicher Bluff nicht funktioniert.«

Doch noch während er das sagte, wurde Finn eines klar: Samira bluffte nicht. Er sah ihr grimmiges Gesicht, spürte, wie ihre Finger sich in seine Haut gruben, und da wusste er: Das Pulver in der Kugel war kein Badesalz.

Yanis schloss einen Schritt zu ihnen auf, und sie wichen weiter zurück. »Ihr zwei werdet euch jetzt brav beruhigen«, sagte Yanis in bedrohlichem Ton, »und mit uns in Klicks Labor gehen.«

»Das kannst du vergessen«, sagte Samira und warf die Kugel. Yanis zuckte tatsächlich zusammen, und sein Blick huschte der Flugbahn der Kugel hinterher. Mit einem leisen *Flump!* landete sie in der Kiste mit den Tomatenstauden. Ein Grinsen breitete sich auf Yanis Gesicht aus.

»Wie ich schon sagte, erbärmlich«, höhnte er, dann explodierte die Kiste.

Samiras Wachstumsbeschleuniger wirkte im Dachgarten der Elstern genauso gut wie in Oma Veras Gewächshaus. Wenn nicht sogar noch besser. Tomatenpflanzen schossen in die Höhe, und grüne Ranken sprudelten über den Rand des Hochbeets wie die Tentakel einer auf Angriff gebürsteten Krake.

Yanis stolperte vor dem wild wuchernden Gewächs zurück und fiel auf den Hintern. Plötzlich gereifte Tomaten platzen von den Zweigen und sausten wie rotfleischige Geschosse durch die Luft. Priya und die anderen duckten sich, und überall im Dachgarten brach Geschrei los.

»Finn!«, rief Samira und deutete auf den Tisch. Er begriff sofort. Er sprang über ein Tomatententakel, hechtete zum Tisch und schnappte sich das Terrarium mit Flöckchen.

Yanis versuchte wütend, sein Bein von einer Ranke zu befreien, als ihm eine Tomate mitten auf die Stirn klatschte. Er schrie auf und griff nach Finn. Der wich sowohl ihm als auch einer Tomate im Freiflug aus, dann klemmte er sich Flöckchen unter den Arm und lief zu Samira.

»Nichts wie weg«, keuchte er und sah gleichzeitig, wie von allen Seiten Elstern auf sie zurannten. Hektisch sah er sich nach dem Ausgang um. »Hast du noch mehr von dem Zeug?«, fragte er Samira.

Die hielt bereits eine zweite Kugel in der Hand. »Das war keine ernst gemeinte Frage, oder?«

Sie schleuderte die Kugel in ein Beet rechts von ihnen, und die beiden rannten zum Ausgang, während sich hinter ihnen eine brodelnde Flut aus Kapuzinerkresse über das Dach ergoss.

8
Entscheidungen

Finn und Samira rannten. Sie rannten aus dem Fabrikgebäude, über die Brandgrenzen der Elstern und hinein in den Wald. Blätter und Farnwedel klatschten ihnen gegen die Arme und Gesichter, aber sie hielten nicht an, bis sie das Hauptquartier der Elstern weit hinter sich gelassen hatten. Erst als Finns Lungen vor Anstrengung brannten, machten sie halt, um zu verschnaufen.

Keuchend beugte er sich nach vorne und stützte sich mit der freien Hand auf die Hüfte. »Du bist genial, weißt du das?«, sagte er zu Samira.

»Nur gut vorbereitet«, ächzte sie und lehnte sich an einen Baum. »Zum Glück habe ich das Knallgrünpulver nicht vorher entsorgt.«

»Knallgrünpulver«, japste Finn. »Guter Name!«

Ein paar Sekunden lang rangen sie beide um Atem.

Als sich sein Herzschlag wieder einigermaßen beruhigt hatte, öffnete Finn den Deckel des Glaskastens und nahm Flöckchen behutsam heraus. Der Frosch tapste mit seinen Saugfüßchen über seine Hand, bis er gemütlich saß, dann hob er den Kopf und schaute ihn erwartungsvoll an. Das Chaos auf dem Dach war ganz spurlos an ihm vorbeigegangen.

Ganz anders als an Finn. Alles, was er in den letzten vierundzwanzig Stunden erlebt und erfahren hatte, wirbelte in seinem Kopf herum. Es fühlte sich so an, als ob er seine Sicht auf die Welt und auf sich selbst neu sortieren musste.

Er strich Flöckchen über den Kopf und seufzte. »Mann, Mann. Was für eine Achterbahn.«

Samira schnaubte. »Das kannst du laut sagen.« Sie strich sich die Haare zurück und schaute dann in die Richtung, aus der sie gekommen waren. »Nach Hause?«

»Nach Hause«, bestätigte Finn.

»Bin echt gespannt, was Vera zu dem Ganzen sagen wird«, sagte Samira und zog ihren Kompass aus der Tasche.

Samiras Satz verfolgte Finn, während sie durchs Unterholz stapften. *Bin echt gespannt, was Vera zu dem Ganzen sagen wird.* Irgendwie lösten die Worte ein ungutes Gefühl bei ihm aus, aber es dauerte eine Weile, bis er begriff, warum. Neben all dem anderen, was die Elstern ihnen aufgetischt hatten, steckte ihm eine Behauptung wie eine Gräte im Hals.

»Glaubst du auch, dass die Erwachsenen zu viel Angst haben?«, fragte er Samira, während sie sich durch einen Vorhang aus tiefhängenden Moosflechten schoben. »Dass sie sich nur deshalb nicht auf die Suche nach den Nachtschwärmern machen?«

»Ich bin mir nicht sicher.« Sie zögerte, dann fuhr sie fort: »Wenn ich ehrlich bin: Manchmal glaube ich, sie machen es sich zu einfach. Regeln hin oder her, warum finden sich die Erwachsenen damit ab, dass regelmäßig Menschen, die ihnen wichtig sind, verschwinden? Es muss doch irgendeinen handfesten Grund geben, warum sie nicht nach den Nachtschwärmern suchen.«

Es gab einen Gedanken, den Finn am liebsten weit von sich geschoben hätte. Doch je länger Samira sprach, umso mehr drängte er in den Vordergrund. »Ein Grund wäre, dass die Erwachsenen genau wissen, dass es sinnlos ist, nach den Nachtschwärmern zu suchen.«

Er wünschte sich, dass Samira diesen Verdacht abwiegeln würde. Stattdessen presste sie nur die Lippen aufeinander.

Finns blieb stehen. »Du glaubst es auch?«, fragte er und spürte, wie sein Magen sich schmerzhaft zusammenzog. »Dass die Nachtschwärmer nicht schlafen, sondern längst tot sind?«

Ein Muskel in Samiras Wange zuckte. »Es wäre ein Grund, warum die Erwachsenen keine richtigen Suchaktionen veranstalten«, sagte sie. »Wenn sie wüssten, dass es keine Chance gibt …«

Plötzlich hatte Finn das Gefühl, als würde er auf einer sehr dünnen Eisschicht stehen. Noch einen Schritt, und er würde einbrechen und in einen Abgrund stürzen.

Seine nächsten Worte musste er über seine Lippen zwingen. »Das würde bedeuten, dass sie uns anlügen.«

»Vielleicht wollen sie uns vor der Wahrheit beschützen«, sagte Samira und mied dabei seinen Blick. »So lange, bis sie denken, dass wir alt genug sind –«

»Nein«, unterbrach Finn. Er konnte das einfach nicht

glauben. »Meine Eltern lügen mich nicht an. Oder Oma Vera. Das würden sie nicht tun!«

Er *durfte* es nicht glauben. Sonst würde das Eis unter seinen Füßen wirklich zerbrechen.

Samiras Schultern entspannten sich, so als wäre sie selbst froh über seinen Widerspruch. »Du hast recht«, sagte sie. »Ich kann mir auch nicht vorstellen, dass Vera uns so etwas Wichtiges vorenthalten würde.«

Sie gingen weiter. Finn versuchte, das immer noch mulmige Gefühl in seinem Magen zu ignorieren, und lenkte ihr Gespräch in eine andere Richtung. »Was hältst du von dem anderen Kram, den uns die Elstern erzählt haben?«, fragte er. »Dem Wald hinter dem Zaun, den leuchtenden Frösche und all dem?«

»Das mit den Fröschen als Kompasse klingt verrückt«, sagte sie sofort. »Aber nach allem, was gestern Abend passiert ist, könnte es schon sein, dass sie da auf was gestoßen sind.«

Finn warf einen Blick auf seine Schulter. Dorthin hatte er Flöckchen gesetzt, und der Frosch blieb zufrieden sitzen wie ein Papagei auf der Schulter eines Piraten.

»Hörst du ihn denn jetzt?«, fragte Samira neugierig.

»Nein«, antwortete er. »Aber wenn ich mich richtig konzentriere, dann vielleicht.«

Samira zog die Brauen zusammen, wie immer, wenn sie an einem Problem herumtüftelte. »Vera kann uns bestimmt helfen, Antworten zu finden.«

Sofort war Finn wieder bei dem Thema, das er eigentlich vermeiden wollte. Sie konnten seiner Familie vertrauen.

Natürlich konnten sie das. Aber die Frage rutschte ihm dennoch heraus: »Denkst du, sie wird uns erlauben, den Frosch zu benutzen?«

Samira stockte, als hätte sie darüber noch nicht nachgedacht. Sie setzte zum Sprechen an und zögerte.

»Was ist?«, hakte Finn nach.

»Wenn wir davon ausgehen, dass die Erwachsenen uns nicht anlügen, dann habe ich zwei Möglichkeiten im Kopf«, sagte sie. »Aber keine davon ist besonders toll.«

»Raus damit.«

Samira verscheuchte eine Mücke vor ihrem Gesicht. »Erste Möglichkeit: Die Elstern haben recht, und die Erwachsenen haben zu viel Angst. Entweder vor dem Mondwandler oder davor, was passiert, wenn wir das Gleichgewicht des Waldes stören. Möglichkeit zwei ...« Wieder zögerte sie, bevor sie fortfuhr. »Möglichkeit zwei: Sie sind tatsächlich felsenfest davon überzeugt, dass alles so in Ordnung ist, wie es läuft. Wenn auch nur eins von beidem zutrifft – «

» – dann würden sie nicht nach dem Lager des Mondwandlers suchen«, vervollständigte Finn.

Samira schwieg bedrückt, aber sie widersprach ihm nicht.

War es wirklich möglich, dass die Erwachsenen sich weigern würden, nach den Nachtschwärmern zu suchen? Wenn Finn ihnen mit dem Frosch eine Chance bot, Hanna zu finden, dann würde seine Familie diese Chance doch ergreifen – egal, wie klein sie war.

Oder nicht?

Die Spitze eines dünnen Astes kratzte über Finns Hals, aber er bemerkte es kaum. Er dachte an die Armbändchen an Harks Handgelenk. Die Gänseblümchen und die bunten Perlen. Und er dachte an Priyas Frage, die er nicht beantwortet hatte.

Habt ihr nie darüber nachgedacht, eure Vermissten zu suchen?

Die Antwort war, ja, das hatte er. Und zwar an einem Sommermorgen, ein paar Wochen nach Hannahs Verschwinden. Damals hatte er mit seinen Eltern bei Oma Vera übernachtet. Er war im Morgengrauen vor allen anderen aufgestanden und hatte einen Rucksack mit allem gepackt, was ein Sechsjähriger für nützlich hielt. Eine Flasche Fruchtsaft, zwei Müsliriegel, eine Jacke und seinen Stofftiertiger. Er hatte sich seinen Plan ganz genau ausgemalt. Er würde zurück zur Lichtung mit den Schmetterlingen gehen und sich auf die Suche nach Hannah machen. Er würde sie finden und nach Hause bringen, und dann wäre es abends in seinem Zimmer nicht mehr so leer und leise. Hannah würde ihm ihre Geschichten erzählen, Oma Vera würde wieder unter der Dusche singen, und seine Mutter würde ihre Pinsel hervorkramen und wieder malen.

Er schaffte es bis kurz hinter das Gartentor, bevor seine Eltern ihn einholten. Seine Mutter hatte ihn an den Schultern gepackt und so festgehalten, dass ihm vor Schreck Tränen in die Augen stiegen. Er erinnerte sich nicht an alles, was sie gesagt hatten, aber ihr panischer Blick hatte sich tief in sein Herz eingegraben.

Was denkst du dir nur! Wir können dich nicht auch noch verlieren!

Nach diesem Morgen hatte er nie wieder versucht, Hannah zu finden.

Finn blieb stehen. Wenn er zurück nach Hause ging und seine Eltern ihm verboten, den Frosch zu benutzen, um Hannah zu suchen, was würde er dann tun? Durfte er die Möglichkeit, sie zu retten, aufs Spiel setzen? *Wollte* er sie aufs Spiel setzen?

Sein Herz schlug schneller. Er wollte seiner Familie nicht noch mehr Kummer machen. Wollte nicht, dass sie sich um ihn sorgten. Aber gleichzeitig fragte er sich, ob das vielleicht nur eine Ausrede war. Vielleicht hatte Elli recht gehabt, und er versteckte sich, obwohl er eigentlich handeln sollte. Vielleicht überließ er den Erwachsenen die Entscheidungen, die er eigentlich selbst treffen sollte.

Er strich mit der Hand über die rote Kapuzenjacke. Er trug Hannahs Jacke, so wie Hark die Armbändchen seiner Schwestern trug. Der Unterschied war: Hark bewahrte nicht nur die Erinnerung an seine Schwestern. Er setzte alles daran, sie zurückzuholen.

Mit einem Mal verschwand das Chaos in seinem Kopf und ließ nur einen einzigen Wunsch zurück. Er wollte Hannah finden.

Samira drehte sich nach ihm um, runzelte die Stirn und kehrte dann zu ihm zurück. Sie sah ihn geradeheraus an, mit ihren grauen Augen, die wie immer seine Gedanken lesen konnten.

»Du willst das Lager selber finden, oder?«, fragte sie.

Finn konnte nicht fassen, dass er das wirklich vorhatte, aber er nickte. »Wenn es auch nur eine kleine Chance gibt, Hannah und alle anderen zurückzuholen …«

»… dann müssen wir es versuchen«, vervollständigte Samira seinen Satz. Sie stemmte die Hände in die Hüften. »Dir ist schon klar, dass wir dafür hinter den Zaun müssen?«

Finn fuhr sich mit der Hand durch die Haare. »Meinst du, das ist komplett verrückt?«

Samira zuckte mit der Schulter, dann grinste sie. »Du hast ungeahnte Superkräfte, ich bin genial, da kann eigentlich nichts schiefgehen.«

Finn konnte nicht anders, er grinste zurück. Dann sagte eine Stimme hinter seinem Rücken:

»Und ihr behauptet, *unser* Plan wäre bescheuert.«

Finn fuhr herum. Hinter ihm stand Elli, mit spöttisch erhobener Augenbraue und vor der Brust verschränkten Armen. Sie hatte ihre Haare zu zwei Zöpfen geflochten, und ihre blaue Haarsträhne zog sich durch den linken der beiden wie ein Fluss.

»Verdammt«, entfuhr es Samira. Blitzschnell war sie an Finns Seite. Der ging in Alarmstellung und suchte gleichzeitig das Gebüsch hinter Elli ab. Was sollten sie tun? Kämpfen oder weglaufen?

»Kriegt euch wieder ein«, sagte Elli. »Die anderen sind noch damit beschäftigt, das Chaos zu beseitigen, das ihr angerichtet habt.« Sie warf Samira einen säuerlichen Blick zu. »Die Monstertomatenranken haben ein Loch ins Dach gerissen.«

»Wie Yanis sagte«, erwiderte Samira kühl. »Wir hatten keine Wahl.«

Finn hob schützend die Hand über Flöckchen. »Und was jetzt?«, fragte er. »Willst du uns zu deinen Bossen zurückschleifen?«

»Wenn ich das wollte, wäre ich schon dabei«, sagte Elli.

Samira schob eine Hand in ihre Gürteltasche. »Du bist ganz schön von dir überzeugt, oder?«, fragte sie.

»Ich wollte rausfinden, ob ihr den Frosch zu eurer Kommune zurückbringt«, sagte Elli unbeeindruckt. »Aber anscheinend habt ihr doch ein bisschen Mumm in den Knochen.«

»Wir werden euch nicht bei eurem bescheuerten Plan helfen«, sagte Samira sofort.

»Du kannst doch nicht wirklich wollen, dass die Elstern das komplette Lager des Mondwandlers abfackeln?«, fragte Finn ungläubig. »Einfach so, ohne überhaupt nachzusehen, ob die Nachtschwärmer dort sind oder nicht?«

Elli hob eine Hand. »Kein Grund, sich so aufzuregen«, sagte sie. »Wenn ich damit einverstanden wäre, dann wäre ich ja wohl nicht hier.«

»Und warum genau bist du hier?«, hakte Samira nach.

Elli schürzte die Lippen. »Ihr wollt das Lager des Mondwandlers suchen, richtig?«

»Das hast du ja wohl mitgehört«, sagte Samira.

Es hätte Finn nicht überrascht, wenn Elli Samira die

Zunge rausgestreckt hätte. Stattdessen sagte sie nur: »Dann braucht ihr Hilfe.«

»Was?«, fragte Samira irritiert. »Von dir?«

»Habt ihr ein besseres Angebot?«, konterte Elli.

Finn schwieg verblüfft. Wenn er mit allem gerechnet hätte, dann doch nicht damit, dass sich Elli auf ihre Seite schlug.

»Wir kommen gut alleine klar«, sagte Samira schließlich, aber ganz überzeugt klang sie nicht.

»Ach ja?«, sagte Elli. »Ihr wisst also, wie ihr euch hinter dem Zaun zurechtfindet? Wo ihr euch dort verstecken könnt, wenn es dunkel wird? Oder glaubt ihr, ihr findet das Lager mal schnell, bevor die Sonne untergeht?«

Der selbstgefällige Unterton in ihrer Stimme war nicht zu überhören. Sie machte es einem wirklich nicht leicht, sie zu mögen. Umso mehr überraschte es Finn, dass ihn ihr Hilfsangebot erleichterte. Er dachte daran, mit welcher Selbstverständlichkeit Elli am Abend des Überfalls durch den Wald gestapft war. Jemanden wie sie dabeizuhaben würde sicher nicht schaden. Im Gegenteil.

»Und was ist mit deinen Anführern?«, fragte er. »Bist du wirklich sicher, dass du ihnen in den Rücken fallen willst?«

»Ich falle ihnen nicht in den Rücken«, sagte Elli schnell. Dann rutschte ihr Blick zu Finn, und plötzlich klang sie nicht mehr so selbstbewusst. »Glaubst du wirklich, dass die Nachtschwärmer nur schlafen?«

Finn erwiderte ihren Blick. Täuschte er sich, oder erkannte er in ihrem Blick ein Fünkchen Hoffnung? Er hätte jetzt sagen können, dass er sich selbst nicht sicher war, aber dass er um jeden Preis daran glauben wollte. Stattdessen sagte er einfach: »Ja.«

Elli presste die Lippen zusammen und nickte. »Dann helfe ich euch, das Lager zu finden«, sagte sie. »Und ich helfe euch, die Nachtschwärmer aufzuwecken, wenn sie tatsächlich dort sind. Priya und die anderen können ihren Plan noch genauso gut danach umsetzen.«

Finn war drauf und dran, ihr Angebot anzunehmen, aber bevor er etwas sagen konnte, zog Samira ihn zur Seite. »Ich traue ihr nicht«, zischte sie. »Du?«

»Irgendwie schon«, gestand Finn. Er dachte an die Nacht vor Ellis Bus. Elli hatte eine verdammt harte Schale, aber als sie von ihrer Mutter gesprochen hatte, hatte Finn das Gefühl gehabt, dass er einen Blick auf die wahre Elli erhascht hatte. Eine Elli, die sich nichts mehr wünschte, als ihre Mutter zurückzubekommen. Und die war ihm selbst gar nicht so unähnlich. »Ich glaube, wir können jede Hilfe gebrauchen«, fügte er hinzu. »Und hey, im Zweifelsfall sind wir zu zweit und sie ist alleine.«

Samira verzog das Gesicht, aber dann hob sie die Faust. »Zusammen?«, fragte sie.

»Zusammen«, sagte Finn und tippte mit seiner Faust gegen ihre.

Sie drehten sich wieder zu Elli um. »Eine letzte Frage«, sagte Samira. »Woher wissen wir, dass du uns nicht verschaukelst?«

Elli zuckte mit der Schulter. »Ihr müsst es einfach drauf ankommen lassen.« Sie stieß einen Seufzer aus und ging einen weiteren Schritt auf Finn und Samira zu. »Hört mal, wir können weiter diskutieren, oder wir nutzen unseren Vorsprung. Die Elstern werden uns folgen. Yanis ist ein arroganter Idiot, aber er ist ein super Fährtenleser. Vielleicht kann ich ihn eine Weile lang in die Irre führen, aber je länger wir hier rumtrödeln, umso größer ist die Chance, dass sie uns einfangen, bevor wir auch nur in die Nähe des Lagers kommen.«

Finn sah zu Samira. Die biss sich auf die Unterlippe, dann straffte sie die Schultern. »Okay, einverstanden«, sagte sie und zu Finn: »Du auch?«

Er nickte. »Ja.«

»Okay«, wiederholte Samira. Sie wandte sich an Elli: »Aber wenn du versuchst, uns reinzulegen, trete ich dir in den Hintern.«

Elli rümpfte spöttisch die Nase. »Da zittere ich aber vor Angst.«

Samiras Augen wurden schmal, aber Finn fasste sie am Arm, bevor sie etwas erwidern konnte. »Elli hat recht«, sagte er. »Wir müssen uns beeilen.«

»Na schön«, sagte sie. »Kann Flöckchen uns zeigen, wo wir lang müssen?«

Finn griff nach dem Frosch, aber Elli hielt ihn zurück.

»Das würde ich vorerst noch lassen«, warnte sie. »Im Moment glaubt Yanis wahrscheinlich noch, dass ihr zurück zur Kommune wollt. Aber wenn der Frosch genauso hell strahlt wie letzte Nacht, dann haben wir ihn sofort an den Hacken.«

»Okay, ergibt Sinn«, sagte Finn. »Aber wohin sollen wir dann gehen?«

Elli nickte in Richtung Norden. »Am besten, wir gehen dorthin, wo unser letzter Kompass angeschlagen hat.«

»Gute Idee«, sagte Samira.

»Hinter den Zaun«, fügte Elli hinzu, und Finn konnte nicht anders, er schluckte.

»Keine Bange«, sagte Elli, und da war es wieder, das breite Grinsen. »Ich kenne den Weg.«

9
Der Zaun

Der Zaun gehörte zu den Eigenheiten des Waldes, die Finns Eltern und Lehrer immer wieder erklärten. Das Wichtigste an ihm war seine Funktion: Er markierte die Grenze zwischen dem bewohnten und dem verbotenen Teil des Waldes.

Wer diese Grenze gezogen hatte, oder wann sie errichtet wurde: Diese Infos waren nie Teil der Lektionen. Schauergeschichten darüber, was sich auf der anderen Seite befinden sollte, gab es jedoch genug. Anscheinend war der Wald hinter dem Zaun noch seltsamer, noch wilder und unberechenbarer. Zwischen den Kindern gingen Gerüchte herum von Feuersümpfen, giftigen Sporen und Schlingpflanzen, die einen erwürgten, wenn man ihnen zu nahe kam. Unter wachsamen Bäumen sollten Geschöpfe leben, die noch unheimlicher waren als der Mondwandler – der auf der verbotenen Seite des Waldes zu Hause war.

Der Zaun selbst hatte keinen Namen. Das Gebiet hinter ihm dagegen schon: In den Kommunen nannte man es den Nachtschattenwald. Und genau dorthin waren Finn, Samira und Elli unterwegs.

Im Gänsemarsch trabten sie über den Waldboden, duckten sich unter umgestürzten Baumstämmen hindurch und durchkreuzten Lichtungen voller Sommergras. Elli hatte die Führung übernommen und gab ein zackiges Tempo vor. Das hinderte Samira jedoch nicht daran, laut über das nachzugrübeln, was sie vorhatten.

»Ich wünschte, wir hätten wenigstens eine Grundausrüstung dabei«, sagte sie. »Zu Hause hätte ich einen Expeditionsrucksack.«

Finn wusste, was sie meinte. Samira hatte ihm den roten Rucksack gezeigt, den sie unter ihrem Bett aufbewahrte. Darin befand sich so ziemlich alles, was einem auf einer Erkundungstour nützlich werden konnte, von Proviantpäckchen über Leuchtstäbe bis hin zu einem kleinen Zelt. Samira wäre um einiges besser vorbereitet gewesen als der sechsjährige Finn.

Es wäre wirklich gut, wenn sie die Sachen holen könnten. Dann könnte ich Oma Vera auch eine Nachricht hinterlassen, dachte er. Ob sie den Wald bereits nach ihm und Samira absuchte? Bestimmt. Vielleicht versuchte sie sogar, die Elstern aufzuspüren. Das schlechte Gewissen nagte an ihm, aber er zwang sich, es beiseitezuschieben. Die Suche nach Hannah und den anderen Nachtschwärmern war jetzt einfach wichtiger.

Wenn Oma Vera glaubt, dass der Mondwandler uns geholt hat, wird sie ohnehin nicht lange nach uns suchen. Der Gedanke schmeckte bitter wie ein Orangenkern, aber Finn konnte ihn nicht ganz unterdrücken.

»Wenn wir auf der anderen Seite sind, können wir eine von Mamas Schutzhütten aufsuchen«, sagte Elli. »Das müssen wir sowieso, wenn's dunkel wird, und sie hat dort immer ein paar Vorräte gebunkert.«

»Deine Mutter hat Schutzhütten hinter dem Zaun gebaut?«, fragte Finn erstaunt.

»Yep«, sagte Elli.

Samira schürzte anerkennend die Lippen. »Das ist doch mal was«, sagte sie, und Elli lächelte ihr kurz zu, bevor sie ihr Tempo wieder beschleunigte. Zusätzlich zu ihrer Armbanduhr trug sie einen Kompass am Handgelenk. Den benutzte sie, um sie in Richtung des Zauns zu lotsen.

Der Gedanke, dass es auch im Nachtschattenwald sichere Orte gab, beruhigte Finn etwas. Es half ihm auch, die Stimme zu ignorieren, die ihm immer wieder zuraunte, dass ihr Plan mindestens genauso plemplem war wie die Feueridee der Elstern.

Finn wischte einen fliegenden Käfer beiseite, der neben seinem Ohr brummte. Erst als das Brummen sich nicht verscheuchen ließ, wurde ihm klar, dass das Geräusch nicht von einem Insekt verursacht wurde. Es kam von vorne, aus dem Wald.

Finn trat zwischen zwei Bäumen hindurch, saugte scharf die Luft ein, und blieb stehen. Sie hatten den Zaun erreicht.

Wenige Meter vor ihnen durchtrennte eine breite Schneise den Wald. Sonnenlicht fiel auf einen Streifen Gras und auf eine Reihe riesiger Stelen aus dunklem Metall. Finns Mund war schlagartig trocken. Das Brummen, das er hörte, ging von diesen Stelen aus. Sie sahen harmlos aus, aber ihr Anblick bescherte Finn trotzdem eine Gänsehaut. Er hatte das bizarre Gefühl, dass ihn die Zaunpfähle beobachteten. Wie Torwächter an einer Grenze.

Elli ließ sich ein Stück zurückfallen, während Samira neben ihn trat und mit ihm staunend zu den Stelen hinaufstarrte.

»Hast du dir den Zaun so vorgestellt?«, fragte sie.

»Nein«, sagte er. »Du?«

Sie schüttelte den Kopf und zog die Brauen zusammen. »Das ist eigentlich gar kein Zaun, oder?«, sagte sie. »Wo ist der Maschendraht, wo die Absperrung? Wir könnten einfach hindurchgehen. Es sei denn …«

Mit entschlossenem Gesichtsausdruck ging sie auf eine Lücke zwischen zwei Stelen zu.

»Samira, nicht«, warnte Finn, aber da hatte sie schon kurz vor dem Zaun angehalten. Sie sah sich um, dann hob sie einen Stock vom Boden auf. Rasch ging Finn zu ihr. Ein Teil von ihm wollte sie an ihrer Latzhose packen und nach hinten ziehen. Ein anderer Teil wartete gespannt, was passierte.

Langsam streckte Samira den Stock in eine der Lücken zwischen den Stelen. Finn hielt die Luft an.

»Wartet ihr auf schöner Wetter?« Elli ging an Finn und Samira vorbei und zwischen den Stelen hindurch. Finn zuckte zusammen, aber es passierte absolut nichts. Elli schlenderte einfach auf die andere Seite, drehte sich um und grinste breit.

»Kommst dir wohl sehr witzig vor«, sagte Samira, ließ den Stock fallen und folgte Elli auf die andere Seite.

»In der Regel schon«, konterte Elli, dann boxte sie Samira fast kumpelhaft gegen die Schulter. »Komm schon, du hättest an meiner Stelle genau das Gleiche gemacht.«

»Kann sein«, gab Samira zu, und ein kleines Lächeln zupfte an ihrem Mundwinkel.

Finn zögerte immer noch. Er konnte das Brummen jetzt nicht nur hören, sondern auch spüren. Der Boden unter seinen Füßen bebte, ganz leicht nur, aber es ging ihm durch Mark und Bein.

Stell dich nicht so an, ermahnte er sich. Du hast doch gesehen, dass der Zaun harmlos ist. Trotzdem zog der den Kopf zwischen die Schultern, als er über die Schwelle zwischen den Stelen trat.

»Macht der Zaun irgendetwas?«, fragte er.

»Nicht, dass ich wüsste«, antwortete Elli. »Ich glaube, er ist nur eine weitere Gruselgeschichte, die sie uns erzählen, damit wir die Regeln befolgen.« Sie kratzte sich unter dem Halstuch. »Okay, Superboy«, sagte sie. »Zeit für deinen Zaubertrick.«

Ein Prickeln kitzelte durch Finns Bauch. Es fühlte sich fast so an wie Vorfreude. Er *wollte* sein Gehör einsetzen. Wollte herausfinden, wozu er fähig war.

Gefährlich, murmelte die Zweifelsstimme. *Besser nicht übertreiben.*

Behutsam hob er Flöckchen von seiner Schulter. Der Frosch richtete seine Schnauze zu Finns Fingerspitzen aus und schmiegte sich in seine Handflächen. Finn straffte die Schultern, trat einen Schritt nach vorn und sah hoch. Und zum ersten Mal wurde ihm wirklich bewusst, wo er sich befand.

Vor ihm lag der Nachtschattenwald. Die Gegend, die laut der Regeln seiner Kommune nicht nur tabu, sondern brandgefährlich war. Finns Blick glitt über die riesigen Buchen mit ihren silbergrauen Stämmen. Von der anderen Seite des Zauns hatten die Bäume nicht anders ausgesehen als diejenigen, die in der Nähe seines Zuhauses wuchsen. Aber hier, mit den Stelen im Rücken, wirkte der Wald vor ihm plötzlich fremd. Abweisend. Mit dem nächsten Schritt würde er endgültig alles Vertraute hinter sich lassen.

Die alte Angst legte sich wie eine Hand an seine Kehle. Aber dann sah er zu Samira und Elli, die ihn beide erwartungsvoll beobachteten. Und er erinnerte sich daran, warum sie hier waren. Er wandte sich wieder dem Nachtschattenwald zu und schaute dann hinunter auf den Frosch.

»Okay«, murmelte er. »Versuchen wir's.«

Er streckte die Handflächen nach vorn, schloss die Augen und konzentrierte sich. Zuerst hörte er nur das Brummen des Zauns, dann vernahm er das leise Summen des Frosches. Kurz darauf spürte er, wie der kleine Tierkörper sacht vibrierte.

Mit pochendem Herzen wartete er darauf, dass sich das Summen wie gestern Abend zu einem Getöse steigerte und der Frosch einen Lichtblitz absonderte. Als das jedoch nicht passierte, öffnete Finn die Augen.

Enttäuschung plumpste in seinen Magen wie ein Stein. Flöckchen leuchtete zwar, aber das Licht unter seiner Haut war schwach und flackerte wie eine Solarlampe, die nicht mehr genügend Energie gespeichert hatte.

»Mist«, murmelte er und sah hoch.

Elli stand mit einer Hand an der Hüfte da. »Okay. Beeindruckend ist anders.«

Samira trat an Finns Seite und beugte sich zu Flöckchen hinunter. »Ist er ausgebrannt? Wie die anderen Frösche, von denen Klick erzählt hat?«

Finn lauschte genauer hin und befürchtete, dass das Summen immer schwächer werden würde. Doch es blieb, wie es war: Ein leiser, stetiger Ton. Wie Hintergrundmusik, dachte Finn. Musik, die man hochdrehen konnte, wenn man nur den richtigen Regler fand.

»Ich glaube nicht«, sagte er. »Es fühlt sich so an, als hätte er Energie in sich. Sie will raus, hat aber noch nicht den … den richtigen Kanal gefunden.« Er hatte keine Ahnung, woher er das wusste. Aber es fühlte sich richtig an.

»Hast du irgendeine Idee?«, fragte er Samira hoffnungsvoll.

»Hm.« Samira richtete sich auf. »Gestern im Labor hast du Flöckchen an eine andere Stelle getragen. Es sah so ein bisschen aus, als würdest du eine Wünschelrute benutzen.«

»Eine was?«, fragte Elli.

»Ein Instrument, mit dem man nach unterirdischen Wasseradern suchen kann«, erklärte Samira. »Sieht aus wie eine Astgabel.« Sie wandte sich zurück an Finn. »Vielleicht funktioniert der Frosch auch so? Er reagiert auf irgendwelche Energieadern, und du musst ihn in ihre Nähe bringen, damit er ordentlich leuchtet?«

»Kann sein«, sagte Finn. »Wartet mal.« Er ging ein paar Schritte gerade aus und drehte sich nach links. Flöckchens

Leuchten wurde schwächer. Er drehte sich nach vorn, und Flöckchen flackerte kurz auf.

Aller guten Dinge, dachte Finn, und drehte sich nach rechts. Flöckchen hob den Kopf, und das Leuchten wurde tatsächlich ein kleines bisschen stärker. Trotzdem wurde es nicht einmal ansatzweise so hell wie letzte Nacht.

Finn gab einen unzufriedenen Laut von sich. »Ich glaube, besser wird's erst mal nicht.«

»Zumindest zeigt er uns eine grobe Richtung an«, sagte Samira. Sie alle schauten in die Richtung, in der das Froschlicht stärker wurde, aber niemand rührte sich. Schließlich brach Elli das Schweigen.

»Wenn wir das durchziehen wollen, dann sollten wir jetzt los«, sagte sie. »Yanis hat wahrscheinlich vermutet, dass ihr zurück zur Kommune wollt, aber wenn er unsere Spur findet, wird ihm bald klar sein, dass wir zum Zaun gegangen sind.« Sie wandte sich an Finn. »Meinst du, du bekommst den Frosch noch richtig zum Laufen?«

»Ich hoffe es«, sagte Finn.

Elli atmete aus. »Na gut«, sagte sie. »Wir haben eh nur zwei Möglichkeiten. Umdrehen oder weitermachen?«

Weitermachen, dachte Finn sofort, wollte es aber nicht laut aussprechen. Er konnte Samira und Elli ja wohl nicht dazu überreden, mit ihm nach dem gefährlichsten Ort des Waldes zu suchen, wenn er nicht einmal wusste, ob er ihnen den Weg dorthin zeigen konnte. Doch noch während er mit sich kämpfte, sagte Samira: »Wir gehen weiter.« Sie legte Finn eine Hand auf die Schulter und fügte hinzu: »Du schaffst das schon.«

Elli nickte. »Okay«, sagte sie und zeigte nach rechts. »Dann da lang?«

Finn schaute auf den matt leuchtenden Frosch in seinen Händen und nickte. »Da lang«, sagte er.

Zumindest für die nächsten Stunden behielt Samira recht. Finn ging voraus und nutzte Flöckchen wie einen Kompass. Oder eine Wünschelrute, der Vergleich gefiel ihm gut. Der Frosch leuchtete schwach, aber er leuchtete. Und je tiefer sie in den verbotenen Wald vordrangen, umso mehr zog ihn die Umgebung in ihren Bann.

Mit jedem Atemzug roch er die Gerüche des Nachtschattenwalds: Feuchtes Holz, saftig grünes Moos und der süße Duft verborgener Blumen. Licht fiel durch die Schichten aus Ästen und Laubwerk und sprenkelte den Boden vor seinen Füßen mit hellen Flecken. Zum ersten Mal seit Jahren ging er mit offenen Sinnen durch den Wald. Ohne Kopfhörer, ohne Musik, die die Geräusche der Natur übertünchte.

Es fühlte sich an, als würde er unsichtbare Fühler ausstrecken, und was er wahrnahm, machte ihn neugierig. Der Wald *atmete*. Sachte Windstöße ließen Blätter rascheln, zupften sie von ihren Ästen und ließen sie durch die Luft zu Boden trudeln. Wasser plätscherte zwischen knorrigen Wurzeln, und Vögel schwangen sich wie bunte Sternschnuppen von Ast zu Ast.

Finn war so in seiner Wahrnehmung versunken, dass er gar nicht richtig merkte, wie die Zeit verging. Erst als sie einen breiten Bachlauf erreichten und Samira sich mit einem Stöhnen zu Boden sacken ließ, schreckte er aus seiner Verzückung.

»Sorry, ich brauche eine Pause«, sagte Samira. »Und zwar jetzt.« Mit einem weiteren Stöhnen ließ sie sich nach hinten auf den Rücken fallen.

Elli schaute zur anderen Seite des Baches, wo ein Hang aus Felsen auf sie wartete, und nickte. »Okay, zehn Minuten Pause.« Sie stemmte die Hände ins Kreuz und streckte sich.

Finn wischte sich mit der Hand über die Stirn, überrascht darüber, dass er offenbar geschwitzt hatte. Und jetzt, wo sie angehalten hatten, merkte er auch, dass seine Beine schmerzten. War wohl wirklich höchste Zeit für eine Erholungspause.

Flöckchen schien derselben Meinung zu sein, denn er krabbelte zu Finns Fingerspitzen und späte hinunter auf den Bach. Finn setzte sich ans Ufer, beugte sich vor und ließ Flöckchen auf einen der Steine klettern, die aus dem Wasser ragten.

»Pass auf, dass er nicht abhaut«, warnte Elli.

»Mach ich.« Finn hielt seine Hand in Flöckchens Nähe, aber der Frosch machte keine Anstalten, davonzuhüpfen. Er interessierte sich nur für eine Wasserpfütze zwischen den Steinen, an deren Grund ein paar Dutzend winzige Schnecken saßen. Finn lächelte. »Guten Appetit«, murmelte er.

Samira setzte sich indessen wieder auf und lehnte sich zurück auf ihre Hände. »Bin gleich wieder fit«, versprach sie.

Elli jedoch setzte sich ans Ufer des Baches und begann, ihre Stiefel aufzuschnüren. »Schon okay«, sagte sie. »Wir können das Tempo rausnehmen.«

»Und was ist mit den Elstern?«, fragte Finn überrascht. »Denkst du, die werden auch müde?«

Elli verzog das Gesicht. »Nicht wenn Yanis wirklich sauer ist, nein. Aber hinter dem Zaun kann er unsere Spur nicht mehr so leicht verfolgen.« Sie streifte ihre Socken ab und stellte ihre Füße mit einem zufriedenen Seufzen in den Bach.

»Wieso?«, fragte Finn.

Zur Antwort deutete Elli in die Richtung, aus der sie gekommen waren. Finn und Samira drehten sich um. Kurz bevor sie den Bach erreicht hatten, hatten sie eine Wiese durchquert. Dabei hatten sie in den langen Grashalmen eine deutlich sichtbare Schneise hinterlassen. Diese Spur war jedoch dabei zu verschwinden, denn vor Finns Augen richteten sich die Gräser wieder auf, und neue Halme sprossen zwischen den alten empor.

»Ist nicht wahr«, murmelte Samira.

Elli zuckte mit der Schulter. »Ich sag doch, auf dieser Seite des Zauns wird's seltsam.«

»Der Nachtschattenwald verschlingt alle Spuren«, zitierte Samira aus einer der Lehrgeschichten, die sie beigebracht bekommen hatten. »Immerhin ein Märchen, an dem was Wahres dran ist.«

»Da stellt sich die Frage, was sonst noch stimmt«, bemerkte Finn, ohne nachzudenken. Sobald die Worte heraus waren, wurde ihm jedoch klar, was sie bedeuteten. Nichts von dem, was sie über den Nachtschattenwald oder den Mondwandler wussten, war sicher. Alles, was sie im Gepäck hatten, waren eine Menge Geschichten, Gerüchte und Vermutungen. Das Schweigen der Mädchen sagte ihm, dass sie in eine ähnliche Richtung dachten.

»Tja«, sagte Samira schließlich. »Scheint so, als wären wir tatsächlich auf einer Expedition in unerforschte Regionen.«

Ohne sich abzusprechen, sahen sie alle drei auf die andere Seite des Ufers. Finn bemerkte eine Efeuranke, die sich wie eine neugierige Baumschlange um eine Wurzel wickelte und ihre Blättchen in Richtung Sonnenlicht schob.

Irgendwie hatte er das Gefühl, dass sie jetzt alle etwas Süßes gebrauchen konnten.

»Mira«, fragte er. »Du hast nicht zufällig ein paar Karamellbonbons in deiner Tasche?«

Sie blinzelte, dann stahl sich ein Lächeln auf ihr Gesicht. »Du meinst den Notfallzuckervorrat?«, fragte sie und zog den Reißverschluss ihrer Gürteltasche auf. »Na klar doch.«

Hinter dem Bach standen die Bäume enger beieinander, und das Dickicht wurde dichter. Finn vermisste seine Machete. Ohne Hilfsmittel blieb ihnen nichts anderes übrig, als sich durch Büsche zu quetschen und sich Kletten an den Kleidern und Kratzer auf der Haut einzufangen.

Das Licht wurde langsam schwächer, aber das lag nicht nur am Verstreichen der Zeit, sondern auch an den niedrig hängenden Ästen und dem lückenlosen, tiefgrünen Blätterdach.

So ein bisschen fühlte es sich an, als ob sie in den Schlund des Nachtschattenwaldes hineingingen.

Das ist überhaupt nicht beunruhigend, dachte Finn. Er schob einen Zweig beiseite und kletterte auf das Wurzelknäuel einer breitstämmigen Ulme. Oben angekommen, hielt er einen Moment lang inne. Vor ihm lag eine weite Mulde, die zur Abwechslung nicht vollständig mit Gestrüpp überwuchert war. Stattdessen war der Boden bedeckt mit einem Teppich aus dunkelgrünen Blättern und winzigen weißen Blumen. Die Blüten hatten die Form von Sternen. Fast könnte man denken, der Wald hatte den Himmel spiegeln wollen.

Finn stützte sich mit einer Hand an der Ulme ab und betrachtete das Blütenmeer. Er ertappte sich dabei, wie er nach einer Bewegung in den Blättern Ausschau hielt. Das hier wäre ein perfekter Schauplatz für eine von Hannahs Geschichten gewesen. Sie hätte Finn den Arm um die Schultern gelegt und ihm erzählt, dass sich eine winzige Stadt unter den Blumen verbarg. Kleine Waldgeister hausten dort, die leere Schneckenhäuser wie Hüte trugen. Für sie wären die Blumen so groß wie die Bäume für Finn.

Finn lächelte. Hannah war wirklich gut darin gewesen, sich phantastische Wesen auszudenken. Andererseits, vielleicht waren ihre Geschichten von merkwürdigen Bewohnern des Waldes gar nicht so weit hergeholt. Hielt Finn nicht gerade so ein seltsames Wesen in der Hand?

Immer noch lächelnd schaute er auf Flöckchen hinunter. Es brauchte eine Sekunde, bis das, was er sah, zu ihm durchsickerte.

Flöckchen leuchtete nicht mehr.

Finn konnte sich nicht rühren, so tief saß der Schock. Er hörte, wie Elli und Samira hinter ihm das Wurzelknäuel hinaufkletterten, und flüsterte: »Komm schon.« Vielleicht war er einfach nur unaufmerksam gewesen und irgendwo falsch abgebogen? Er drehte sich nach links, nach rechts und wieder zur Mulde. Ein schwacher Schimmer glitt über Flöckchens Haut und erlosch. Doch nicht nur das: Egal, ob Flöckchens geleuchtet hatte oder nicht, seine Haut war bisher immer schneeweiß gewesen. Jetzt jedoch hatte sie einen stumpfen Ton angenommen, wie Milch, in die ein Tropfen schwarzer Milch geraten war.

»Finn, alles in Ordnung?« Samira blieb neben ihm stehen, sah den Frosch und erstarrte.

»Was ist los?«, wollte Elli wissen und schaute zwischen Finn und Samiras Schultern hindurch. »Oh, Mist.«

Finn hob Flöckchen näher an sein Gesicht. Seine Hand zitterte ein bisschen, und er hoffte, dass Samira und Elli das nicht bemerkten. Vorsichtig hielt er seinen Zeigefinger vor Flöckchens Schnauze. Der Frosch tippte gegen Finns Fingerspitze, aber die Berührung war schwach. Es schien, als hätte Flöckchen Schwierigkeiten, den Kopf zu heben. Unter den besorgten Blicken der Kinder kauerte sich der kleine Frosch in Finns Handfläche und schloss erschöpft die Augen.

»Geht's ihm gut?«, fragte Samira besorgt.

»Ich weiß es nicht«, gestand Finn. »Was … was ist denn

mit den anderen Fröschen passiert, wenn sie ausgebrannt waren?«, fragte er Elli. »Haben die sich auch so verhalten?«

»Keine Ahnung«, sagte sie. »Kann sein. Klick war für die Frösche verantwortlich, ich bin nur Teil des Jagdtrupps gewesen.«

»Aber denkst du, er erholt sich wieder?«, hakte Finn nach.

»Du bist der Froschflüsterer«, konterte Elli. »Sag du's mir.«

Samira zog Finns Hand mit dem Frosch zu sich heran. »Er sieht müde aus«, sagte sie. »Vielleicht braucht er einfach eine Mütze Schlaf?«

»Vielleicht«, antwortete Finn. In Wahrheit hatte er keine Ahnung, was Flöckchen brauchte. Froschflüsterer, dachte er. Schön wär's!

Finn sah nach vorn, zur Mulde. Da waren sie nun: Mitten in einem Wald, der so aussah, als ob sich dort noch nie ein Mensch bewegt hatte. Und ihr Wegweiser hatte soeben den Geist aufgegeben. Er bemerkte, dass Samira ihn besorgt ansah, und zuckte hilflos mit den Schultern.

»Gib ihm ein bisschen Zeit«, schlug sie vor. »Lass ihn sich ausruhen, und dann versuchst du es noch mal.«

»Wie viel Zeit haben wir denn?«, fragte Finn. »Bevor es dunkel wird, meine ich.«

Elli schaute auf ihre Uhr. »Noch zwei Stunden, schätze ich.«

Bei der Aussage wurde Finn noch mulmiger zumute.

»Zurück zum Zaun schaffen wir's in der Zeit nicht«, sagte Samira, und auch sie klang ein bisschen eingeschüchtert.

»Keine Chance«, bestätigte Elli. Sie ließ den Blick über die Mulde schweifen, dann schaute sie auf den Kompass an ihrem Arm. »Am besten, wir gehen zu einer von Mamas Schutzhütten. Ich glaube, eine von ihnen ist nicht so weit weg von hier.«

»Das heißt, zwei Stunden reichen, um dorthin zu kommen?«, fragte Finn. Elli schien die Aussicht, bei Dunkelheit durch den Nachtschattenwald zu irren, nicht zu beunruhigen, aber er war sich ziemlich sicher, dass er selbst seine Umgebung dann nicht mehr so zauberhaft finden würde.

Es war deine Entscheidung, hierher zu kommen, schalt er sich. Jetzt ziehst du's auch durch, ohne das Flattern zu kriegen.

»Ich hoff's.« Elli tippte an einen Knopf an ihrer Uhr, dann sah sie sich um. Kurz darauf schien sie ihre Orientierung gefunden zu haben und balancierte zum Rand des Wurzelknäuels. »Wollen wir?«, fragte sie und kletterte hinunter in die Mulde.

Zwei Stunden später war Finn klar, dass Elli die Entfernung zur Schutzhütte unterschätzt hatte. Während er hinter ihr und Samira her nach Westen hastete, wich das Licht mit einer beängstigenden Geschwindigkeit aus dem Wald.

Flöckchen war wieder sicher in Samiras Gürteltasche verstaut und Finn hatte beide Hände frei. Die brauchte er auch, denn er musste immer wieder Zweige zur Seite stoßen oder sich abstützen, um nicht zu stürzen. Seine Antennen waren immer noch ausgefahren, aber mittlerweile hatten die Geräusche des Waldes einen bedrohlicheren Klang angenommen. Um ihn herum knackte und knirschte es. Tiere schienen sich im Unterholz zu regen, aber Finn erhaschte nur flüchtige Bewegungen aus dem Augenwinkel. Je dunkler es wurde, umso mehr verschmolzen die Umrisse von Sträuchern und Baumstämmen mit den sich sammelnden Schatten. Doch je weniger er selbst erkennen konnte, umso mehr hatte er das Gefühl, beobachtet zu werden. Die Nacht war die Zeit der Jäger, der Füchse, Fledermäuse, Eulen und anderer, hungriger Tiere. Und die sahen sehr gut in der Dunkelheit.

Finn blieb dicht hinter Samira, aus Angst, dass er sie aus den Augen verlieren könnte. Gleichzeitig spähte er immer wieder über ihre Schulter in der Hoffnung, Ellis Schutzhütte im Zwielicht auftauchen zu sehen. Sie hatten sich eben zwischen zwei Baumstämmen hindurchgequetscht, als er ein Licht aufblitzen sah. Finn dachte schon, er hätte sich geirrt, aber da war es wieder: Ein grünes Licht, das einige Meter vor ihnen blinkte wie ein blinzelndes Auge.

»Wartet«, rief er mit heiserer Stimme, aber Elli lief direkt auf das Licht zu. Finns ganze Brust verkrampfte sich. In einem von Samiras Büchern hatte er einmal ein Bild von einem Raubfisch gesehen, der in der schwarzen Tiefsee andere Fische mit einem Laternenlicht anlockte. Gab es solche Raubtiere auch an Land?

Zusammen mit Samira rannte er Elli nach und überlegte fieberhaft, was er tun würde, wenn gleich etwas aus dem

Dickicht sprang, um sie anzugreifen. Kurz darauf kam er sich jedoch mehr als dämlich vor.

Elli war vor einem Baum stehen geblieben. Das grüne Licht blinkte dort, aber es ging nicht von einem Tier aus, sondern von der Spitze eines Metallstäbchens, das auf Schulterhöhe im Stamm des Baumes steckte.

Diese Entdeckung schien Elli nicht zu überraschen. Sie tippte an ihre Uhr, und das Display wurde schwarz. Kurz darauf blinkte ein grüner Punkt darauf auf, der im Takt mit dem Stäbchen blinkte.

Samira war sofort fasziniert. »Hey! Ist das ein Peilsender? Ich dachte, die gibt es nicht mehr.«

»Ein Peilsender?«, wiederholte Finn.

»Ein Gerät, das Funksignale rausschickt oder empfängt«, erklärte Samira. »Hat man früher zur Navigation benutzt. Laut Vera gehören Peilsender aber zu den technischen Dingern, die nicht mehr funktionieren. Genauso wie Handys und so weiter. Hat was mit kaputten Satelliten zu tun.«

Elli bewegte indessen ihr Handgelenk mit der Uhr nach links und rechts, so wie es Finn bisher mit Flöckchen getan hatte. »Sie funktionieren, wenn die Signale über kurze Strecken gesendet werden«, sagte sie. »Und wenn die Sender genügend Solarenergie bekommen. Meine Mama hat 'ne ganze Reihe von solchen Sendern angebracht, damit sie ihre Schutzhütten finden kann.«

Samira betrachtete den blinkenden Sender neugierig. Finn war sich ziemlich sicher, dass sie ihn am liebsten herausgezogen und untersucht hätte. »Machen die Elstern das genauso?«, fragte sie. »Markieren sie sich Pfade mit Peilsendern?«

Dieses Mal zögerte Elli mit der Antwort, so als wollte sie diese Info nicht preisgeben. Schließlich gab sie es jedoch zu. »Ja«, sagte sie, wenn auch widerwillig.

»Also so findet ihr euch ohne Wegfäden zurecht«, sagte Samira. »Hab mich schon gewundert.«

Elli warf Finn einen Seitenblick zu. »Wir haben halt keinen super zusätzlichen Sinn wie Superboy hier.«

Der Spitzname versetzte ihm einen Stich. Stimmte das denn überhaupt? Hatte er einen weiteren Sinn? Im Moment spürte er überhaupt nichts Außergewöhnliches in sich.

»Wir gehen besser weiter«, sagte Elli und deutete nach links. »Der nächste Sender befindet sich in der Richtung. Das müsste dann eigentlich auch die Schutzhütte sein.«

»Müsste?«, fragte Finn. »Kommt dir die Gegend hier nicht bekannt vor?

»So schnell, wie der Wald hier wächst, würdest du diesen Fleck hier schon in ’ner Stunde nicht mehr wiedererkennen.« Elli warf einen letzten Blick auf ihre Uhr, dann stapfte sie los.

Dieses Mal gingen sie dicht nebeneinander weiter.

»Nur so ein Gedanke«, sagte Samira, »aber kann es nicht sein, dass die Elstern uns in der Schutzhütte finden werden?«

»Ich glaube nicht«, antwortete Elli. »Yanis und die anderen waren nie dort. Nur meine Mama und ich.«

Im Gehen schob sie den linken Ärmel ihrer Jacke zurück und brachte ihren Glow Glove zum Leuchten. Kurz fragte sich Finn, warum sie mit Leuchtstäben und Kompass zum Frühstück auf dem Dach erschienen war, aber wahrscheinlich war Elli einfach zu jeder Zeit auf eine Expedition in den Wald vorbereitet.

»Ich hab das schon richtig verstanden, oder?«, fragte Samira. »Deine Mutter ist mit dir auf die andere Seite des Zaunes gegangen?«

Ellis Miene wurde starr. »Ja«, antwortete sie knapp. »Der Mondwandler hat sie hier geholt.«

Samiras Augen weiteten sich kurz, aber sie sagte nichts. Ihr Blick huschte zu Finn, doch bevor er reagieren konnte, sagte Elli: »Hebt euch eure Fragen für später auf, okay?«

Zum ersten Mal fiel Finn auf, wie rasch Ellis Blick über ihre Umgebung huschte. Sie spähte hoch zu den Baumkronen, suchte das Gebüsch um sie herum ab und verfiel dann in einen schnellen Trab.

Finns Magen zog sich zusammen, als er begriff, was Elli bisher so gut überspielt hatte.

Sie war nervös.

10
Im Baumhaus

Die Nacht holte sie ein, als sie aus einem Gestrüpp heraus in einen Hohlweg traten. Links und rechts erhoben sich zwei steile Erdhänge, und dazwischen erstreckte sich eine schmale Schneise wie ein Pfad.

Elli ging ein paar Schritte auf den Hohlweg zu und blieb stehen. Finn verstand, warum. Es war anstrengend, sich durchs Gebüsch zu kämpfen, aber wenigstens bot das Gewirr aus Blättern und Zweigen ein wenig Deckung. Hier draußen im Freien fühlte es sich so an, als lägen sie auf dem Präsentierteller.

»Das gefällt mir nicht.« Samira starrte die Schneise entlang, deren Ende sich in schwarzblauen Schatten verlor.

Auch Elli wirkte beunruhigt, aber sie presste die Lippen aufeinander und ging los. »Zähne zusammenbeißen«, sagte sie. »Wir sind bald da.«

»Ich will ja nicht nörgeln«, erwiderte Samira. »Aber das hast du schon vor zwei Stunden gesagt.«

Der Boden des Hohlwegs war mit altem Laub bedeckt, das bei jedem Schritt raschelte. An manchen Stellen versank Finn bis zu den Knöcheln in den Blättern. Die Erdhänge ragten wie die Wände eines Tunnels links und rechts von ihm auf, und oben drängten sich Bäume mit eigenartig verdrehten Stämmen. Das Licht von Ellis Glow Glove schwankte über Wurzeln, die wie zusammengerollte Schlangen auf der Kuppe der Erdhänge lagen.

Finn fragte sich, was dort oben lauern mochte, als ihm etwas auffiel.

»Euch ist schon klar, dass das hier der perfekte Platz für einen Überfall ist, oder?«, fragte Samira in gedämpften Ton.

Elli warf einen Blick zurück über ihre Schulter.

»Pst«, unterbrach Finn.

»Was ist?«, fragte Samira, und die Mädchen blieben stehen.

Finn legte den Finger an die Lippen. Der Wind hatte sich gelegt, und jetzt, wo die drei stillstanden, erklang kein einziges Geräusch mehr. Kein Knistern von Laub. Kein Knarzen der Bäume. Kein Flattern fedriger Flügel.

Es war still geworden. Totenstill.

Finns Herz schlug einmal, zweimal, dann ertönte tief im Wald ein Krachen.

»O Mist«, fluchte Samira mit dünner Stimme.

Finn hörte Ellis schnellen Atem und spürte, wie sein eigener Pulsschlag sich beschleunigte.

Ein kehliges Grollen rollte durch den Wald wie eine Lawine und durchbrach die Schockstarre der drei Kinder. Sie warteten das nächste Geräusch nicht ab. Sie rannten los.

Finn hatte keine Ahnung, wie er es schaffte zu rennen, ohne zu stürzen. Der Weg vor ihm war stockdunkel, mit Ausnahme von Ellis Glow Glove, der wie ein panisches Irrlicht flackerte, während sie rannte.

Wie durch ein Wunder erreichten sie das Ende des Hohlwegs, und Elli stieß ein erleichtertes Keuchen aus. »Da«, krächzte sie und zeigte gerade aus.

Finn hatte keine Ahnung, was sie entdeckt hatte. Er sah nur den Schemen eines Wiesenstücks, dessen Ränder mit der Nacht verschmolzen. Erst als er hinter Elli durch das Gras rannte, schälte sich die schwarze Silhouette eines dicken Baumes aus der Dunkelheit.

Elli hielt direkt auf ihn zu, und auch Samira und Finn gaben noch einmal alles. Kurz bevor sie den Baum erreichten, fiel das Licht von Ellis Glow Glove auf Leitersprossen, die jemand in den Stamm des Baumes genagelt hatte. Finns Blick glitt nach oben, und er glaubte, einen gedrungenen Kasten in der Baumkrone zu erkennen.

Sie hatten die Schutzhütte erreicht.

Ellis Schutzhütte war ein viereckiger Würfel aus Holz, der auf halber Höhe des Baumes in einer Astgabel saß. Tarnnetze verbargen die Außenwände, und anstelle von Fenstern gab es nur ein paar schmale Schlitze.

Elli war die Erste an der Tür, stemmte sie auf und trat hinein. Finn verharrte noch einen Augenblick auf der Plattform vor dem Eingang. Er blickte zurück in die Richtung, aus der sie gekommen waren, und lauschte. Irgendwo stürzte ein Baum um, aber zu seiner Erleichterung klang das Geräusch weiter entfernt. Was auch immer den Lärm machte, schien in eine andere Richtung abgebogen zu sein.

Du weißt genau, was da durch den Wald poltert, wisperte die Stimme in seinem Kopf. Finn schauderte, schob seine Kapuze vom Kopf und betrat Ellis Schutzhütte.

Die Luft in der Hütte roch abgestanden und ein bisschen moderig, so als wäre Feuchtigkeit in die Holzwände gedrungen. Elli klapperte und polterte im Dunkeln herum, dann flammte eine Öllampe auf.

Finn brauchte einen Moment, bis sich seine Augen an das Licht gewöhnt hatten. Rasch prüfte er, ob mit Flöckchen alles in Ordnung war. Zu seiner Erleichterung stellte er fest, dass der Frosch weiter vor sich hin döste. Dann sah er sich um.

Das Baumhaus war klein, aber ordentlich eingerichtet. Zwei Matratzen lagen an den Wänden, und auf einer von ihnen lagen zwei zusammengefaltete Schlafsäcke. Jemand hatte ein paar Bücher am Kopfende der linken Matratze aufgestapelt, und in einem Blechbecher lehnten sogar ein paar vertrocknete Blumen.

»Wie viel Zeit habt ihr hier verbracht?«, fragte Samira erstaunt.

»Eine Menge«, sagte Elli, ohne sich umzudrehen. Ihre Stimme klang gedrückt. Finn fragte sich, ob sie seit dem Verschwinden ihrer Mutter noch einmal hier gewesen war. Vermutlich nicht.

In einer Ecke standen zwei Metalltruhen. Elli öffnete eine davon und holte einige kleine Metallstäbe daraus hervor, die wie der Peilsender im Wald aussahen. Danach packte sie mehrere Dosen aus.

»Sind das Essensvorräte?«, fragte Samira hoffnungsvoll.

»Yep.« Elli fischte Campinggeschirr aus der Truhe und nickte in Richtung eines Kanisters neben der Tür. »Holt mal ein bisschen Wasser aus dem Regenspeicher. Ich glaube, hier drin sind irgendwo noch ein paar Suppennudeln, die wir uns kochen können.«

Zur Antwort gab Finns Magen ein hungriges Rumpeln von sich. Samira lachte. »Wir machen besser hin, was?«, fragte sie.

Sie kümmerten sich um das Wasser, während Elli durch die Vorräte ihrer Mutter stöberte.

Elli drehte die Flamme des Campingkochers ab und nahm den Topf aus seiner Halterung. Dampf kräuselte sich über seinen Rand, und der Duft von Nudeln in würziger Brühe ließ Finns Magen gleich wieder grummeln.

»Vorsicht, heiß«, warnte Elli, dann füllte sie die Suppe in die Schalen, die Samira und Finn bereithielten.

Sie hatten sich Kissen geholt und auf den Boden um den Campingkocher gesetzt. Die Öllampe verbreitete ein buttrigweiches Licht, das sich wie eine schützende Hand um sie legte. Samira hatte Flöckchen aus der Tasche geholt, und er begutachtete interessiert die Tüte mit Erdnüssen, aus der Finn und die anderen sich bereits bedient hatten. Neben Samira stand eine leere Blechdose, an der sie einen breiten Riemen befestigt hatte. Das sollte eine Tragebox für Flöckchen werden, in der er besser aufgehoben war als in Samiras Tasche.

Samira hob ihre Schale hoch, pustete auf die Suppe und nahm dann einen Schluck direkt aus der Schale. Sie schloss die Augen und seufzte zufrieden. »Okay, ich geb's zu«, sagte sie zu Elli. »War 'ne gute Entscheidung, dich mitzunehmen.«

Elli lächelte schräg. »Da bin ich ja froh«, sagte sie und warf sich eine Erdnuss in den Mund.

Finn nippte ebenfalls an seiner Suppe. »Deine Mutter wusste genau, wie man im Nachtschattenwald klarkommt, oder?«, fragte er.

Elli zuckte mit den Schultern. »Sie hat mehr Zeit hier draußen verbracht als in den Kommunen.«

»Und dich hat sie mitgenommen?«, fragte Samira.

»Klar«, sagte Elli. »Der Mondwandler hat meinen Dad geholt, bevor ich geboren wurde. Danach hat meine Mutter alles getan, um herauszufinden, wie man die Nachtschwärmer retten und den Mondwandler unschädlich machen kann.« Sie nahm sich ein paar weitere Erdnüsse, rührte ihre Suppe jedoch nicht an. »Die Erwachsenen aus unserer Kommune haben versucht, ihr das auszureden. Und als das nicht geklappt hat, haben sie sie für verrückt erklärt.«

Finn dachte an den bitteren Ton in Ellis Stimme, als sie erzählt hatte, wie sich alle außer ihrer Mutter damit zufriedengegeben hatten, den Mondwandler machen zu lassen, was er wollte. Wie war es wohl gewesen, so aufzuwachsen? Hatte Ellis Mutter sie im Tragetuch durch den Nachtschattenwald getragen, bis sie alt genug war, um ihr auf eigenen Füßen zu folgen? Wahrscheinlich hatte das Leben hinter dem Zaun die beiden sehr eng zusammengeschweißt.

Nachdem Hannah verschwunden war, hatte Finn sich sehr lange sehr einsam gefühlt. Es war nicht nur, dass Hannahs Bett neben seinem plötzlich leer geblieben war und dass nun eine Lücke am Esstisch klaffte, wo vorher ihr Stuhl gestanden hatte. Er hatte es auch nicht geschafft, Freundschaften mit anderen Kindern zu schließen. Wenn sie sich zum Spielen oder zum Unterricht trafen, fand er sich immer am Rand der Gruppe wieder. Oder schlimmer: in ihrer Mitte, während alle anderen sich über ihn lustig machten. Sie lachten, wenn er Hannahs Geschichten über Waldgeister weitererzählte. Und sie hackten auf ihm herum, weil sie gehört hatten, wie es zu Hannahs Verschwinden gekommen war.

Finn erinnerte sich an einen Nachmittag im Garten hinter der alten Schule. Alle anderen waren damit beschäftigt gewesen, die Namen von Büschen und Bäumen in ihren Pflanzenbestimmungsbüchern zu suchen. Finn hatte sich jedoch ablenken lassen. Er hatte das Klopfen eines Spechts gehört und stand mit zur Seite geneigtem Kopf am Rand des Gartens. Tiefer im Wald erklang ein zweites Klopfen, wie ein Echo oder eine Antwort.

Plötzlich war Cora Pfeiffer neben ihm aufgetaucht. »Was machst du denn da?« Bei der Frage war Finn ertappt zusammengezuckt, aber bevor er hatte antworten können, hatte Cora bereits die anderen Kinder gerufen.

»Schaut mal, Finnie will wieder in den Wald rennen.« Sie hatte sich zu Finn umgedreht und mit den Fingern gewedelt. »Willst wohl noch jemanden zum Mondwandler locken, was?«

Sie hätte sicher weitergemacht, hätte sich nicht ein kleines Mädchen mit schwarzen Locken zwischen Finn und ihr aufgestellt. Sie hatte die Hände in die Hüften gestemmt und Cora mit einem Satz den Wind aus den Segeln genommen.

»Du bist ganz schön fies.«

»Bin ich nicht«, hatte Cora protestiert. »Der da ist komisch.«

Die Antwort des anderen Mädchens kam wie aus der Pistole geschossen. »Bin ich auch. Na und?«

Finn musste lächeln, als er sich daran erinnerte. Damals hatte er noch nicht einmal Samiras Namen gekannt, aber seit diesem Tag waren sie unzertrennlich. Sein Blick glitt zu den Matratzen. Auf einer der beiden saß ein Kuscheltier, ein dicker, grüner Dinosaurier. Der Anblick drückte Finn einen Kloß in den Hals. Er hatte Samira. Aber wen hatte Elli?

»Deine Mutter klingt cool«, sagte Samira. »Bisschen leichtsinnig vielleicht. Aber mutig.«

Ellis Miene verhärtete sich wieder. »Sie hat mir beigebracht, wie man hier draußen überlebt«, sagte sie. »Alles ging gut, bis sie eines Nachts nicht mehr zurück in die Schutzhütte kam.«

»Hast du versucht, sie zu finden?«, fragte Finn.

»Bin so weit gegangen, wie ich konnte, ohne mich zu verlaufen«, antwortete Elli. »Aber alleine hatte ich keine Chance. Also habe ich mich den Elstern angeschlossen. Ich dachte, mit ihnen könnte ich sie finden.« Sie versuchte, abgebrüht zu klingen, aber Finn hörte die Enttäuschung in ihrer Stimme. In dem Moment hätte er sie am liebsten in den Arm genommen.

Samira räusperte sich, und Elli fuhr zu ihr herum. »Das findest du wahrscheinlich auch leichtsinnig, oder?«

Samira jedoch starrte nur auf ihre Suppenschüssel hinunter. »Ich hätte es genauso gemacht«, sagte sie. »Wenn's meine Mutter gewesen wäre.«

Elli zögerte, als ob sie sich nicht sicher wäre, ob Samira das ernst meinte. »Was ist mit deinen Eltern?«, fragte sie schließlich.

Finn versteifte sich. Jetzt hatte Elli ihren Finger auf einen wirklich wunden Punkt gelegt. Er sah die Anspannung in Samiras Schultern, sah, wie sie ihren Blicken auswich. Das tat sie immer, wenn sie von ihren Eltern sprach.

»Meine Eltern sind Forscher«, sagte sie. »Vor einem Jahr sind sie mit einer Expedition in den Norden aufgebrochen. Sie wollten sich zur Küste durchschlagen und rausfinden, ob es dort noch andere Menschen oder Überreste aus der Zeit vor dem Wald gibt.«

Elli hob anerkennend die Augenbrauen. »Wow.«

»Ja«, sagte Samira. »Wow.« Sie sah immer noch nicht hoch. Finn dachte wieder an den Rucksack, den Samira in ihrem Zimmer aufbewahrte. Sie hatte es nie ausdrücklich gesagt, aber er wusste, dass es ein Expeditionsrucksack war.

Er war Samiras Vorbereitung auf die Rückkehr ihrer Eltern. Wenn sie ihnen bewies, dass sie klug und fähig genug war, dann würden sie sie bei ihrer nächsten Reise vielleicht nicht zurücklassen.

Finn widerstand dem Drang, Samiras Hand zu nehmen. Er wollte sie vor Elli nicht bloßstellen. Stattdessen sagte er zu Elli: »So langsam verstehe ich, wieso du zu den Elstern gegangen bist«, sagte er. »Wenn ich gewusst hätte, dass sie nach den Nachtschwärmern suchen …« Er ließ das Ende des Satzes im Nichts versickern. Er wollte sagen, dass er sich den Elstern dann auch angeschlossen hätte. Aber stimmte das? Hätte er den Mut gehabt?

»Ich dachte, sie würden nach den Nachtschwärmern suchen«, sagte Elli. »Das haben sie früher. Aber als ich zu ihnen kam, hatten sie sich schon auf den Plan eingeschossen, den Mondwandler in seinem Lager abzufackeln. Und sie sind sich wirklich sicher, dass diejenigen, die er entführt hat, längst nicht mehr leben.«

Samira warf ihr einen fast schuldbewussten Blick zu. »Glaubst du, wir hätten sie überzeugen können, anders vorzugehen?«

Elli erwiderte ihren Blick. »Indem ihr unseren Dachgarten verwüstet?«

»War vielleicht ein bisschen übertrieben«, gab Samira zu.

Elli schob Daumen und Zeigefinger in einer Geste zusammen, die wohl sagen sollte ›nur ein winziges bisschen‹. Dann sagte sie: »Ich glaube nicht. Wenn Priya einmal einen Plan festgelegt hat, dann hält sie an ihm fest. Hark hätte euch vielleicht noch eine Weile zugehört, aber Yanis?« Sie schüttelte den Kopf. »Seit der Mondwandler Hark beinahe in Stücke gesäbelt hat, kann er's nicht erwarten, ihm Feuer unterm Hintern zu machen.« Sie nahm ihre Suppenschale vom Boden hoch. »Nein, das hier war unsere einzige Chance herauszufinden, was wirklich mit den Nachtschwärmern passiert ist.«

War, dachte Finn. Das klang so, als hätte sie sich bereits damit abgefunden, dass der Frosch nicht mehr leuchten würde. Finn stellte seine Schale beiseite, dann legte er eine Hand vor Flöckchen auf den Boden. Der Frosch wirkte immer noch träge, aber immerhin war er wieder wach. Mühsam kletterte er auf Finns Handfläche. Behutsam hob Finn ihn hoch und hielt ihn dicht an sein Ohr. Das Summen war so leise, dass er es fast nicht mehr wahrnehmen konnte.

»Hörst du was?«, fragte Samira.

»Ja«, antwortete Finn. »Aber nur schwach.«

Er senkte seine Hand. Vielleicht war Flöckchen tatsächlich ausgebrannt. Seine Haut hatte auch immer noch diese stumpfe, blassgraue Färbung. Finns Suppenschüssel war noch halb voll, aber ihm war der Appetit vergangen. Beinahe hatte er geglaubt, dass er eine besondere Gabe hatte. Dass seine Fähigkeit, eigenartige Geräusche zu hören, nicht nur gefährlich, sondern nützlich war. Doch so, wie es aussah, hatte er sich nur falsche Hoffnungen gemacht. Finn setzte Flöckchen ab, und der Frosch tapste zurück zu den Erdnüssen.

Elli trank ihre Suppe aus und stellte die Schale wieder auf den Boden. »Wenn du ihn nicht mehr zum Leuchten bekommst, müssen wir morgen umdrehen.«

»Wir geben auf?«, fragte Samira bestürzt. »Einfach so?«

»Wir gehen nur wieder auf Los.« Elli zuckte mit den Schultern. »Wäre nicht das erste Mal für mich.« Sie schaute auf Flöckchen, der an einer Erdnuss schnupperte. »So langsam bezweifle ich allerdings, ob diese Frösche überhaupt irgendwo hinführen können.«

Finn hätte ihr gern widersprochen, aber im Moment befürchtete er, dass sie recht hatte.

Elli stand auf. »Ich hau mich für ein paar Stündchen aufs Ohr«, verkündete sie. »Solltet ihr auch.« Mit diesen Worten drehte sie sich um und zog sich in Richtung der Matratzen zurück.

11
Flöckchen

Die Müdigkeit steckte ihm in den Knochen, und in seinen Beinen kündigte sich ein Muskelkater an. Trotzdem war Finn zu aufgekratzt, um sich schlafen zu legen. Stattdessen saß er auf dem Dach der Schutzhütte, die Arme um seine Knie geschlungen und die Nachtluft auf seinem Gesicht. Die Geräusche, die vom Waldboden zu ihm heraufdrangen, klangen ausnahmsweise normal. Ein Vogel flog mit rauschenden Schwingen durch die Nacht, und in der Wiese unter dem Baum zirpten Grillen.

Das Wellblechdach knarzte, und kurz darauf nahm Samira neben ihm Platz. Ein paar Augenblicke lang saßen sie schweigend nebeneinander, dann sagte Samira: »Hättest du gestern früh gedacht, dass wir die Nacht im Nachtschattenwald verbringen würden?«

»Klar«, flachste Finn. »Das stand in meinem Kalender. Gleich nach *Pyjamaparty bei den Elstern.*«

Samira stieß ein leises Lachen aus. Sie saß mit gebeugten Schultern da, ihre sonst so unruhigen Hände im Schoß verschränkt.

Finn stieß sie mit dem Ellbogen an. »Alles okay bei dir?«

Samiras Hände schlossen sich fester umeinander. »Manchmal beneide ich dich ein bisschen«, sagte sie. »Es ist total bescheuert, das weiß ich. Hannah ist verschwunden, aber das war wenigstens nicht ihre Entscheidung. Meine Familie ist freiwillig weggegangen.« *Ohne mich.* Sie sprach die beiden Worte nicht aus, aber sie schwangen mit.

Samira sank noch mehr in sich zusammen, als wollte sie sich so klein wie möglich machen. Sie war immer so stark. Manchmal vergaß Finn, dass sie ihre eigenen Ängste mit sich herumschleppte.

Er legte den Arm um ihre Schultern. »Deine Familie ist genau hier«, sagte er und tippte sich an die Brust. »Außerdem hat Oma Vera dich längst schon als Enkelin adoptiert.«

Samira stieß einen zittrigen Atem aus und schniefte leise. Kurz lehnte sie sich an ihn, dann schob sie ihn beiseite. Sie wischte sich mit dem Ärmel über die Augen.

»Ich bin nicht gut mit diesem ganzen rührseligen Kram«, sagte sie. »Lösen wir lieber das Rätsel mit dem Frosch.« Sie richtete sich auf und strich ihre Haare zurück.

Jetzt war es an Finn, die Schultern hängen zu lassen. »Vielleicht ist er wirklich ausgebrannt«, sagte er. »Oder ich weiß einfach nicht, wie man ihn richtig benutzt.«

Samira drehte sich mit erhobener Augenbraue zu ihm um. »Hey, seit wann geben wir so schnell auf?«

Das entlockte Finn ein Lächeln. »Du gibst nie auf«, sagte er.

»Stimmt«, bestätigte Samira. »Und weißt du, warum? Weil es für jedes Problem eine Lösung gibt. Manchmal muss man nur ums Eck denken.« Ihre Beine baumelten über den Rand des Daches, und sie schwang sie leicht vor und zurück. »Fassen wir zusammen«, sagte sie. »Flöckchen hat zweimal geleuchtet wie ein Suchscheinwerfer. Beide Male hast du den Frosch dafür an eine bestimmte Stelle gebracht. Dorthin, wo er besser klingt?«

»Harmonischer«, bestätigte Finn. »Ist so ein bisschen wie ein Puzzleteil, das man an die richtigen Stellen setzen muss.«

»Okay.« Samira schob die Brauen zusammen. »Daraus schließen wir: Der Frosch reagiert auf irgendein Signal oder eine Energieader. Was wir nicht wissen: Warum reagierte er zuerst so heftig, und dann hinter dem Zaun so schwach?« Sie überlegte. »Nehmen wir an, er ist nicht ausgebrannt. Was könnte noch daran schuld sein? Was ist der Unterschied zwischen letzte Nacht im Labor und heute hinter dem Zaun?«

Finn runzelte die Stirn, dann fiel es ihm wie Schuppen von den Augen. »Letzte Nacht«, wiederholte er. »Mira, der Frosch hat letzte *Nacht* am hellsten geleuchtet!«

Samira hörte auf, mit den Beinen zu baumeln. »Flöckchen ist nachtaktiv!« Sie schnalzte mit der Zunge. »Oh. Oh! Und weißt du, was noch anders war? Du hast ihn *mit nach draußen genommen*. Was wäre, wenn er nicht nur das richtige Signal finden, sondern auch Lichtenergie auftanken muss? Wie eine Solarlampe? So grau, wie seine Haut geworden ist, deutet das tatsächlich darauf hin, dass ihm die Leuchtkraft ausgeht.«

Finn runzelte die Stirn. »Aber wir waren heute den ganzen Tag mit ihm draußen. Da hätte er doch genügend Licht aufnehmen können?«

Samiras Augen weiteten sich. »Vielleicht tankt er kein Sonnenlicht, sondern …«

»… Mondlicht!«, vervollständigte Finn. »Geht so was überhaupt?«

Samira wedelte mit einer Hand, als wollte sie seine Frage wegwischen. »Ganz ehrlich?«, fragte sie. »Keine Ahnung! Ich halte inzwischen fast alles für möglich. Es gibt Blumen, die nur nachts blühen und duften. Und mindestens eine Mistkäferart orientiert sich beim Rollen ihrer Dungkugeln an der Milchstraße. Also wieso sollte es nicht auch Kompassfrösche geben, die Mondenergie tanken?«

Finn schüttelte den Kopf. »Das klingt verrückt.«

»Total!«, bestätigte Samira, aber sie grinste immer noch. Es war, als wäre sie selbst plötzlich elektrisch aufgeladen. »Warte hier«, sagte sie und stand auf. »Ich geh Elli wecken.«

»Wir greifen jetzt wirklich nach Strohhalmen, oder?« Elli stand auf dem Dach der Schutzhütte und rieb sich die müden Augen.

»Habt ihr je versucht, die Frösche nachts zu benutzen?«, fragte Samira.

»Nein«, gab Elli zu.

Sie standen im Dreieck, Wellblech unter ihren Füßen und den Nachthimmel über ihren Köpfen, in ihrer Mitte Flöckchen in seiner Blechdose. Sterne sprenkelten das schwarze Firmament wie Sommersprossen, und irgendwo links von ihnen leuchtete der Sichelmond.

Es gibt Blumen, die nur nachts blühen und duften. Finn sagte sich Samiras Worte immer wieder vor. Er musste nicht lange warten, um herauszufinden, ob sie mit ihrer Vermutung richtig lagen.

Schon als Samira Flöckchen in Finns Hände legte, spürte er, dass etwas mit dem Frosch vor sich ging. Tagsüber hatte er träge auf Finns Hand gelegen. Jetzt versuchte er sofort, über seine Finger hinaus zu klettern. Vorsichtig ging Finn zum Rand des Daches und hielt Flöckchen in die Höhe. Silbernes Mondlicht fiel auf die weiße Haut des Frosches, und ein hellblaues Schimmern zuckte über seine schwarzen Augen. Finn hielt Flöckchen noch höher. Der Frosch stützte sich auf die Vorderfüßchen, hob den Kopf und schloss die Augen. Ein Lichtschimmer rann über seinen Körper. Eine zweite Welle folgte auf die erste, dann eine dritte, dann erstrahlte Flöckchen in einer Explosion aus gleißendem Licht. Erschrocken kniff Finn die Augen zu. Als er wieder hinsah, leuchtete Flöckchen wie ein Stern in seiner Hand.

»Finn«, hauchte Samira hinter ihm. Sie zeigte nach unten, und als er seinen Blick in dieselbe Richtung richtete, sah er es auch. Östlich des Baumhauses wand sich ein leuchtendes Band zwischen den Bäumen hindurch wie ein Fluss.

Staunend drehte sich Finn um, und dann wusste er endgültig, dass sie ins Schwarze getroffen hatten. Sobald Flöckchens Schnauze in Richtung des leuchtenden Bandes zeigte, begann er zu summen.

12
Der Sternlichtpfad

Den ganzen Weg nach unten flatterte Finns Herz wie ein aufgeregter Kolibri in seiner Brust. Es flatterte, als er von der letzten Leitersprosse auf den Boden sprang und er sich mit Flöckchen auf der Hand durch ein Gebüsch zwängte. Der Frosch leuchtete immer noch wie ein Stern, aber sein Schimmern war nichts im Vergleich zu dem Licht, das durch die Äste und Blätter des Gestrüpps drang.

Finn hörte Samira und Elli hinter sich durchs Gebüsch rascheln, aber er hatte nur Augen für das immer heller werdende Licht. Er schob einen letzten Ast beiseite, dann trat er hinaus ins Freie.

»Wow«, flüsterte er.

Vor ihm wand sich ein strahlender Pfad durch den Wald. Von nahem erkannte er auch die Quelle des Lichts: winzige Perlen aus milchigem Licht, die an der Spitze von Grashalmen und Moospflanzen glitzerten. Es sah aus, als ob sich die Milchstraße vom Himmel auf die Erde gesenkt hatte.

»Ein Sternlichtpfad«, sagte Finn. Er hatte noch nie etwas Schöneres gesehen. Sein Blick glitt zu seiner Hand. Flöckchen hatte ihm den Kopf zugewandt, und wenn Finn es nicht besser wüsste, würde er schwören, dass der Frosch ihn zufrieden anlächelte.

Das Gebüsch hinter ihm raschelte. Elli stolperte fluchend ins Freie und blieb dann abrupt neben ihm stehen. Die Stecknadellichter spiegelten sich in ihren weit aufgerissenen Augen. Eine halbe Sekunde später trat Samira aus dem Unterholz. Allerdings hielt sie nicht an, sondern ging direkt zum Rand des Pfades. Finn gab sich einen Ruck und folgte ihr. Sie ging bereits hinunter auf ein Knie und streckte die Hand aus. Ihre Finger streiften durch das Gras. Licht tanzte um ihre Finger und wirbelte hoch wie leuchtender Staub.

»Es kommt aus dem Boden«, sagte sie voller Verwunderung. Finn sah genauer hin. Es stimmte. Winzige Lichtsplitter durchzogen die Erde unter dem Gras wie die glitzernden Adern von Quarzgestein.

Samira richtete sich auf und grinste breit. »Tja, ich würde mal sagen, jetzt funktioniert der Kompass richtig.«

Finn fühlte sich, als ob er vor Stolz platzen müsste. »Scheint so«, sagte er. Er beugte sich vor und drückte Flöckchen einen Kuss auf den Kopf.

»Jetzt summt er, oder?«, fragte Samira.

»Und wie«, antwortete Finn. Tatsächlich hatte Flöckchens Summen einen so warmen, kehligen Ton angenommen, dass es sich so anhörte, als würde er singen.

Samira richtete sich auf und stemmte die Hände in die Hüften. »Das war's dann wohl mit schlafen«, sagte sie. »Ich schätze, von jetzt an gehen wir nachts weiter.«

»Euch ist schon klar, dass das keine gute Idee ist«, sagte Elli. Ihr angespannter Ton überraschte Finn. Hätte sie sich nicht darüber freuen müssen, dass Flöckchen doch noch funktionierte? Und zwar so richtig? Stattdessen starrte sie mit grimmiger Miene den Pfad entlang. »Oder habt ihr vergessen, was wir vorhin gehört haben?«

Das Krachen von Bäumen, die von einem großen Etwas umgestoßen wurden. Ja, es stimmte. Die Erkenntnis, dass Flöckchen bei Nacht seine volle Kraft entfaltete, hatte Finn so begeistert, dass er die Bedrohung durch den Mondwandler verdrängt hatte.

Ein mulmiges Gefühl machte sich in seinem Magen breit. So verzaubert wie jetzt hatte er sich zuletzt beim Anblick des Zitronenfalters gefühlt. Und wie das ausgegangen war, wusste er nur zu gut.

»Wer sagt uns überhaupt, dass uns dieser Weg zum Lager des Mondwandlers führt?«, fragte Elli.

Finn räusperte sich. »Flöckchen scheint ihm folgen zu wollen.«

Die Zweifel standen Elli ins Gesicht geschrieben. »Es ist schon heikel genug, hier am Tag herumzuwandern«, sagte sie. »Aber in der Nacht?«

»Der Frosch funktioniert nicht richtig am Tag«, sagte Samira. »Das haben wir heute erlebt. Und ich gehe jede Wette ein, dass wir diesen Pfad tagsüber nicht erkennen werden.« Sie nagte an ihrer Unterlippe. »Wenn wir weitergehen wollen, dann sehe ich keine andere Möglichkeit«, sagte sie schließlich. »Finn?«

Finn sah wieder zu Flöckchen, der ihn immer noch unverwandt anschaute. Wieder zuckte dieser blaue Schimmer über seine Augen. Fast wie ein Zwinkern. »Ich würde es versuchen« sagte er.

Samira hob ihre Faust. »Zusammen?«

»Zusammen.« Finn schlug mit der freien Faust ein und fing Ellis Blick auf. Die zog ihre Unterlippe zwischen die Zähne, dann nickte sie. »Okay, was soll's«, sagte sie. »Aber lasst mich wenigstens noch ein paar Vorräte aus der Hütte holen.«

Der Sternlichtpfad verwandelte den nächtlichen Wald. Was zuvor bedrohlich gewirkt hatte, sah jetzt aus wie im Märchenbuch. Ein weicher Glanz überzog raue Felsen und die schartige Rinde der Bäume. Funkelnde Insekten sprenkelten Blätter wie Tautropfen. Finn fragte sich, ob sie von sich aus leuchteten oder ob sie der Widerschein des Sternlichtpfades zum Glänzen brachte.

Während sie dem Lauf des Pfades durch den Wald folgten, grübelte Samira laut vor sich hin. »Ich frage mich, wie das Leuchten zustande kommt«, sagte sie. »Ob das vielleicht Pilze oder Bakterien in der Erde sind? Und wieso formt das Licht einen Weg?«

»Vielleicht gibt es keine wissenschaftliche Erklärung«, sagte Finn. »Vielleicht hatte Hannah doch recht mit ihren Geschichten über Waldgeister, und der Nachtschattenwald ist verzaubert.« Der Vorschlag kam ihm erstaunlich leicht von den Lippen. Sonst hätte er Dinge wie Magie oder Waldgeister nicht erwähnt, aus Angst, sich zu blamieren. Aber hier, mit Sternenstaub unter den Füßen und einem summenden Frosch auf der Schulter, kam er sich überhaupt nicht mehr lächerlich vor.

Samira gab ein unzufriedenes Schnauben von sich, aber immerhin wiegelte sie Finns Vorschlag nicht sofort ab. »Ich schließe nichts aus«, sagte sie. »Aber ich denke mir eher, dass es eine natürliche Erklärung gibt.« Sie seufzte. »Ich wünschte, ich hätte mein Notizbuch dabei. Und ein paar Glasröhrchen. Es wäre extrem spannend, die Erde und die Pflanzen hier zu untersuchen.«

Ein Leuchtkäfer flog dicht an Finn vorbei, und Flöckchen fing ihn mit einem Schnalzen seiner Zunge aus der Luft.

»Wir können ja zurückkommen, nachdem wir die Nachtschwärmer befreit haben«, schlug er vor.

Samira warf ihm einen Seitenblick zu, aber sie lächelte. »Du bist ja optimistisch.«

Finn zuckte mit der Schulter. Er hatte immer noch dieses leicht flaue Gefühl im Magen, aber er hatte beschlossen, sich auf das Positive zu konzentrieren. Sie waren schon viel weiter gekommen, als er überhaupt für möglich gehalten hätte. Also warum sollte der Rest ihrer Suche nicht auch erfolgreich verlaufen?

Elli hatte wieder die Führung übernommen, aber jetzt verlangsamte sie ihren Schritt, um neben Finn und Samira zu gehen. Sie trug einen abgewetzten Rucksack auf dem Rücken, den sie mit Proviant und anderen nützlichen Gegenständen aus dem Baumhaus bepackt hatte. Für Flöckchen hatte sie die Box mitgebracht, die Samira gebastelt hatte und Finn nun wie eine Tragetasche trug.

»Meint ihr, dieser Pfad war schon die ganze Zeit hier?«, fragte Elli.

»Keine Ahnung, ehrlich gesagt«, erwiderte Samira. »Aber ich vermute schon, weil –«

Weiter kam sie nicht, denn Elli blieb plötzlich stehen und streckte einen Arm zur Seite, um Finn und Samira auszubremsen. Sie hielten an, und sofort hörten sie das Rascheln rechts neben ihnen. Finn versteifte sich. Hatte er nicht gerade gedacht, ihre Reise würde von jetzt an gut laufen? Da hast du ja wohl die Katastrophe heraufbeschworen, sagte er sich. Echt gut gemacht, Finn.

Laub knisterte und Äste knackten, dann trat ein Reh aus dem Dickicht heraus auf den Sternlichtpfad. Finn atmete schon erleichtert aus, da bemerkte er, was genau er da vor sich hatte.

»Ist nicht wahr«, flüsterte Samira.

Das Tier vor ihnen sah aus wie ein Reh, aber auf seinem Kopf und seinem Rücken wuchs Moos wie ein zweites grünes Fell. Winzige Halme mit zarten Blättchen ragten nach oben und auch an ihren Spitzen funkelten Lichtpunkte.

Finns Mund war mit einem Mal staubtrocken. Er starrte das Reh an, und für ein paar Sekunden starrte das Reh zurück. Dann flackerten seine Augen genauso blau wie die von Flöckchen. Es war nur ein kurzer Augenblick, dann wandte das Reh den Kopf ab und überquerte den Pfad. Ohne Eile verschwand es in den Schatten des Waldes.

Samira blies einen langen Atem aus. »Was. Zum. Geier?« Sie drehte sich zu Elli um. »Hast du so was schon mal gesehen?«

Elli schüttelte den Kopf. »Nein, wir waren nie …«

Ein weiteres Rascheln erklang, und Elli verstummte. Ein Teil von Finn hoffte, dass nur ein weiteres Reh auftauchen würde. Aber der Rest von ihm wusste sofort, dass er sich da falsche Hoffnungen machte. Seine Sinne reagierten wie eine straff gespannte Saite, gegen die ein Hämmerchen schlug. Die Härchen an seinem Nacken und seinen Armen richteten sich auf, und Flöckchens Summen klang plötzlich sehr laut in seinem Ohr. Wie eine Warnung.

»O nein«, murmelte er. Das Rascheln erklang erneut. Obwohl es tiefer aus dem Wald kam, war das Geräusch laut. Als ob sich etwas durch das Unterholz bewegte, das sehr viel größer war als ein Reh.

Unwillkürlich rückte das Trio enger zusammen. Elli hielt immer noch ihren Arm vor Finn und Samira ausgestreckt, und Finn konnte sehen, wie sie hart schluckte. Das Rascheln kam jetzt näher. Irgendwo rechts von ihnen brach ein Ast und fiel mit einem dumpfen Krachen zu Boden. Finn zuckte zusammen und erstarrte. Alle anderen Geräusche verebbten, und plötzlich hörte er nur noch eines: Das tiefe, rasselnde Atmen eines großen Tieres.

Elli wich zurück, und ohne nachzudenken packte Finn sie am Arm.

»Nicht bewegen«, zischte er.

Erschrocken sah Elli ihn an, aber sie gehorchte. Wieder raschelte Laub. Samira griff einen Zipfel von Finns Kapuzenjacke und klammerte sich daran fest. Etwas kam sehr dicht an das Gestrüpp neben dem Pfad heran. Finn spürte seine Gegenwart wie einen kalten Hauch auf seiner Haut, dann blieb der unsichtbare Jäger stehen. Kurz senkte sich eine unnatürliche Stille über den Wald, dann hörte Finn ein ganz leises Surren, ein Ticken und Knacken. Dann setzte das Rascheln wieder ein, Büsche wankten und schwere Schritte trafen auf den Waldboden. Aber die Schritte entfernten sich, wandten sich nach Süden und zogen an den drei Kindern vorbei.

Sie warteten, bis der Jäger außer Hörweite war, dann lösten sie sich aus ihrer Starre.

»Schweine im Weltall«, krächzte Samira. »Das war er, oder? Der Mondwandler?«

Finn konnte nur stumm nicken. Elli sog kurz die Luft ein, dann beugte sie sich vor und stützte sich auf ihre Oberschenkel.

Samira fuhr sich mit beiden Händen durch die Haare, ging ein paar Schritte voraus und drehte sich dann wieder um. »Was ist da gerade passiert?«, fragte sie. »Wieso hat er uns nicht eingesackt?«

»Keine Ahnung«, gestand Finn. Seine Knie waren ziemlich wackelig. Gleichzeitig keimte jedoch wieder die Hoffnung auf, die die Entdeckung des Sternlichtpfads in seine Brust gepflanzt hatte. »Vielleicht beschützt uns der Pfad? Vielleicht *sollen* wir ihm folgen?«

Er hatte das kaum ausgesprochen, als Flöckchen sich kurz an seinen Hals schmiegte. Gerade so, als ob er Finn in seiner Vermutung bestärken wollte.

Samira stieß noch einmal die Luft aus, dann schüttelte sie den Kopf. »So langsam glaube ich auch an deine Theorie mit der Magie«, sagte sie. Dann ging sie zu Elli und legte ihr eine Hand auf die Schulter. »Geht's?«

Elli murmelte etwas Unverständliches, dann richtete sie sich auf. Im Schein des Pfades wirkte ihr Gesicht sehr blass. Sie starrte auf das Dickicht neben ihnen und dann zurück auf den glitzernden Pfad. »Das ist doch alles verrückt«, brachte sie heiser hervor.

»Hey, das ist mein Spruch«, sagte Samira. Ihr Witz hätte die Stimmung auflockern sollen. Stattdessen warf Elli ihr nur einen irritierten Blick zu.

»Brauchst du eine Pause?«, fragte Finn. »Einen Schluck zu trinken vielleicht?«

»Nein«, wiederholte sie und zurrte die Träger ihres Rucksacks zurecht. »Gehen wir jetzt weiter, oder was?« Ohne eine Antwort abzuwarten, setzte sie sich in Bewegung.

Finn und Samira tauschten einen ratlosen Blick aus. Irgendwas ging in Ellis Kopf vor, aber sie schien keine Lust darauf zu haben, es mit ihnen zu teilen.

Die nächste Zeit ging Elli schweigend voraus. Finn und Samira ließen sich absichtlich ein bisschen zurückfallen und tauschten sich leise aus.

»Ich glaube, sie ist gar nicht so tough, wie sie gerne tut«, flüsterte Samira. »Und das merkt sie selbst gerade.«

»Die Fast-Begegnung mit dem Mondwandler hat sie ganz schön durchgeschüttelt«, bestätigte Finn.

»Da bin ich voll bei ihr«, sagte Samira sofort. »Ich hab immer noch weiche Knie.«

Finn nickte. »Glaubst du wirklich, der Sternlichtpfad könnte verzaubert sein?«

Sie verzog das Gesicht, als ob sie diesen Gedanken nur sehr widerwillig in ihr Weltbild einließ. »An einer Tatsache lässt sich nichts rütteln: Wir standen auf dem Pfad, und der Mondwandler ist an uns vorbeigegangen. Keine Ahnung. Vielleicht sondert der Pfad auch irgendetwas ab, das die Sinne des Mondwandlers verwirrt. Irgendeinen Duftstoff, den wir nicht wahrnehmen, oder er scheut das Licht. Dann wäre der Pfad womöglich ein blinder Fleck für ihn.«

»Wir raten ziemlich viel ins Blaue, oder?«, fragte Finn.

Samira pflückte ein paar glitzernde Grasstängel und steckte sie in die Brusttasche ihrer Latzhose. »Stimmt! Ganz ehrlich?« Sie lächelte schief. »Ich hoffe, du hast recht und der Pfad schützt uns mit Magie. Denn dann ist unsere Reise mit einem Schlag sehr viel einfacher geworden.«

Später dachte Finn, dass sie mit diesem Satz das Schicksal herausgefordert hatte.

Der Pfad machte eine Kurve, und Finn verlor Elli aus dem Blick. Samira und er beschleunigten ihre Schritte, bogen selbst um die Ecke und schlossen zu Elli auf. Die stand mitten auf dem Pfad und schaute zu etwas hoch, das Finns Zuversicht einen gewaltigen Dämpfer verpasste.

Dann ist unsere Reise mit einem Schlag sehr viel einfacher geworden. Samiras Worte hallten wie ein schlechter Scherz in seinen Ohren.

Wenige Meter vor ihnen endete der Pfad in einer Wand aus Geröll. Das Hindernis ragte mindestens zwanzig Meter empor, wenn nicht sogar höher. Umgestürzte Bäume stapelten sich auf Schutt und wild wucherndem Dornengestrüpp. Dazwischen ragten andere Überreste hervor: verbogene Stahlträger, Mauertrümmer und Metallrohre. Ruinen aus der Zeit vor dem Wald.

Es sah aus, als wäre eine Lawine quer über den Pfad gerollt.

Mit geballten Fäusten stand Elli vor der Barriere. »Ich hasse diesen Wald.«

Finn trat näher heran und berührte einen verdrehten, rostigen Metallstab. Er legte den Kopf in den Nacken und ließ den Blick über die Masse an Totholz und Unrat nach oben wandern. *Und?*, fragte eine innere Stimme. *Gibst du jetzt auf?*

Die Antwort war immer noch eindeutig.

»Da können wir nicht drüberklettern«, sagte Samira nüchtern. »Unmöglich.«

Flöckchen krabbelte Finns Arm hinunter und kletterte auf die Trümmer, als ob er ihr das Gegenteil beweisen wollte. Behutsam pflückte Finn ihn herunter. Es gab nur eine Lösung.

»Wir müssen drum herumgehen« sagte er. »Irgendwo ist diese Barriere garantiert zu Ende.«

»Klar«, sagte Samira. »Es gibt nur ein Problem.« Sie tappte mit dem Fuß auf den Sternlichtpfad. »Solange wir auf dem Pfad bleiben, sind wir wahrscheinlich sicher. Sobald wir ihn verlassen …«

»… landen wir genau da, wo alle anderen landen«, sagte Elli. »Im Rachen des Mondwandlers.«

Finn setzte Flöckchen wieder auf seine Schulter. Er hatte keine Ahnung, warum, aber er war fest überzeugt, dass das hier keine Sackgasse war. Ihre Suche konnte nicht so einfach enden. Nicht wegen ein paar Steinen und anderem Gerümpel.

Ein letztes Mal legte er eine Hand an die raue Fassade des Walls, dann drehte er sich zu den Mädchen um. »Dann warten wir, bis es Tag ist« sagte er. »Wir gehen bei Tageslicht um die Barriere herum, und Flöckchen führt uns auf der anderen Seite zurück zum Sternlichtpfad.«

Samira verschränkte die Arme vor der Brust, aber sie musterte ihn anerkennend. »Klingt gut«, sagte sie. »Und in der Zwischenzeit?«

Finn zeigte auf eine Eiche, deren dichte Krone dicht belaubt und deren Äste hoffentlich breit genug waren, damit sie sich darauflegen konnten, ohne herunterzufallen. »In der Zwischenzeit holen wir uns die Mütze Schlaf, die wir dringend nötig haben.«

13
Gefährliche Blüten

Im späten Morgenlicht warf der Wall lange Schatten. Finn, Samira und Elli folgten seinem Verlauf, stiegen über Geröll, das zu Boden gebröckelt war, und stapften durch flache Rinnsale, die unter der Schuttwand hervorplätscherten.

Sie hatten alle ein paar Stunden geschlafen, und zu Beginn ihres Umwegs war Finn noch guter Dinge gewesen. Je weiter sie sich jedoch vom Sternlichtpfad entfernten, umso unwohler fühlte er sich. Er hatte damit gerechnet, dass der Wall nur ein oder zwei Kilometer in den Wald hineinreichen würde. Doch jetzt waren sie schon über zwei Stunden unterwegs, und der Wall türmte sich weiter neben ihnen auf. Seine schiere Größe war beunruhigend, genauso wie die gerade Linie seines Verlaufs. Der Wall wirkte wie eine Flutwelle aus Geröll und Schutt, die gegen eine unsichtbare Wand gebrandet war und jetzt als Klippe neben Finn aufragte.

Missmutig stapfte er weiter. Er spürte ein Kitzeln an seinem Hals und bemerkte, dass Flöckchen von seiner Schulter kletterte. Der Frosch verlor den Halt, purzelte nach unten, und Finn konnte ihn gerade noch auffangen. Ein Beinchen hing über die Seite seiner Hand. Flöckchen zog es hoch und schaute unglücklich zu Finn auf.

Samira hatte bemerkt, was vorging, und war stehen geblieben. »Alles okay?«

»Ja«, sagte er. »Nichts passiert.«

Elli, die mal wieder vorausgegangen war, kehrte zu ihnen zurück. »Was ist denn jetzt mit ihm los?«, fragte sie.

»Ich glaube, er will zurück zum Sternlichtpfad«, sagte Finn und setzte Flöckchen in seine Box. »Der Umweg gefällt ihm nicht.«

Ellis Miene verfinsterte sich. »Da ist er nicht der Einzige.«

Ihr barscher Ton überraschte Finn. Seit sie die Schutzhütte verlassen hatten, hatte Elli durchweg ein grimmiges Gesicht aufgesetzt. Er hatte vermutet, dass sie einfach angespannt war, weil sie nachts durch einen gefährlichen Wald schlichen. Jetzt klang sie aber eher so, als wäre sie von Flöckchen genervt. Und vielleicht auch von Finn.

Samira stützte eine Hand in die Hüfte. »Du hast wohl nicht besonders gut geschlafen, was?«, fragte sie.

»Ich hab's bloß satt, auf die nächste Katastrophe zu warten«, sagte Elli.

Finn setzte Flöckchen behutsam zurück auf seine Schulter. »Hat dir schon mal jemand gesagt, dass du ganz schön viel schwarzsiehst?«, fragte er Elli.

»Ständig«, sagte Elli und wandte sich zum Gehen um. »Aber bisher hat mir noch niemand beweisen können, dass ich damit falschliege.«

Langsam, aber sicher bekam Finn das Gefühl, dass irgendjemand ihnen mit Absicht Steine in den Weg legte.

»Was meintest du eben über mein Schwarzsehen?« Elli verschränkte die Arme vor der Brust und starrte finster in Finns Richtung.

Finn antwortete nicht. Er, Samira und Elli standen am Rand einer Schlucht. Sie begann am Wall und klaffte als breiter, gezackter Riss quer im Wald. Direkt vor Finns Füßen fiel das Gelände steil ab. Bis zum Boden der Kluft waren es mindestens zehn Meter. Wasser glitzerte dort unten, ein silbernes Aderwerk aus Bachläufen.

»Das ist ein Problem«, kommentierte Samira.

»Ach, echt?«, frotzelte Elli. Samira warf ihr einen entnervten Blick zu.

Finn sah nach rechts auf den Wall und dann nach links auf die Schlucht, die sich genauso endlos zwischen den Bäumen hindurch zu ziehen schien.

»Mist«, murmelte er. Es wäre auch zu einfach gewesen.

Samira fuhr sich mit der Hand durch die Haare, die seit ihren paar Stunden Schlaf noch wilder abstanden. »Hilft ja nichts. Wir müssen irgendwie versuchen, die andere Seite zu erreichen.«

Finn wusste, dass sie recht hatte, aber bei Elli riss nun endgültig der Geduldsfaden. »Oh, komm schon!«, rief sie und warf die Hände in die Luft.

Mit schmalen Augen drehte sich Samira zu ihr um. »Hast du eine bessere Idee?«

»Das ist doch alles bescheuert«, platzte es aus ihr heraus. »Wir haben keinen Plan, wir haben keine Ahnung, wir stolpern einfach von einem Hindernis zum nächsten und raten rum, warum der Boden glitzert.«

Finn war völlig überrumpelt von ihrem Ausbruch, aber Elli wetterte schon weiter. »Wir hätten nie alleine losziehen sollen«, sagte sie. »Das war eine Knallkopfidee.«

»Du wärst also doch lieber mit den Elstern losgezogen, ja?« Samira stand ganz steif da, und Finn sah, wie sie die Fäuste ballte.

»Priya und die anderen haben wenigstens einen Plan«, rief Elli. »Wir haben einen blöden Frosch, der nur leuchtet, wenn's ihm gerade passt.«

Finn runzelte die Stirn. »Wir haben einen Plan«, sagte er. »Wir suchen die Nachtschwärmer und bringen sie nach Hause.«

Elli schnaubte. »Nachtschwärmer«, wiederholte sie. Es sollte wohl abfällig klingen, aber da war etwas in ihrer Stimme, das Finn aufhorchen ließ. »Diese ganze Sache mit dem jahrelangen Schlaf ist doch nur ein Märchen für Babys.«

»Wenn du das denkst, warum bist du dann hier?«, fragte Samira in bedrohlich ruhigem Ton.

»Gute Frage«, schoss Elli zurück und wandte sich ab. Ihre verkrampften Schultern und der kerzengerade Rücken wirkten genauso abweisend wie der Wall. Unschlüssig sah Finn sie an. Elli schlug mit Worten um sich, aber trotzdem tat sie ihm leid. Er glaubte nicht, dass sie wirklich sauer war. Er glaubte eher, dass sie Angst hatte. Sie war wie er: Flöckchen hatte in ihr die Hoffnung geweckt, dass sie ihre Mutter doch noch wiederfinden konnte. Und jetzt befürchtete sie, dass ihr diese Hoffnung wieder aus den Händen gerissen wurde. Finn dachte an ihr Gespräch vor ihrem Bus, an den Plüsch-Dino im Baumhaus und streckte die Hand nach Ellis Schulter aus. Doch noch bevor er sie richtig berühren konnte, schlug sie seine Hand so grob beiseite, dass er erschrocken zurückzuckte.

»Hey!«

»Ich bin hier, weil ich geglaubt habe, dass ein paar Kommunenkids von irgendwas 'ne Ahnung haben«, sagte Elli. »Das war mein Fehler, aber zum Umdrehen ist es jetzt ja wohl zu spät.«

Wütend fuhr sie herum und stapfte los, am Rand der Schlucht entlang. Finn stand da wie vom Donner gerührt. Ihre abweisende Reaktion hatte ihn nicht nur überrascht, sie hatte ihm einen Stich versetzt. Er hatte gedacht, sie hätten eine Verbindung geknüpft. Dass sie vielleicht sogar auf dem Weg waren, Freunde zu werden. Aber da lag er wohl falsch.

Samira starrte Elli hinterher und gab sich sichtlich Mühe, ihre Atmung unter Kontrolle zu kriegen. »Ich hab so was von die Nase voll von der«, sagte sie.

Finn konnte ihr da nur zustimmen.

Entgegen Ellis düsterer Vermutungen mussten sie nicht lange gehen, bevor sie eine Stelle fanden, an der sie zum Boden der Schlucht hinunterklettern konnten. Der Abstieg war anstrengend, und sie brachten ihn in eisigem Schweigen hinter sich.

Unten angekommen, klopfte Finn sich den Schmutz von den Händen. Hier unten war die Luft kühler und feuchter, und er verstand bald, warum. Der Bach, den sie von oben gesehen hatten, bildete ein riesiges Sumpfgebiet am Boden der Kluft. Gräser wuchsen zwischen flachen Steinen, und Pollen trieben durch die Luft.

Elli zog kommentarlos ihr Halstuch über Mund und Nase, und Samira und Finn taten es ihr gleich. Mit Pollen war im Wald nicht zu spaßen – manche brachten einen nur zum Niesen, andere sorgten dafür, dass man einen brennenden Ausschlag bekam, der tagelang nicht wegging.

Da die Wand an der gegenüberliegenden Seite keine Möglichkeit zum Hinaufklettern bot, folgten sie dem Bach weiter in Richtung Süden. Wenigstens war das die Richtung, in der die Barriere lag. Zumindest glaubte Finn, dass sie dort lag. Sein sonst guter Orientierungssinn half ihm hier unten nur mäßig weiter.

Finn sah kurz hoch zum Himmel und versuchte, nicht an Ellis vorwurfsvollen Blick zu denken, als sie in die Schlucht hinunterkletterten. Als ob er etwas dafür könnte, dass ein Wall aus Totholz und Geröll ihren Weg versperrt hatte.

Er stieg auf einen Stein und sprang über einen Wasserlauf. Zumindest mussten sie sich hier unten nicht durch dichtes Gebüsch kämpfen. Sie kamen noch ein kleines Stück weiter, dann spaltete sich die Schlucht auf. Ein Hohlweg führte nach links, ein zweiter nach rechts.

»Okay. Was jetzt?«, fragte Samira. Ihre Stimme klang gedämpft hinter dem Halstuch.

»Wir biegen rechts ab, ist doch klar«, sagte Elli. »Zurück in die Richtung, aus der wir gekommen sind.«

»Ich bin mir ehrlich gesagt nicht so sicher, ob das noch stimmt«, sagte Samira. »Wir sind jetzt so oft abgebogen. Ist das wirklich die Richtung, in der der Sternlichtpfad liegt?«

Anstatt zu antworten, schnaubte Elli genervt und stapfte in den rechten Seitenarm der Kluft.

Samira warf Finn einen ungläubigen Blick zu. Er schüttelte nur verärgert den Kopf, und Samiras Miene verfinsterte sich. »Hey!«, rief sie und lief Elli hinterher. »Hey, bleib gefälligst stehen!«

Finn eilte ihr nach und holte die Mädchen ein, als Samira sich Elli in den Weg stellte. »Du bist nicht unser Boss, verstanden?«

Elli presste die Lippen aufeinander und ging kommentarlos an Samira vorbei. Die war mittlerweile rot vor Zorn. Sie war garantiert drauf und dran, Elli eine zu zimmern, und Finn verstand den Impuls. Trotzdem berührte er Samira an der Schulter und sagte: »Das bringt nichts. Lass sie schmollen, wenn sie meint.«

»Ich glaube keine Sekunde, dass sie besser weiß, wo wir lang müssen, als wir«, grollte Samira, aber sie folgte Elli trotzdem.

»Kann sein«, sagte Finn. »Aber es macht eigentlich keinen Unterschied. Sobald der Mond scheint, kann Flöckchen uns wieder in die richtige Richtung lotsen.«

Samira strich sich eine Haarlocke aus dem Gesicht. »Dann hoffen wir mal, dass wir uns nicht noch weiter vom

Pfad entfernen. Wenn wir uns im Nachtschattenwald verlaufen, dann haben wir nämlich wirklich ein Problem.«

Einige Meter voraus ging Elli um eine weitere Biegung in der Schlucht und blieb stehen. Als Finn und Samira zu ihr aufschlossen, verstanden sie, wieso.

Vor ihnen öffneten sich die Wände der Schlucht wie ein Trichter, und die freie Fläche vor ihnen sah beinahe aus wie eine Lichtung. Das Wasser der Bachläufe versickerte in einem Feld aus runden, moosbedeckten Steinen. Manche dieser moosigen Hügel waren so klein, dass Finn gerade einen Fuß darauf hätte stellen können, andere waren so groß, dass sie wie Inseln in einem grünen Meer wirkten. Und auf einer dieser Inseln stand ein blühender Baum.

Sein Anblick war magisch. Ein kurzer, gewundener Stamm trug eine Krone voller weißer, leuchtender Blüten. Und das war keine übertriebene Beschreibung: Die Blüten sonderten tatsächlich einen milchig glänzenden Schimmer ab. Es sah aus, als hätte der Baum eine Aura wie der Vollmond nach einem Regenschauer.

»Unglaublich«, hauchte Samira, und auch Finn vergaß seinen Ärger über Elli für eine Sekunde.

Elli jedoch schüttelte ihre Überraschung sofort wieder ab. »Bloß eine neue Naturspinnerei«, sagte sie. Sie machte einen Schritt nach vorn, aber Samira hielt sie am Ärmel fest.

»Warte!« Ihr Blick hing noch immer an dem Baum. »Da ist was falsch.«

Elli lächelte dünn. »Alles in diesem Wald ist falsch«, erwiderte sie, schüttelte Samira ab und ging weiter. Sie kletterte auf einen nahegelegenen Moosbuckel und sprang von dort zum nächsten. Der Boden wurde von hier aus immer unebener und welliger.

Zögernd gingen Finn und Samira ihr nach.

»Was meinst du mit *falsch*?«, fragte Finn.

»Der Baum sieht aus wie ein Kirschbaum«, sagte Samira, und als Finn nicht gleich begriff: »Wir haben Sommer. Um diese Jahreszeit blühen keine Kirschbäume.«

Elli sah sich zu ihr um. »Und du glaubst echt, dass sich die Pflanzen hier draußen an deinen Kalender halten?« Sie hüpfte zum nächsten Stein und kam damit noch ein Stück näher an den Baum heran. So wie sie sich bewegte, würde sie den seltsamen Baum bald streifen. Bei der Vorstellung, den Blüten so nahe zu kommen, prickelte die Haut in Finns Nacken.

»Samira hat recht«, rief er. »Wir machen besser einen Bogen um den Baum.«

Elli blieb stehen und stemmte die Hände in die Hüften. Die ausladenden unteren Zweige des Baumes waren jetzt kaum mehr als eine Armlänge von ihr entfernt. Mit einem Blick über die rechte Schulter sah sie sich nach Finn und Samira um. »Wie ihr wollt«, sagte sie übertrieben gelassen. »Ich kann euch auch die Händchen halten, wenn ihr Angst habt, das ist kein Prob–«

Weiter kam sie nicht.

Finn sah es als Erster, und sein Herz machte einen Satz vor Schreck. Eine der schneeweißen Blüten löste sich aus der Baumkrone, aber sie fiel nicht zu Boden, sondern schwebte durch die Luft auf Elli zu. Samira sog scharf die

Luft ein, doch bevor sie einen Warnruf ausstoßen konnte, landete die Blüte auf Ellis linker Schulter. Nur, dass es keine Blüte war. Finn erkannte schlanke Flügelpaare, einen spitz zulaufenden Hinterleib und metallisch schillernde Insektenaugen. Es war eine Libelle – doch dieses Insekt war größer als alle, die Finn bisher gesehen hatte.

Elli runzelte die Stirn und drehte den Kopf. In dem Moment erhob sich die ganze lebendige Baumkrone und griff an. Mit einem lauten Rauschen schoss der Schwarm leuchtender Libellen auf Elli zu und brauste um sie herum. Elli schrie auf, stürzte und schlug hart auf dem steinigen Boden auf.

Finn machte instinktiv einen Schritt in ihre Richtung, aber da surrte eine der Libellen pfeilschnell an seinem Kopf vorbei. Er spürte einen scharfen Schmerz an seiner Wange und fasste sich erschrocken ins Gesicht. Er sah gerade noch das Blut an seinen Fingerspitzen, dann brach der Schwarm wie eine Welle über ihn und Samira herein.

Samira fuchtelte mit den Armen, und Finn sah entsetzt, wie die Libellen in ihren Locken hängen blieben. Er wollte sie wegziehen, zuckte aber vor Schmerz zurück, als die scharfen Kanten der Flügel in seine Finger schnitten. Libellen mit messerscharfen Flügeln? Unmöglich!

Samira schüttelte wild den Kopf, dann griff sie nach Finns Ärmel und rief: »Elli!«

Mit geduckten Köpfen rannten sie zu Elli. Sie lag zusammengekrümmt zwischen den Moosbuckeln. Einen Arm hatte sie schützend vor ihr Gesicht gepresst. Finn versuchte, sie hochzuziehen, aber sie rollte sich nur enger zusammen.

»Jacke!«, schrie Samira. Ohne zu zögern, streifte Finn seine Jacke ab und warf sie Samira zu. Die fing sie auf und ließ sie mit Schwung durch die Luft wirbeln. Die Libellen stoben auseinander, kreisten sie aber sofort wieder ein.

Finn zog an Ellis Arm. »Komm schon«, drängte er. Sie richtete sich halb auf, brach dann jedoch mit einem Schmerzensschrei zusammen.

»Mein Fuß!«

Finn wollte ihren Fuß untersuchen, doch hoch über ihren Köpfen ballte sich die wirbelnde Wolke aus Libellen zu einem surrenden Knäuel. Samira hielt die Jacke mit beiden Händen gepackt und wartete auf den Ansturm. Dünne rote Kratzer zogen sich über ihre Stirn wie Papierschnitte.

Wir müssen hier weg, dachte Finn. Sofort!

Er beugte sich vor, fasste Elli unter den Achseln und hievte sie mit aller Kraft nach oben. Sie stöhnte, aber sie stand auf und stützte sich auf ihn.

»Finn!« Samiras Warnschrei fuhr ihm heiß in die Glieder, aber er konnte sich jetzt nicht umdrehen. Die Libellen brandeten surrend auf ihn zu, und schon in der nächsten Sekunde stürzte sich der Schwarm erneut auf sie. Finn drehte sich so, dass er Elli halb verdeckte, und spürte, wie die ersten Libellen gegen seinen Rücken klatschten und wütend flatterten.

Elli wimmerte, aber sie blieb stehen, und zusammen humpelten sie los. Libellen umschwirrten Finns Kopf, so dass er kaum etwas sah. Halb blind fegte er mit dem Arm durch die Luft.

»Mira!«, rief er.

»Direkt hinter dir«, kam ihre Antwort. »Lauf weiter!«

Das ließ er sich nicht zweimal sagen. Er zog Elli mit sich, stolperte von einem Mooshügel zum nächsten, während das Geräusch brummender Flügel in seinen Ohren anschwoll wie eine Flut.

14
Zeit zum Durchatmen

Erst am Ausgang der Schlucht ließen die Insekten von ihnen ab. Doch obwohl der Schwarm kehrtmachte, rannte Finn weiter und schleppte Elli über den zerklüfteten Boden. Seine Kehle brannte, und ein fieser Schmerz stach immer wieder in seine Seite.

»Stopp«, hauchte Elli, dann lauter: »Stopp!« Mit einem Keuchen sackte sie nach unten, und Finn blieb mit ihr stehen. Er drehte sich um und sah gerade noch, wie der Schwarm Libellen hinter einer Biegung in der Schlucht verschwand. Er rieb sich mit der Hand über das schweißnasse Gesicht, dann sah er sich nach Samira und Elli um.

»Seid ihr okay?«, fragte er.

Samira war hinter ihm auf die Knie gesunken. Sie atmete schwer. »Ja«, japste sie heiser. »Was war das? Was zum Kuckuck war das?!«

Finn hatte nicht die leiseste Ahnung und Elli offensichtlich auch nicht. Sie kauerte auf dem Boden und hielt sich ihren linken Knöchel.

»Elli?« Er ging neben ihr auf die Knie und berührte sacht ihre Schulter. Ihr Gesicht war schmerzverzerrt.

»Ich glaube, ich hab mir den Knöchel gebrochen«, wimmerte sie leise.

Der Schock traf Finn wie ein Schlag in die Magengrube. Sofort glitt sein Blick zu Samira. Die war zwar immer noch blass und atmete schwer, aber ihr Gesicht hatte wieder ihre entschlossene Wir-lösen-das-Problem-Miene angenommen. Sie rappelte sich auf, gab Finn seine Kapuzenjacke zurück und kniete sich auf Ellis andere Seite.

»Lass mal sehen«, sagte sie.

Elli hob ihre Hände, und Samira beugte sich über den Knöchel. Als sie ihn vorsichtig abtastete, zuckte Elli zusammen und stieß zischend Luft aus. Flöckchen streckte neugierig seinen Kopf aus der Tragebox, und Finn schob ihn wieder zurück.

Schließlich richtete Samira sich auf. »Du hast Glück, der ist nicht gebrochen«, sagte sie. »Aber ordentlich verstaucht ist er schon.«

Elli sah Samira hoffnungsvoll an. »Bist du sicher?«

»Ziemlich«, sagte sie. »Hast du Verbandszeug in deinem Rucksack?«

Elli nickte und versuchte, den Rucksack von ihren Schultern zu schieben. Finn half ihr, und kurz darauf wickelte Samira einen Stützverband um Ellis Knöchel.

»Wäre besser, wenn wir eine Heilsalbe hätten oder irgendwas zum Kühlen«, murmelte sie. »Aber zur Not geht's auch erst mal so.«

Mit einem Seufzen setzte Finn sich auf den Boden. Er fasste an seine Wange und zuckte zusammen, als er die Kratzer dort berührte. Zwei Schnitte zogen sich auch über seinen Handrücken, aber sie waren zum Glück nicht tief. Sie brannten nur.

Finn senkte seine Hände in seinen Schoß und sah sich um. Jenseits der Schlucht begann ein flaches Gelände mit schlammigen Pfützen, Grasbüscheln und dunkelgrünem Farn. Weiter vorne drängten sich hohe Bäume aneinander und versperrten den Ausblick. Erschöpfung drückte ihn auf den Boden wie ein unsichtbares Gewicht. »In welcher Richtung liegt der Wall, was meint ihr?«, fragte er laut.

Elli verzog das Gesicht und warf einen Blick auf den Kompass, den sie an ihrem Handgelenk trug. »Die Stelle, an der wir den Pfad verlassen haben, müsste irgendwo nordöstlich von hier liegen«, sagte sie. »Wenn wir von hier aus einen Bogen schlagen, kommen wir vielleicht wieder auf den Pfad. Vorausgesetzt, wir können den Wall tatsächlich umrunden.«

Finn sah wieder zu den Bäumen, dann holte er Flöckchen aus der Box. Hoffnungsvoll hielt er den Frosch in verschiedene Richtungen, aber Flöckchen leuchtete nicht. Er schaute lediglich einer Mücke nach, die an ihnen vorbeisurrte. Samira hatte Flöckchen beobachtet, beugte sich jetzt jedoch wieder über Ellis Verband. »Versuchen wir's mit Nordosten«, sagte sie. »Allerdings sind wir von jetzt an ein bisschen langsamer unterwegs. Suchen wir uns also besser einen Unterschlupf für die Nacht.«

Finn drehte sich gerade rechtzeitig um, um den bestürzten Ausdruck auf Ellis Gesicht zu sehen. So überheblich, wie sie sich vorhin noch gegeben hatte, so verloren wirkte sie jetzt.

Finn stützte Elli, während sie weitergingen. Sie durchquerten das Farnfeld, in dem sich Spinnennetze wie Trapeze zwischen den Wedeln spannten. Der Gedanke an mehr Insekten machte Finn nervös, doch die Spinnen, die die Netze gebaut hatten, ließen sich zum Glück nicht blicken. Samira hatte die Führung übernommen und kundschaftete den Weg aus.

Sie erreichten die Baumgrenze und tauchten unter ein dicht gewebtes Dach aus Buchen und Ulmenblättern. Finn half Elli über Wurzeln und abgestürzte Äste. Sie musste fiese Schmerzen haben, aber sie beschwerte sich nicht, sondern humpelte verbissen neben Finn her. Er merkte jedoch, dass sie immer langsamer wurde. Wenn sie nicht bald einen Unterschlupf fanden, würde es heikel für sie werden. Gerade begann er zu überlegen, ob sie versuchen sollten, in einen der Bäume zu klettern, als Samira einen Pfiff ausstieß.

Finn und Elli holten auf und trafen Samira am Rand einer Lichtung. Elli sah, was dort auf sie wartete, und sackte in Finns Umklammerung zusammen.

»Oh, komm schon«, murmelte sie kläglich.

Am anderen Ende ragte eine neue Barriere in die Höhe. Diese war allerdings komplett menschengemacht: Es war eine riesige Wand aus Beton, die sich zwischen zwei Felshängen spannte. Ein Rohr ragte aus dem unteren Drittel heraus, und Wasser ergoss sich in ein Becken hinunter.

Fieberhaft kramte Finn durch seine Erinnerung an Fotos aus der Welt vor dem Wald. »Ist das eine Staumauer?«, fragte er erstaunt.

Samira nickte zufrieden. »Ja«, bestätigte sie. »Und wir haben Glück.« Sie deutete nach links. Im Schatten der Staumauer stand ein flaches Gebäude. Wicken und andere Kletterpflanzen klammerten sich an die Wände, aber immerhin hatte es Wände. Und ein Dach. Alle Voraussetzung also für einen Unterschlupf, in dem sie sich vor dem Mondwandler verstecken konnten. Finns Knie wurden ganz weich vor Erleichterung.

Samira nickte zu Flöckchen, der wieder auf Finns Schulter saß. »Magst du mal schauen, ob wir noch mehr Glück haben?«

Finn half Elli, sich an einen Baum zu lehnen, dann nahm er Flöckchen in die Hand und lauschte. Das Summen war leise, klang aber ein kleines bisschen zufriedener. Er drehte die Hände mit dem Frosch nach rechts und ein zartes Glimmen huschte über Flöckchens Haut. Es schien, als wären sie wieder näher am Sternlichtpfad.

Samira lächelte. »Na, das ist doch was.«

Für ein Überbleibsel aus der Zeit vor dem Wald war das Gebäude am Fuße der Staumauer erstaunlich intakt. Die meisten Fensterscheiben waren zersprungen, aber die Türen hingen noch in ihren Angeln, und drinnen sah es so aus, als wären die Menschen, die hier gearbeitet hatten, eben erst fortgegangen. Ein verwittertes Schild an der Wand neben dem Eingang verriet, dass sich hier eine Forschungsstation befunden hatte. Finn fragte sich, was die

Leute hier wohl erforscht hatten. Für den Moment war er allerdings zu erschöpft, um auf Erkundungstour zu gehen, und selbst Samira wollte sich nur noch ausruhen.

Zu zweit halfen sie Elli durch den Flur und ließen sich im erstbesten Raum nieder. Er schien eine Art Wohnzimmer gewesen zu sein, denn es gab dort drei Sofas und ein paar Stühle, die um einen Tisch herumstanden. Grünes Licht fiel durch das Blattwerk vor dem hochgelegenen Fenster. Mäuse hatten Löcher in die Sofapolster genagt, und so zog Finn ein paar Kissen auf den Boden, und sie richteten sich ein Lager ein. Elli hatte zwei Flaschen mit Wasser eingepackt. Die ließen sie zwischen sich kreisen, bevor sie sich gemeinsam über eine weitere Tüte Erdnüsse hermachten.

Es dauerte eine Weile, bis sie sich alle einigermaßen von der Aufregung in der Schlucht erholt hatten, aber schließlich sagte Elli: »Danke, dass ihr mich nicht zurückgelassen habt.«

Samira, die sich quer über zwei Sofapolster gelegt hatte, drehte den Kopf zu ihr. »Bist du irre?«, fragte sie. »Glaubst du echt, wir hätten dich im Stich gelassen? Wenn man zusammen im Wald unterwegs ist, passt man aufeinander auf. Das wissen sogar Kommunenkids.«

Elli zupfte am Rand der Erdnusspackung herum. »Danke jedenfalls«, murmelte sie.

Finn lehnte sich mit verschränkten Armen gegen die Wand. »Nur so ein Gedanke«, sagte er, »aber vielleicht kannst du versuchen, uns nicht jedes Mal den Kopf abzureißen, wenn was schiefgeht.«

Elli warf ihm einen raschen Blick zu, und ihre Wangen

wurden tatsächlich ein bisschen rot. Sie schien einen Moment mit sich zu kämpfen, dann sagte sie: »Tut mir leid.« Sie zögerte, dann fügte sie hinzu: »Ich bin nicht so gut darin, meine schlechte Stimmung für mich zu behalten.«

Finn dachte, dass das wohl die Untertreibung des Jahrhunderts war. Aber zu seiner Verblüffung hatte er kein Problem damit, Elli zu verzeihen. Und was ihn noch mehr überraschte: Samira schien es genauso zu gehen.

»So ein Mörderlibellenangriff schweißt ganz schön zusammen«, flachste Samira. Sie stemmte sich hoch, lehnte einen Arm auf ihre Knie und sah zur Tür.

»Suchen wir nach was, womit wir deinen Knöchel besser versorgen können. Vielleicht gibt's hier irgendwo noch einen Erste-Hilfe-Kasten, der was taugt.« Sie schaute auf die Kratzer an ihrer Hand und ihrem Handgelenk. »Dann können wir auch unsere Schnitte desinfizieren.«

»Geht klar«, sagte Finn. Er setzte Flöckchen auf dem Boden ab, der sofort in Richtung der Erdnüsse tapste. »Passt ihr solange auf Flöckchen auf?«

»Du willst alleine los?«, fragte Elli.

Finn zuckte mit den Schultern. »So groß ist die Station nicht. Das schaffe ich schon.« Er sah zu Samira, die seinen Blick erwiderte und nickte. Jemand musste nach dem Erste-Hilfe-Zeug suchen, und jemand musste hierbleiben, um auf Elli aufzupassen. Samira verstand das, ohne dass sie es groß aussprechen mussten.

Finn ging mit dem guten Gefühl los, dass Samira und er die Lage im Griff hatten. Sie waren ein Team. Wie immer.

15
Die Botschaft

Als Finn den Lichtschalter drückte, rechnete er nicht damit, dass irgendetwas passieren würde. Doch tatsächlich flackerten über seinem Kopf ein paar Neonröhren auf. Wahrscheinlich nutzte die Station Strom, der durch Wasserkraft erzeugt wurde. Samira hatte ihm von dieser Möglichkeit erzählt, als sie Lilly die Grünlilie gezüchtet hatte. Zu dem Zeitpunkt hatte sie alles über Stromerzeugung gelesen, was sie in die Hände bekam.

Finn drehte sich nach rechts und folgte den Neonröhren einen langen Gang hinunter. Er öffnete die erste Tür zu seiner Linken und betrat einen Raum, der ganz ähnlich aussah wie Klicks Labor. Metalltische standen in zwei Reihen neben den Wänden, und darauf lagen Kästen mit Pflanzen, die längst vertrocknet waren. Finn durchsuchte die Regale und Fächer unter den Tischen, fand aber keinen Erste-Hilfe-Kasten.

Eine Tür am Ende des Raums führte ihn in ein weiteres Labor. Dort kam er gerade mal zehn Schritte weit, bevor die Lampen an der Decke flackerten, erloschen und dann mit einem schwachen Leuchten erneut aufglommen. Ganz so viel Strom schien hier doch nicht mehr zu fließen. Finn fragte sich kurz, ob er Markierungen hinterlassen sollte, um den Rückweg zu finden. Er beschloss jedoch, zuerst noch diesen Raum zu durchsuchen. Er machte sich an die Arbeit, aber je länger er durch die verlassenen Arbeitstische und Schränke stöberte, umso unbehaglicher wurde ihm zumute. Auf einem Tisch stand eine Kaffeetasse, so als wäre, wer auch immer dort arbeitete, eben erst aufgestanden und weggegangen. Finn ließ den Blick über leere und umgestürzte Schreibtischstühle schweifen. Plötzlich fühlte sich die Stille im Labor drückend schwer an.

Mit einer Gänsehaut an den Armen ging Finn weiter. Als er sich der linken Wand des Raumes näherte, flackerten die Lampen wieder. Das Licht ging aus, blitzte auf, und Finn fuhr mit einem erschrockenen Keuchen zurück.

Jemand hatte mit Schwarz und Blau und Grün ein Bild an die Wand gesprüht. Die Farben wirbelten durcheinander, so dass Finn erst nicht genau verstand, was er da vor sich hatte. Aber dann erkannte er große Tatzen, eisblaue Augen und den dunklen, geduckten Körper eines großen Raubtiers.

Der Mondwandler. Er musste es sein.

Mit hämmerndem Herzen tastete Finn hinter sich nach einer Tischkante und hielt sich daran fest. Die Deckenlampen flimmerten, und kurz sah es so aus, als würde das Graffito sich bewegen.

Es ist nur ein Bild. Nur Farbe an einer Wand.

Finn schluckte, stieß sich vom Tisch ab und zwang sich, näher an die Wand heranzugehen. Der Hintergrund war eine Masse aus Grüntönen. Der Mondwandler war komplett mit schwarzer Farbe aufgesprüht worden, so dass er wie ein klaffendes Loch in einem Wald aussah. Nur die blauen Augen stachen hervor.

Finn hatte Yanis' Stimme im Ohr, der behauptete, der Mondwandler wäre nur ein Tier. Mit diesem Graffito vor Augen zweifelte Finn jedoch ganz stark an dieser Theorie.

Er schluckte trocken, trat einen Schritt zurück und bemerkte eine Tür neben dem Wandbild. Sein Herzschlag pochte bis hoch zu seiner Kehle, aber seine Neugier war stärker als seine Angst. Er öffnete die Tür und ging hindurch.

Im dritten Raum war es stockdunkel. Finn tastete an der Wand entlang, bis er einen Schalter fand. Als er den drückte, schaltete sich jedoch keine Deckenbeleuchtung ein, sondern nur ein Kreis aus kleinen blauen Lichtern, die einen runden Sockel in der Mitte des Raumes umkränzten. Neugierig ging Finn darauf zu.

Vor dem Sockel befand sich eine Säule mit einem kleinen Bildschirm, der wie ein Schaltpult auf der Höhe von Finns Brust angebracht war. Der Bildschirm erinnerte Finn an das Handy, das er bei Oma Vera zurückgelassen hatte. Ob es sich hier auch um einen Touchscreen handelte? Zögernd streckte er die Hand aus, dann berührte er die Oberfläche des Bildschirms mit den Fingerspitzen. Das Ticken wurde lauter, dann ertönte ein Surren, und ein Strahl aus blauem Licht explodierte aus dem Sockel.

Finn stolperte rückwärts, fiel hin und starrte auf das, was ihn aus dem Licht heraus anblickte.

»Ich werd verrückt«, murmelte Samira.

Sie und Elli standen neben Finn und starrten auf den in Licht gebadeten Sockel. Sobald er begriffen hatte, was er hier gefunden hatte, war Finn zu den Mädchen zurückgerannt. Er hatte befürchtet, dass der Strom ausgehen könnte, während er sie holte. Aber als er zurückkehrte, hatte sich nichts verändert: Über der Plattform in der Mitte des dunklen Raumes schwebte das blau glänzende, dreidimensionale Bild einer Frau. Sie sah aus wie ein durchscheinender Geist.

»Was ist das?«, fragte Elli. Samira hatte einen Besenstiel gefunden, auf den sie sich stützte wie auf eine Krücke.

Samira wusste natürlich sofort Bescheid. »Ein Hologramm«, sagte sie. »Ein Bild, das nur mit Licht und Spiegelung erzeugt wird.«

»Das ist nicht nur ein Bild«, sagte Finn. »Es ist ein Video.«

»Ein Video?«, wiederholte Elli. »Von was?«

»Hast du's dir schon angesehen, Finn?«, fragte Samira.

Finn schüttelte den Kopf. »Nur den Anfang.«

Samiras Blick klebte an dem Hologramm. »Okay«, sagte sie, »dann los.«

Finn berührte wieder das Schaltpult, und das Video begann von vorne.

Die glänzende Frau hob den Kopf und lächelte. Ihre

Stimme ertönte aus Lautsprechern in der Decke. »Hallo, ich bin Flora Findig. Heute erk…k…k…« Die Plattform knirschte und das Bild flackerte. Kurz erschien der Schriftzug LEHRVIDEO DORNRÖSCHENZENTRUM 2.0, dann kehrte die Frau zurück. Wenn möglich, war ihr Lächeln noch strahlender als zuvor. Sie trug einen Rollkragenpullover und einen Pferdeschwanz und sah überhaupt sehr freundlich aus.

»Hallo, ich bin Flora Findig«, sagte sie. »Heute erkläre ich euch, wie wir unsere Welt retten. Klingt spannend, oder? Ich finde schon!« Sie schnippte mit den Fingern und verschwand. Statt ihrer schwebte das Bild einer Landschaft über der Plattform. Es war ein trostloser Anblick: eine große Fläche verbrannter Erde und verkohlter Baumstümpfe.

»Wir alle wissen, dass es unserem Planeten nicht gut geht«, ertönte Flora Findigs Stimme. »Unsere Sommer werden heißer und länger, es gibt schlimme Stürme, und das Meer holt sich immer mehr Land zurück.« Das Bild wechselte zu einem Ausblick auf eine Stadt, die fast vollständig im Meer versunken war. Nur noch die obersten Stockwerke einiger Hochhäuser ragten aus dem Wasser empor, und Möwen flogen zwischen ihnen hindurch.

»Zum Glück haben sich viele kluge Köpfe darüber Gedanken gemacht, wie wir unsere Erde wieder gesund machen können«, erzählte Flora. »Eine Gruppe pfiffiger Wissenschaftler:innen hat zum Beispiel einen phantastischen Wachstumsbeschleuniger für Pflanzen erfunden! Dieses Mittel hilft der Natur dabei, sich zu erholen.« Das Hologramm schaltete um, und man sah wieder den verbrannten Wald. Nur, dass jetzt überall neue Triebe aus dem Boden sprossen. Im Zeitraffer wuchsen junge Bäume heran, und Efeu und anderes Immergrün rankte über die alten zerstörten Baumstümpfe.

»Das ist jetzt nicht wahr«, murmelte Samira, doch Flora Findig sprach schon weiter.

»Es wird allerdings noch viele Jahre dauern, bis Mutter Erde wieder so fit ist, dass sich das Klima wieder beruhigt und die Natur sich komplett erholt hat. Eilchen mit Weilchen, nicht wahr?« Flora Findig und ihr sonniges Lächeln erschienen wieder auf der Plattform. »Damit Mutter Erde genügend Zeit hat, um gesund zu werden, braucht sie nicht nur Kraftfutter, sondern auch ein bisschen Pause von uns. Denn wir Menschen verlangen ganz schön viel von ihr.«

Finn runzelte die Stirn. Irgendwas an Flora Findig stieß ihm sauer auf. Vielleicht war es ihr extrem fröhliches Lächeln oder die Art, wie sie sprach. Gut möglich, dass sich das Holo-Video an Kinder richtete, aber Flora Findig klang wie eine Märchentante, und Finn wurde das Gefühl nicht los, dass sie mit ihrem zuckersüßen Ton ein paar ziemlich beunruhigende Wahrheiten verharmloste.

Das Bild flackerte schon wieder, fror ein und verschwand. Samira streckte schon die Hand nach dem Schaltpult aus, als das Video wieder einsetzte.

Flora Findig ging durch eine Glastür in einen hellen, großen Raum. »… und deshalb haben alle Länder der Erde beschlossen, dass wir es der Natur ein bisschen leichter machen«, sagte sie. »Im Moment leben über zehn Milliarden Menschen auf unserem Planeten. Das kann man sich gar nicht vorstellen! Und wir alle sorgen dafür, dass Mutter Erde die Puste ausgeht.«

Flora Findig schritt an einer Reihe aus seltsamen gläsernen Kapseln entlang. Die Dinger sahen ein bisschen aus wie Erbsenschoten, nur dass sie sehr viel größer waren.

»Was können wir also tun, um Mutter Erde zu helfen?«, fragte Flora Findig. Sie blieb neben einer Glaskapsel stehen und legte ihre Hand auf ihre geschwungene Oberfläche. »Ganz einfach! Wir machen ein Nickerchen.«

Das Bild schaltete um, und jetzt sah man, wie eine Frau in einem Laborkittel und ein junger Mann auf eine Glaskapsel zugingen. Als sie sich der Kapsel näherten, glitt deren obere Hälfte zurück wie ein Deckel. Jetzt sah man auch, dass die Kapsel mit dicken Polstern ausgelegt war.

»In diesem Winter wird sich fast die Hälfte aller Menschen in einem Saal wie diesem hier schlafen legen«, sagte Flora Findigs Stimme. »Wir haben sogar einen Namen für diese Sammelstellen. Der wird euch bestimmt gefallen. Wir nennen sie Dornröschenzentren!«

Die Frau im Laborkittel legte dem Mann eine Hand auf die Schulter. Sie lächelten einander an, dann kletterte der Mann in die Glaskapsel und legte sich auf die Polster. Elli atmete scharf ein, und Finn spürte, wie sich seine Brust zusammenzog.

»Aber keine Sorge«, erzählte Flora Findig fröhlich weiter. »Um unsere Dornröschen aufzuwecken, braucht es keinen Prinzen und kein Küsschen. Die Teams, die in den Dornröschenzentren arbeiten, müssen nur ein paar Tasten drücken, und sofort wachen alle wieder auf. Und ich verspreche euch, so gut werden sie davor nie geschlafen haben!«

Flora Findig erschien wieder. Sie hielt eine Hand über der anderen, so als würde sie etwas zwischen ihnen verbergen. »Ein schlauer Computer beobachtet für uns, wie sich die Natur erholt«, sagte sie, »Sobald es Mutter Erde wieder gut geht, wecken wir alle Dornröschen wieder auf. Und wisst ihr, was das Beste ist?« Flora Findig legte eine Pause ein, als ob sie tatsächlich auf eine Antwort warten würde. Dann hob sie ihre übereinandergelegten Hände. »Wenn wir das alles so machen, wie wir es geplant haben, dann wird unsere Welt wieder ein Paradies sein.« Sie hob ihre obere Hand. Auf ihrer unteren Handfläche lag ein Häufchen Erde, und daraus ragte ein Schössling, ein zarter Stängel mit zwei mandelförmigen Blättern. Flora Findig holte Luft, als ob sie mehr sagen wollte, aber da verrutschte das Bild und fror vollständig ein.

Mehrere Sekunden lang warteten Finn, Samira und Elli darauf, dass das Video weiterging. Schließlich jedoch stieß Samira einen langen Atem aus und griff sich mit beiden Händen in die Haare.

»Ich fasse es nicht«, murmelte sie, und Finn hätte es nicht besser ausdrücken können.

Es schien, als ob keiner von ihnen zuerst sprechen wollte. Samira stand immer noch mit den Händen in ihren Locken da. Elli ließ sich auf den Rand des Holo-Sockels sinken. Und Finn starrte auf das verzerrte Abbild von Flora Findig.

»Menschen …«, sagte er schließlich. »Menschen haben den immerwährenden Schlaf erfunden?« Sein Mund war staubtrocken, und es fühlte sich so an, als hätte ihm jemand ein Stahlkabel um die Brust gezurrt.

»Ich fasse es nicht«, wiederholte Samira. »Ich fasse das einfach nicht! Irgendwo schlafen Menschen jahrelang – weil irgendjemand beschlossen hat, dass das eine gute Idee ist? Das ist doch krank!«

»Wie ist so was überhaupt möglich?«, fragte Elli mit verzagter Stimme.

Samira ging um den Holo-Sockel herum. »Bestimmt hatten sie eine hochentwickelte technische Ausstattung, um so was hinzukriegen«, mutmaßte sie. Sie drehte um und ging auf und ab wie ein ruheloser Panther. »Ob Vera über diese Dornröschenzentren Bescheid weiß?«, fragte sie und fuhr fort, ohne eine Antwort abzuwarten. »Sie muss Bescheid wissen, sie ist in der Welt vor dem Wald aufgewachsen. Bestimmt weiß sie es. Aber warum …«

Sie verstummte und schien nachzugrübeln.

Finn rieb sich die schmerzende Brust. Es fiel ihm schwer zu atmen, und ein bisschen schwindelig war ihm auch. Was hatte das alles zu bedeuten? Und was bedeutete es für die Nachtschwärmer? Was bedeutete es für Hannah? War sie etwa auch in eins dieser Dornröschenzentren gebracht worden? Von wem? Vom *Mondwandler*?

»Mira«, sagte er. Sie schien ihn nicht zu hören, sondern

bewegte nur stumm die Lippen vor sich hin. »Mira!«, wiederholte er lauter. Sie zuckte zusammen und sah ihn an.

»Wenn Menschen sich das mit dem Dornröschenschlaf ausgedacht haben«, fragte er, »wieso gibt es dann den Mondwandler?«

Samira starrte ihn schweigend an, und das machte ihm richtig Angst. Wenn selbst Samira ratlos war, dann war das Chaos hier wirklich komplett. Finn schluckte. »Wird er von jemandem geschickt, damit wir nicht zu viele Menschen werden?« Das Band um seine Brust zog sich noch fester zusammen. »Das ist doch furchtbar! Das kann doch keine Absicht sein!«

Noch während das alles aus ihm heraussprudelte, schüttelte Samira den Kopf. »Nein«, sagte sie. »Nein, das kann keine Absicht sein! Die Entführungen, der Mondwandler … das alles kann nicht Teil des Plans gewesen sein, das glaube ich einfach nicht.« Sie stöhnte und kniff ihren Nasenrücken mit Daumen und Zeigefinger. »Das ergibt alles keinen Sinn.«

Das kann keine Absicht sein. Finn klammerte sich an diese Worte, aber das Chaos in seinem Kopf löste sich dadurch nicht auf. Im Gegenteil.

Samira schloss die Augen und atmete einmal tief durch. »Okay«, sagte sie. »Eins nach dem anderen. Wir wissen noch gar nicht genau, was genau hinter diesem Video steckt. Uns fehlen wichtige Informationen.«

Finn versuchte, sich zu beruhigen, und schaffte es tatsächlich, mit einigermaßen gefasster Stimme zu fragen: »Vielleicht gibt es ja noch weitere Aufnahmen?«

»Guter Gedanke«, sagte Samira. Sie sah sich im verdunkelten Raum um, dann trat sie an das Schaltpult neben dem Holo-Sockel.

Elli packte indessen ihre Krücke fester und stemmte sich auf die Beine. Mit aschfahlem Gesicht drehte sie sich um und starrte das eingefrorene Hologramm an.

Finn trat zu ihr. Ihr Schock schien tief zu sitzen. Sie wirkt kleiner, dachte er. Verletzlicher. Und aus irgendeinem Grund dachte er wieder an den Plüsch-Dino im Baumhaus.

Das blau glänzende Licht des Hologrames spiegelte sich in Ellis Augen. »Sie schlafen«, sagte sie. »Sie schlafen tatsächlich.«

16
Der Mondwandler

Egal, was Samira probierte, über dem Holo-Sockel wurde immer nur dasselbe Video abgespielt. Schließlich gaben sie auf und durchsuchten stattdessen das Labor nebenan. Finn wühlte gerade durch die Schubladen eines Schreibtischs, als weiter hinten im Raum ein Pfiff ertönte.

Finn folgte dem Geräusch, und auch Elli kam angehumpelt. Sie trafen sich an einem Tisch, auf dem zwei breite Computerbildschirme standen. Samira saß dort und blätterte durch ein Notizbuch.

»Hey«, sagte Finn. »Hast du was gefunden?«

»Kann man wohl sagen«, antwortete Samira und deutete auf einen Plastikkasten, in dem mehrere kleine Glasflaschen steckten. Ihre Miene wirkte eigenartig starr, fast wie versteinert.

Elli lehnte sich näher heran. »Was ist das?«

»Das«, sagte Samira, »ist der Grund, warum es den Wald gibt.«

»Bitte was?« Entgeistert starrte Finn sie an.

Wortlos hielt Samira ihm das Notizbuch hin.

Finn schlug es auf. Die ersten Seiten waren eng beschrieben mit mathematischen oder chemischen Formeln und kurzen Textabschnitten, die Finn wegen der krakeligen

Handschrift kaum entziffern konnte. *Noch wirksamer als erwartet*, stand da an einer Stelle und anderswo: *Eindämmung erfolglos*. Ein paar Seiten später brachen die Aufzeichnungen mitten im Abschnitt ab. Der Rest des Buches war leer.

»Ich blick's immer noch nicht«, sagte Finn.

Samira zog eins der Glasfläschchen aus dem Kasten und hielt es in die Höhe. »Die Frau in dem Video hat gesagt, dass die Menschen in ihrer Zeit einen Wachstumsbeschleuniger erfunden haben.« Sie kippte die Ampulle zur Seite, so dass Finn und Elli die klare Flüssigkeit sehen konnten, die darin schwappte.

»Ist das etwa der Beschleuniger?«, fragte Elli verblüfft.

»Eine Variante davon«, antwortete Samira grimmig.

Ihr Ton beunruhigte Finn. »Mira, wovon redest du?«

»Ich bin mir nicht hundertprozentig sicher, die Notizen sind unvollständig.« Sie sah zur Decke hoch, dann schüttelte sie den Kopf. »Aber ich kann einige der Formeln entziffern und dazu kommen die Experimentaufzeichnungen …« Ihr Blick glitt über das Labor. »Ich glaube, das hier war eine der Forschungsstationen, in der sie den Wachstumsbeschleuniger entwickelt und getestet haben. Sie haben verschiedene Formeln ausprobiert und dann auch irgendwann in der Natur draußen eingesetzt. Aber etwas ist schiefgegangen.«

»Was meinst du …«, begann Finn, aber Samira fuhr nahtlos fort.

»Sie haben es übertrieben«, sagte sie. »Sie haben einen Dünger erfunden, der noch krasser funktioniert als mein Knallgrünpulver. Und das Ergebnis war ein Superwald, der einfach alles überwuchert und unter sich begräbt.«

»Das kann nicht der Plan gewesen sein«, sagte Elli entsetzt.

Samira stieß ein zittriges Lachen aus. »Nein, bestimmt nicht.« Sie schüttelte den Kopf. »Ich vermute, die haben bei ihren Formeln noch viel größeren Mist gebaut als ich.«

»Ich glaub's nicht«, murmelte Elli. Sie starrte auf das Fläschchen in Samiras Hand.

Finn stieß die Luft aus und warf das Notizbuch auf den Tisch. »Gibt es irgendwas, was die damals nicht verbockt haben?« So langsam erschöpften ihn diese ganzen Enthüllungen. Vor allem, weil sie keine Antworten lieferten, sondern nur neue Fragen aufwarfen. »Hast du noch andere Infos gefunden?«, fragte er Samira. »Zu den Dornröschenzentren oder zum Mondwandler? Was ist mit den Computern?«

»Kaputt«, sagte Samira düster. »Aus irgendeinem Grund haben sie alle Kabel und Teile der Festplatten rausgerissen.«

Finn stöhnte. »Na, ganz toll.«

»Und jetzt?«, fragte Elli.

Samira rieb sich über die Stirn. »Ich weiß nicht, wie's euch geht, aber ich brauche 'ne Pause. Und was zu essen. Und mindestens zehn Stunden Schlaf.«

Beim Wort *Schlaf* zuckte sie zusammen und warf Finn einen raschen Blick zu. Doch er nickte nur.

»Du hast recht. Wir müssen das auch erst mal alles sacken lassen. Elli?«

»Pause klingt gut«, sagte sie sofort.

»Okay«, sagte Samira und stand auf. »Mach mal deinen Rucksack auf, Elli.«

Elli runzelte verblüfft die Stirn. »Was, wieso?«

Samira zog mehrere Ampullen aus dem Kasten. »Wenn wir wieder zu Hause sind, will ich die Proben hier untersuchen. Ich will wissen, was mit denen schiefgelaufen ist.«

Finn sah zu, wie die Mädchen die Proben verstauten. *Wenn wir wieder zu Hause sind …* Mit einem mulmigen Gefühl fragte er sich, wann das wohl sein würde.

Auf dem Rückweg zum vorderen Teil des Gebäudes entdeckten sie in einem Waschraum endlich einen Erste-Hilfe-Kasten. Samira versorgte Ellis Knöchel mit einer Salbe und einem neuen Verband, aber danach war bei allen dreien endgültig die Luft raus.

Als draußen die Sonne unterging, hatten sie sich wieder in das Sofazimmer neben dem Eingang zurückgezogen. Elli hatte den kleinen Campingkocher aus dem Baumhaus mitgenommen und kochte einen Tee über der Flamme.

Finn lag auf dem Rücken. Flöckchen saß auf seiner Brust, und er fütterte den Frosch mit getrockneten Käfern, die er in einem der Laborschränke gefunden hatte.

Samira und Elli unterhielten sich, aber Finn spürte, wie seine Augenlider schwer wurden. Mit halbem Ohr hörte er die Stimmen der Mädchen. Sie klangen tief, gedämpft, fast wie ein Brummen. Genau richtig, um dazu einzuschlafen. Ein freundliches Gemurmel, ein leises Summen, ein dumpfes Wummern … Mit einem Mal war Finn hellwach und schlug die Augen auf. Flöckchen saß immer noch auf seiner Brust, starrte ihn jetzt jedoch mit leuchtenden, eisblauen Augen an. Finn wollte sich schon aufsetzen, als er erneut das Geräusch hörte, das ihn aus dem Dämmerschlaf gerissen hatte. Ein rhythmisches, metallisches Klappern.

»Mir ist immer noch nicht klar, warum die Erwachsenen das alles verheimlichen sollten«, sagte Samira.

»Weil sie genau wissen, dass wir bei dem Mist nicht mitmachen würden, wenn sie …«, begann Elli, als Finn die Hand hob und »Schhhh«, sagte.

Schlagartig verstummten Samira und Elli. Kurz blieb es still, dann klapperte der Topf auf dem Campingkocher. Er klapperte einmal, zweimal, dreimal. So, als würde irgendwo etwas Schweres auf den Boden treffen und den Untergrund zum Beben bringen.

So, als ob sich etwas Großes näherte.

Finn fuhr in die Höhe und fing Flöckchen gerade noch in seiner Hand auf. Er öffnete schon den Mund, aber Elli legte warnend den Finger an die Lippen.

Wumm. Wumm. Wumm.

Die Schritte kamen näher, wurden lauter, bis schließlich ein Schatten über das schmale Fenster fiel und den Raum verdunkelte.

Finns Herz pochte hart in seiner Brust. Er traute sich nicht einmal, den Kopf zu drehen, um zum Fenster zu schauen. Stattdessen sah er nur die kalkweißen Gesichter der Mädchen. Ein Klicken erklang, dicht gefolgt von einem

Schnauben. Das Wesen, das es ausgestoßen hatte, musste direkt vor dem Fenster stehen. Finns Herzschlag hämmerte noch schneller.

Seine ganzen Sinne waren auf das Fenster hinter ihm gerichtet. Er versuchte, sich zu erinnern, ob es geschlossen war oder offen stand. Dann bemerkte er Elli, die mit panisch aufgerissenen Augen auf seine Hand deutete. Erschrocken sah Finn nach unten. Flöckchen leuchtete wieder, und seine Haut strahlte zunehmend heller. Rasch legte Finn seine zweite Hand über den Frosch. Genau in dem Moment streifte etwas an der Außenwand entlang, Efeu raschelte, und das Fenster quietschte.

Bitte bleib draußen, flehte Finn stumm. Bitte bleib draußen, bitte bleib draußen.

Wieder ertönte ein Schnauben, dann stapfte das Wesen mit dumpf donnernden Schritten davon.

»So ein verdammter Mist«, murmelte Samira.

»Schhh«, sagte Elli, aber ihre Stimme zitterte. »Wenn wir ganz leise sind, dann …«

RUMMS.

Der Schlag gegen den Eingang, der Elli unterbrach, war so heftig, dass das ganze Gebäude erzitterte. Samira schrie auf, und Finn rutschte das Herz in die Schuhe. Es rumste ein zweites Mal, dann begriff Finn, was passierte. Der Mondwandler rammte die Außenwand der Forschungsstation mit seinem Körper.

Entsetzt sahen die drei einander an.

»Wir sind geliefert«, flüsterte Samira heiser.

RUMMS.

Wieder rammte der Mondwandler das Gebäude. Es gab einen Knall wie einen Donnerschlag, dann kreischte das Metall der Eingangstür, als sie aus ihren Angeln gedrückt wurde.

Finn, Samira und Elli zögerten nicht mehr. Sie nahmen die Beine in die Hand.

Metall knirschte, und gläserne Neonröhren zersplitterten, während Finn, Samira und Elli durch den Flur zum hinteren Ende der Forschungsstation rannten. Elli hüpfte halb, halb humpelte sie, aber sie durften jetzt auf keinen Fall anhalten.

Finn warf einen Blick zurück. Hinter einer Biegung im Flur explodierte eine weitere Neonröhre und sprühte weiße Funken.

»Schneller«, japste Finn.

»Machen wir ja schon«, rief Samira. Sie stieß eine Tür auf, und das Trio stürzte in eine düstere Halle, in der große, klobige Maschinen standen. Metallarme zischten, während sie hoch und runter pumpten. Der Boden war stellenweise aus Lochgitter, und darunter gurgelte Wasser.

»Wohin jetzt?«, fragte Elli außer Atem. Sie stützte sich auf Samiras Schulter, und Samira hielt sie am Ellbogen fest.

»Hier drin sind wir Fische in einer Regentonne«, sagte Samira. »Wir brauchen einen Ausgang, draußen können wir wenigstens wegrennen oder irgendwo hochklettern.«

»Da!«, rief Finn und deutete auf das Ende des Maschinenraums. Eine Tür mit einem matt schimmernden grünen Ausgangschild darüber wartete dort.

»Dann los«, drängte Samira und wandte sich an Elli. »Schaffst du's?«

»Geht schon«, sagte Elli mit gepresster Stimme. Samira nahm ihren einen Arm, Finn den anderen, und gemeinsam eilten sie auf den Ausgang zu. Sie kamen keine zehn Schritte weit, bevor ein schwerer Leib von der anderen Seite gegen die Tür prallte und das Metall verbog.

»Schnell!«, keuchte Samira und zerrte Elli und Finn hinter eine der Pumpmaschinen. Wieder knallte der Mondwandler gegen die Tür, und dieses Mal flog die Tür aus den Angeln und fiel mit einem lauten Knall auf den Boden. Der Türrahmen knirschte und quietschte, während sich etwas Riesiges hindurchzwängte.

»Mist, Mist, Mist«, wimmerte Samira. Sie warf einen Blick um die Ecke der Maschine herum, schnellte wieder zurück und schloss die Augen. »Wir sind Toast.«

Elli packte Finns Arm, aber der schüttelte den Kopf. »Nein«, sagte er. »Nein, wir schaffen das!«

Er zog Elli auf die Füße, und Samira kam hinterher. »Auf drei«, sagte Finn. Samira und Elli nickten.

»Eins«, sagte Samira.

»Zwei«, sagte Elli,

»Drei!«, rief Finn. Sie rannten los.

Finn stieß die Tür auf, und das Trio stolperte ins Freie. Hinter ihnen grollte und rumorte der Mondwandler, der sich nun zwischen den Pumpmaschinen hindurchquetschte.

Hektisch sah Finn sich um. »Da lang!«, rief er und deutete auf die Staumauer. Vielleicht fünfzig Meter von ihnen entfernt befand sich eine Leiter, die an der Mauer hinauf bis zu deren oberen Rand reichte. Dazwischen lag die Wiese mit ihrem kniehohen Gras.

»Das schaffen wir nicht!«, warnte Samira.

»Doch!«, rief Finn. »Wir müssen!«

Elli fluchte. Hinter ihnen in der Station explodierte eine der Maschinen. Sie drehten sich um, sahen den Rauch unter der Tür hervorquellen, dann rannten sie los.

Finn wollte es nicht wahrhaben, aber Samira hatte recht. So wie Elli humpelte, würden sie es nie bis zur Leiter schaffen. Als Elli beinahe stürzte, hielt Finn kurzerhand an und nahm sie Huckepack. Elli schlang die Arme um ihn, und er wollte schon losrennen, als er merkte, dass Samira nicht mehr neben ihm war. Er sah sich um.

»Mira, komm schon, wir …« Der Rest des Satzes erstarb auf seiner Zunge.

Samira stand mit dem Rücken zu ihm. Ihr Blick war starr auf die Forschungsstation gerichtet. Finn folgte ihrem Blick, und dann sah er *ihn* das erste Mal.

Beton platzte auf, und Geröllbrocken rollten nach allen Seiten davon, als der Mondwandler sich durch das Dach des Maschinenraums drückte. Er erhob sich wie ein dunkler Mond über dem Horizont. Erst kam der gewaltige Kopf mit den spitzen Ohren und der langen Schnauze, dann die Schultern. Er war ein riesiger, schwarzer Wolf, ein Monster, wie Yanis gesagt hatte.

Während Finn hinsah, hob der Mondwandler den Kopf, und seine blau leuchtenden Augen richteten sich direkt auf ihn.

»Mira«, krächzte Finn heiser. Elli klammerte sich so fest an ihn, dass es weh tat. »Mira, wir müssen hier weg!«

Der Mondwandler bewegte sich vorwärts, pflügte durch das zusammenbrechende Gebäude wie ein Eisbrecher durch ein zugefrorenes Meer. Er sah wie ein Wolf aus, aber er schien aufrecht auf zwei Beinen zu gehen. Bis er durch die Außenwand der Station brach. Dort sank er wieder auf alle vier Pfoten.

»Das schaffen wir nicht«, wiederholte Samira.

»Red nicht«, zischte Finn, »Lauf!« Und das taten sie.

Finn preschte durch das Gras. Seine Lungen schmerzten vor Anstrengung, und sein Rücken protestierte bei jedem Schritt, aber er lief weiter. Die Leiter kam immer näher, Finn konnte schon die Hand nach ihr ausstrecken, als Elli plötzlich aufschrie. »Nein!«

Finn stolperte, blieb stehen und sah zurück. Was er sah, ließ ihm das Blut in den Adern gefrieren. Samira war stehen geblieben, und der Mondwandler ging über die Wiese auf sie zu. Seine langen Beine schienen die Entfernung zwischen ihnen förmlich zu verschlucken. Nur noch ein paar Sekunden, dann hätte er sie eingeholt. Finn versagte die Stimme, aber Elli rief: »Nein! Samira!«

Sie hatte schneller begriffen, was Samira vorhatte, doch

jetzt dämmerte es auch Finn. Angst griff mit beiden Händen nach seinem Herzen. »Samira!«

Da drehte sie sich endlich zu ihm um. Ihr Gesicht war grau vor Angst, aber sie hatte ihre Brauen in jener entschlossenen Miene zusammengezogen, die er nur allzu gut kannte.

»Wir wollen die Nachtschwärmer retten«, rief sie ihm zu. »Wenn er uns jetzt alle holt, dann war's das. Aber wenn ihr entkommt …«

Finn schüttelte heftig den Kopf. »Nein«, sagte er. »Nein, nein, n–«

»Das wird schon klappen«, rief Samira. »Ihr rettet mich später einfach mit.« Und mit diesen Worten drehte sie sich um und lief direkt auf den Mondwandler zu.

»Mira!«, schrie Finn. Er drehte sich schon ganz in ihre Richtung, um ihr nachzulaufen, als Elli ihm ins Ohr zischte. »Nicht!«

Er wäre trotzdem losgelaufen, aber Elli packte eine Sprosse der Leiter und hielt ihn fest.

»Sie hat recht«, presste Elli atemlos hervor. »Wenn er uns jetzt holt, ist alles vorbei!«

Finn starrte Samira hinterher und sah, wie sie nach links schwenkte und dabei wild mit den Armen wedelte. Der große Kopf des Mondwandlers neigte sich in ihre Richtung.

»Finn!«, rief Elli verzweifelt.

Samira ging jetzt rückwärts, immer weiter weg von der Staumauer, und der Mondwandler folgte ihr mit geducktem Kopf. Ein silberner Rauch quoll aus seinen Nüstern.

Elli schlug Finn mit der flachen Hand vor die Brust.

»Lass sie das nicht umsonst machen!«, zischte sie, und das riss ihn aus seiner Starre.

»Ich kann nicht …«, ächzte er.

»Wir müssen«, fuhr Elli ihm über den Mund. Doch am Ende war es nicht sie, sondern der Blick, den Samira ihm quer über die Wiese zuwarf, der die Entscheidung für ihn fällte.

Lauf, formte sie mit den Lippen, während der silbrige Rauch sich um ihre Beine wickelte. Samira hatte den Plan, und Finn führte ihn aus. Wie immer.

Er stieß einen abgebrochenen Laut aus, dann fuhr er herum und kletterte mit Elli die Leiter hinauf. Alles in ihm wehrte sich dagegen, aber er kletterte weiter, noch eine Sprosse und noch eine Sprosse, dann drehte er ein letztes Mal den Kopf. Unten auf der Wiese sank Samira in sich zusammen. Der Mondwandler erhob sich wieder auf seine Hinterbeine, beugte sich mit einer eigenartig ruckenden Bewegung nach vorn und nahm Samira ganz sacht in seine Vorderpfoten.

17
Wand aus Glas

Finn und Elli schafften es bis zum oberen Ende der Leiter. Sie gingen auf der Staumauer entlang und tauchten an ihrem Ende wieder in den Wald ein. Sie durchquerten ein Feld aus Farn, während über ihren Köpfen fleischige Baumpilze im Mondlicht schimmerten.

Sie kamen an eine sandige Kuhle, durch die einige verästelte Rinnsale plätscherten. Glühwürmchen tanzten über dem Wasser, und der Anblick wäre wunderschön gewesen. Für Finn jedoch brach die Welt genau in diesem Moment zusammen.

Bis hierher hatte sein Körper einfach nur funktioniert. Jetzt verließ ihn alle Kraft. Er blieb stehen, sank auf die Knie und vergrub die Hände im Gesicht. Er konnte nicht weinen, aber er zitterte am ganzen Körper. Wieder und wieder sah er Samira, die aufrecht vor dem Mondwandler stand, während der Rauch aus seinen Nüstern sich um sie schloss wie eine Faust.

Er sank nach vorn, bis seine Stirn fast den Boden berührte. Dann war Elli bei ihm, schlang beide Arme um ihn und hielt ihn fest.

Finn wusste nicht, wie viel Zeit vergangen war, aber irgendwann gingen sie weiter. Elli versuchte ein paarmal, mit ihm zu sprechen, gab es jedoch auf, weil er hartnäckig schwieg.

Seine ganze Konzentration galt dem Frosch in seiner Hand. Flöckchen leuchtete wieder matt und zeigte die Richtung wie ein Kompass. Finn war fest entschlossen, ihm zu folgen. Er würde zum Sternlichtpfad zurückkehren, das Lager des Mondwandlers finden und Samira retten. Immer wieder betete er sich das vor. Wenn er es nur oft genug wiederholte, dann musste es einfach wahr werden.

Wie willst du sie denn retten?, stichelte eine Stimme in seinem Kopf. *Bisher hast du alles nur schlimmer gemacht, das ist dir doch klar?*

Finn presste die Lippen aufeinander und richtete seine Aufmerksamkeit wieder auf Flöckchen. Das war nicht leicht, denn die Geräusche des Waldes zupften an seinen Sinnen. Er hörte das Gurgeln von Wasser, das Rascheln seiner eigenen Schritte und Ellis Atem. Sie hatte sich einen robusten Ast gesucht und benutzte ihn als Krücke. Doch obwohl Elli immer noch humpelte, kamen sie gut voran. Es machte Finn beinahe wütend, aber jetzt, da sie Samira verloren hatten, legte ihnen der Wald keine Hindernisse mehr in den Weg. Ungehindert gingen sie an schartigen Eichen und moosgesprenkelten Buchen vorbei, bis in einiger Entfernung das glitzernde Band des Sternlichtpfads auftauchte. Von dem Wall aus Schutt und Geröll fehlte jede Spur.

Am Rand des Pfads blieb Finn stehen und lauschte. Halb hoffte er, die donnernden Schritte des Mondwandlers zu hören, doch der Wald blieb friedlich. Ob er Samira schon zu seinem Lager zurückgebracht hatte?

Das hast du wirklich toll hingekriegt, meldete sich seine innere Stimme. *Anstatt Hannah zu retten, hast du dafür gesorgt, dass Samira das Gleiche passiert wie deiner Schwester.*

Je mehr er sich in diesen Gedanken hineinsteigerte, umso lauter und chaotischer wurden die Geräusche um ihn herum. Flöckchens Summen mischte sich mit dem Knacken von Holz, dem Rascheln von Tieren im Unterholz, dem Klacken von Eicheln, die auf Wurzeln fielen, und dem Kratzen von Krallen über Baumstämme.

Finn drängte die anschwellende Geräuschkulisse zurück, doch er spürte, wie sich seine Muskeln dabei verkrampften. Ich werde zum Sternlichtpfad zurückkehren, wiederholte er. Ich werde das Lager des Mondwandlers finden und Samira retten.

Er durfte seinen Zweifeln keinen Platz geben, sonst würde der Klangteppich des Waldes alles andere ersticken, und er würde keinen einzigen Schritt weitergehen können.

Elli berührte ihn an der Schulter. »Brauchst du eine Pause?«, fragte sie.

Sofort schüttelte er den Kopf. »Du?«

Sie warf einen Blick über ihre Schulter, dann presste sie die Lippen aufeinander und packte ihren Gehstock fester. »Nein«, sagte sie. »Gehen wir weiter.«

Der Mond sank in Richtung Horizont, als der Wald sich lichtete. Die Bäume standen weiter auseinander, und in den Lücken zwischen den Baumkronen zeigte sich der Sternenhimmel. Finn wollte seinen Blick gerade wieder vom Firmament nach unten richten, als ein rotes Blinken zwischen den Bäumen ihn innehalten ließ. Es sah aus, als würde ein riesiges Auge zwischen den Blättern blinzeln.

Elli schloss zu ihm auf. »Was ist das?«, flüsterte sie.

»Keine Ahnung«, murmelte Finn. Ohne sich abzusprechen, warteten sie mehrere Sekunden lang ab. Als das Blinken sich nicht von der Stelle bewegte, gingen sie auf leisen Sohlen weiter. Kurz darauf löste sich das Geheimnis auf: Zwischen den Bäumen stand eine massive Betonsäule, die von Efeu und Waldreben umschlungen war. Finn legte den Kopf in den Nacken. Am oberen Ende der Säule befanden sich riesige Rotorenblätter, und dort blinkte auch das rote Licht.

»Ein Windrad«, murmelte Finn, dann, lauter: »Elli, das ist ein altes Windrad!«

Er sah sich um und bemerkte, dass Elli mitten auf dem Pfad stehen geblieben war. Sie stützte sich schwer auf ihren Gehstock.

»Ein Windrad, hm?«, fragte sie. »Ich hab schon gedacht, wir müssen es jetzt auch noch mit einäugigen Riesen aufnehmen.«

Zum ersten Mal, seit sie vor dem Mondwandler geflohen waren, sah Finn sie richtig an. Haarsträhnen hatten sich aus ihren Zöpfen gelöst, und ihr Gesicht war schmerzverzerrt. Sofort bekam Finn ein schlechtes Gewissen. Die letzten

Kilometer über hatte er sich nur auf ihr Ziel konzentriert und alles andere ausgeblendet. Das musste er auch, sonst wäre er nach Samiras Entführung wie ein Kartenhaus in sich zusammengefallen. In Wahrheit fühlte es sich immer noch so an, dass er bei dem geringsten Hauch des Zweifels umkippen würde. Aber Elli musste nach ihrem Gewaltmarsch furchtbare Schmerzen haben.

Er ging zu ihr. »Elli, hör mir zu«, sagte er. »Wir können auch langsamer gehen. Oder doch eine Pause machen.«

Es fiel ihm schwer, das überhaupt vorzuschlagen. Noch schlimmer war jedoch: Während er die Worte aussprach, spürte er, wie seine Beine schwer wurden. Und da waren sie, die Zweifel, die nur auf ihre Chance gewartet hatten.

Warum sollte er sich nicht an Ort und Stelle ins Gras legen? Die Stimme in seinem Kopf hatte schließlich recht: Er hatte keinen Plan, nicht wirklich, und bisher war alles immer nur noch schlimmer geworden. Er war müde und mit seinen Nerven am Ende, und ein Teil von ihm wollte sich einfach zusammenrollen und die Augen und Ohren vor allem verschließen, was in den letzten Stunden passiert war.

Elli jedoch stemmte sich hoch und schüttelte verbissen den Kopf. »Es geht schon«, sagte sie. Sie sah den Pfad hinter ihnen entlang, zögerte und schob sich dann eine Haarsträhne aus der Stirn. »Wir geben nicht auf«, sagte sie. »Nicht nachdem Samira sich geopfert und uns eine zweite Chance verschafft hat.«

Finn war überrascht, wie dankbar er sich bei ihren Worten fühlte. Er musste Elli nicht überzeugen weiterzugehen. Sie wollte Samira genauso dringend retten wie er.

Elli sah zur Seite. »Denkst du, das Mondwandlermistvieh hat Samira in sein Lager gebracht?«

»Kann schon sein«, sagte er. Ein altes Bild drängte sich vor sein inneres Auge: Ein schlafendes Mädchen auf einem Bett aus Efeu und Blumen. Nur dass das Mädchen dieses Mal nicht Hannah, sondern Samira war. Nein, dachte Finn, und allein der Gedanke an sie verpasste ihm einen neuen Energieschub. Er würde nicht zulassen, dass Samira das gleiche Schicksal erlitt wie Hannah.

Wir geben nicht auf, wiederholte er Ellis Worte im Stillen.

»Bereit?«, fragte er Elli, und sie nickte.

»Bereit.«

Seite an Seite gingen sie weiter, entlang an einem abgestürzten Rotorblatt, das bis zur Hälfte in der Erde steckte.

»Samira schläft«, sagte Elli nach einer Weile. »Da sind wir uns sicher, oder?«

»Du hast das Video gesehen«, sagte Finn. »Der Immerwährende Schlaf ist kein Märchen. Wissenschaftler haben herausgefunden, wie man so einen Zustand künstlich herbeiführt, und anscheinend haben sie die nötigen Maschinen dafür gebaut.« Eine Frage beschäftigte ihn allerdings sehr. In diesem Video hieß es, dass die Menschen sich damals freiwillig zum Schlafprogramm angemeldet hatten. Wieso gibt es dann einen Mondwandler, der die Leute gegen ihren Willen einsammelt? Das passt doch nicht zusammen.

»Der Rauch, den der Mondwandler ausgeatmet hat«, dachte Finn laut nach. »Glaubst du, der bringt die Nachtschwärmer zum Einschlafen?«

»Kann schon sein«, sagte Elli. »Hark und Priya haben

uns mal erzählt, dass der Mondwandler einen giftigen … Stoff absondert. Vielleicht meinen sie damit den Rauch?«

Je weiter sie gingen, umso weiter standen die Bäume auseinander. Stattdessen zog der Sternlichtpfad an weiteren Windrädern vorbei.

»Wenn das so ist«, sagte Finn, »dann kann der Mondwandler aber eigentlich kein Tier sein, oder?« Er dachte an das Rucken, das er in der Bewegung des Mondwandlers bemerkt hatte. Es hatte ihn an etwas erinnert, aber er konnte nicht genau sagen, woran.

»Das, was wir am Stausee gesehen haben, war alles, aber kein Tier«, sagte Elli bestimmt. »Ich glaube eher, die Menschen von früher haben sich in ihren Laboren irgendwas zusammengebastelt, was es gar nicht geben dürfte.«

Finn runzelte die Stirn. »Du glaubst, der Mondwandler ist nicht echt?«

»Er ist echt genug, um Schaden anzurichten«, sagte Elli, blieb dann plötzlich stehen. »Was zum …«

Finn folgte ihrem Blick. Vor ihnen lag eine Ebene. Dutzende Windräder ragten aus dem Boden, wie ein Wald aus Beton und Stahl. Doch das war es gar nicht, was Finn und Elli in Bann zog. Hinter den Windrädern ragte eine gläserne Kuppel aus der Erde, die so hoch war, dass sie die Rotoren um mindestens hundert Meter überragte. Der glitzernde Sternlichtpfad führte geradewegs auf sie zu.

Das Ende des Wegs, dachte Finn. Er spürte ein Zittern an seiner Hand, zuckte zusammen und schaute nach unten in Flöckchens Tragebox. Der Frosch hatte die Vorderfüße an die Innenseite der Box gestemmt und brummte so tief und kehlig, dass nicht nur das Blech, sondern der Trageriemen vibrierte.

Finn sah wieder zur Kuppel, und sein Herz schlug schneller. Konnte es sein? Hatten sie das Lager des Mondwandlers gefunden?

Als sie die Kuppel erreichten, verklang Flöckchens Brummen zu einem zufriedenen Summen. Finn setzte ihn auf seine Schulter und trat dicht an die Wand heran. Das Glas war verspiegelt und zeigte ihm nur seine verschwommene eigene Reflexion. Hindurchsehen konnte er nicht.

Der Sternlichtpfad endete am unteren Rand der Kuppel, oder vielleicht verlief er darunter hindurch. Um das herauszufinden, müssten sie auf die andere Seite, und Finn hatte keinen Schimmer, wie sie das anstellen sollten. Er legte die Hand gegen die Wand, und das Glas fühlte sich glatt, kühl und absolut unnachgiebig an.

Elli kniff die Augen zusammen und sah die Kuppel entlang, soweit es das Mondlicht zuließ. Rechts von ihnen wucherten Weißdornbüsche über den Boden und ein paar Meter die Kuppel hinauf. Links sprossen Brennnesseln.

»Da gibt's nirgends eine Tür«, sagte sie.

»Muss es aber«, sagte Finn. »Vielleicht müssen wir nur weiter an der Wand entlanggehen?«

»Klar, wandern wir wieder ein paar Stunden ziellos durch die Gegend«, knirschte Elli und schlug dann so heftig mit Faust gegen die Kuppel, das Finn zusammenzuckte. »Wir haben den ganzen verdammten Nachtschattenwald durchquert …« *Wumm.* Wieder hämmerte sie gegen das Glas. »… sind von Mörderlibellen angegriffen worden …« *Wumm.* »… und von einem Monsterwolf überfallen. Und jetzt stehen wir hier vor einem verflixten Goldfischglas? Geht's noch?«

Sie fluchte noch lauter, holte mit ihrem Stock aus und knallte ihn gegen das Glas.

Finn stand der Mund offen. »Elli«, versuchte er, sie zu beruhigen. »Hey, Elli!«

Doch sie hörte gar nicht hin. »Das ist 'ne verdammte Sackgasse!«, rief sie. Wieder knallte sie den Ast gegen die Kuppel, dann knickte ihr Fuß um, und sie stürzte zu Boden.

Ihre Wut war wie aus dem Nichts explodiert, aber dieses Mal verstand Finn ihren Frust nur zu gut. Er ging neben ihr in die Hocke und legte ihr die Hand auf die Schulter. »Hey«, wiederholte er. Behutsam half er ihr dabei, sich aufzusetzen und sich mit dem Rücken an die Kuppel zu lehnen.

»Geht's wieder?«, fragte er.

Elli hatte immer noch die Fäuste geballt, aber sie schloss die Augen und atmete einmal tief aus. »Das ist doch alles Mistkacke«, murmelte sie.

»Und was für eine«, stimmte Finn ihr zu. Flöckchen kletterte halb seinen Arm hinunter, schien Elli besorgt zu mustern und wandte den Kopf dann zu Finn. Er hatte keine Ahnung, ob der Frosch irgendetwas von dem verstand, was hier vor sich ging. Nach allem, was er in den letzten Tagen erlebt hatte, würde es ihn nicht wundern.

»Warum hat sie das gemacht?«, murmelte Elli.

»Was?«, fragte Finn verblüfft.

»Samira«, erklärte Elli. »Warum hat sie den Mondwandler von uns abgelenkt? Sie hat sich einfach so in die Bresche geworfen. Hat nicht mal gezögert.«

Finn musste lächeln, obwohl die Erinnerung an Samira, die auf den Mondwandler zulief, ihm einen Stich versetzte. »Das ist eben Samira«, sagte er. »Sie war schon immer hundertmal mutiger als ich, und tausendmal schlauer.« Er sah die Kuppel hinauf. »Und jetzt verlässt sie sich auf uns.«

Er richtete sich auf und legte wieder die Hand an das Glas.

»Der Sternlichtpfad führt genau hierhin«, sagte er. »Ich glaube nicht, dass das eine Sackgasse ist.« Er nahm Flöckchen auf die Hand und hob ihn vor sein Gesicht. »Oder was denkst du?«

Flöckchen schnupperte in die Luft und wandte sich in Richtung der Kuppel. Langsam drehte Finn seine Hand nach links, aber Flöckchen richtete seinen Kopf zurück zur Wand aus. Finn versuchte es mit der anderen Richtung, aber das Ergebnis war dasselbe.

»Was siehst du, was wir nicht sehen?«, murmelte Finn. Einer Eingebung folgend, hielt er Flöckchen dicht an die Kuppel. Sofort kletterte der Frosch von seiner Hand auf das gewölbte Glas. Seine Saugfüßchen machten schmatzende Geräusche auf der glatten Oberfläche. Allerdings war da noch etwas anderes, eine Schwingung in der Luft, die Finn zunächst nicht als Ton, sondern nur als Prickeln auf der Haut wahrnahm. Flöckchen krabbelte die Wand hinauf, und plötzlich zuckten Linien und Winkel aus blauem Licht unter seinen Füßchen auf.

»Elli«, hauchte Finn und wedelte mit der Hand, damit sie aufstand. Sie rappelte sich hoch, und gemeinsam sahen sie zu, wie das Muster aus Lichtlinien über das Glas zuckte, sich ausbreitete und wieder verschwand.

Und dann hört er es. Als die nächste Linie auf dem Glas aufblitzte, warf ihn der Schock fast auf die Knie. Ein Klingeln wie von silbernen Glöckchen. Das war das Geräusch, das er vor sechs Jahren auf der Lichtung gehört hatte, kurz bevor der Mondwandler Hannah geholt hatte. Die Aufregung durchfuhr Finn wie kleine Stromschläge, und plötzlich war er sich sicher, dass sie am richtigen Ort waren.

»Was ist das?«, fragte Elli, doch Finn ignorierte sie und trat stattdessen so dicht an die Kuppel, dass sein Atem das Glas beschlug. Er lauschte, schloss die Augen und legte dann seine rechte Hand an die Wand. Er fuhr mit den Fingerspitzen über das Glas, folgte den Glockentönen und wob ein Muster, bis es für seine Ohren gut und richtig klang. Was hatte er zu Samira gesagt? In der richtigen Kombination ergaben die Töne eine Harmonie, bei deren Klang er sich wohlfühlte. Finn lächelte, dann ertönte ein leiser Klick, und plötzlich bewegte sich das Glas unter seiner Hand.

Elli sog scharf die Luft ein, und Finn trat erschrocken zurück. Direkt vor ihnen glitt ein Panel nach oben, wie ein Rollladen. Zurück blieb eine Öffnung in der Kuppel, die so breit und hoch war, dass Finn und Elli mühelos hindurchtreten konnten.

Elli stieß einen Pfiff aus. »Nicht schlecht, Superboy«, sagte sie und warf Finn einen anerkennenden Blick zu.

Finn spürte, wie seine Wangen warm wurden. »Flöckchen hat gezeigt, wie's geht«, sagte er. Behutsam pflückte er den Frosch von der Kuppel und strich ihm mit dem Finger über den Kopf. »Danke, Kumpel.« Flöckchen schmiegte sich an Finns Finger wie eine Katze, dann drehte er sich erwartungsvoll in Richtung des Eingangs.

»Dann wollen wir mal«, sagte Elli, hob ihren Stock vom Boden auf und wollte ins Innere der Kuppel treten.

»Warte!« Rasch fasste Finn sie am Arm und hielt sie zurück. »Wir haben keine Ahnung, was uns da drin erwartet.«

Elli rümpfte ungeduldig die Nase. »Das ist ja wohl nichts Neues«, sagte sie und hinkte los.

Finn wollte widersprechen, aber eigentlich hatte Elli ja recht. »Okay, was soll's«, murmelte er, und ging ihr hinterher.

18
Das Lager des Mondwandlers

Finn überquerte die Schwelle ins Innere der Kuppel und trat auf Beton. Er hob den Blick, entschlossen, auf alles vorbereitet zu sein, und war am Ende doch schockiert.

Vor ihm lag eine Stadt. Mondlicht fächerte durch die Kuppel und versilberte Straßenkurven, Brückengeländer und die Umrisse von Hochhäusern. Ein Labyrinth aus Mauern und Dächern erstreckte sich, so weit das Auge reichte, und in der Ferne ragte ein schlanker Turm mit einer Kugel an der Spitze empor.

Eine Woge des Staunens schwappte über Finn. Er kannte Städte von Bildern und aus Filmen, aber selbst am Rand einer hoch aufgetürmten Häuserflut zu stehen fühlte sich ganz anders an, als er es sich vorgestellt hatte. Sein Kopf versuchte, mit der Größe und Masse der Gebäude klarzukommen. Mit dem Durcheinander an Winkeln, Wegen und breiten Treppen, die in den Schatten zwischen den Häusern verschwanden.

Finn war zwischen riesigen Bäumen und wild wucherndem Grün aufgewachsen, aber soweit er das sehen konnte, gab es hier überhaupt keine Pflanzen. Keine Eichen, kein Efeu, nicht mal einen einzigen Busch. Es fühlte sich so an, als wäre er durch ein Portal in eine fremde Welt getreten.

»Wo sind wir hier?«, fragte er leise.

Elli wirkte genauso entgeistert, wie er sich fühlte. »Meine Mutter hat mir erzählt, dass sie als kleines Kind in einer Stadt mit einem Glasdach gelebt hat«, sagte sie. »Kann sein, dass sie diesen Ort gemeint hat.«

Sie schüttelte den Kopf, als ob sie sich aus ihrer Starre reißen wollte. »Wohin jetzt?«, fragte sie.

»Nach unten, schätze ich mal?«, fragte Finn. Er und Elli standen auf einem erhabenen Platz, von dessen Rand eine breite Treppe nach unten führte. Wie zur Antwort krabbelte Flöckchen über den Rand seiner Fingerspitzen und schien von seiner Hand hüpfen zu wollen. Überrascht hob Finn eine Braue. »Willst du selber laufen?«

Er setzte Flöckchen auf den Boden. Hier drin gab es keinen Sternlichtpfad, aber Flöckchen leuchtete immer noch, und als er die Treppe hinunterhopste, sah es aus, als ob eine Sternschnuppe über die Stufen kullerte.

Finn und Elli folgten dem Frosch und fanden sich bald auf einer Straße wieder, die sie direkt zwischen die hoch aufragenden, dunklen Häuser führte. Von innen war das Glas des Kuppeldachs durchsichtig, und so sah Finn nicht nur den blauschwarzen Himmel, sondern auch den Mond. Als weiße Scheibe hing er hinter dem hohen Turm mit der Kugel, der am Ende der Straße wie eine Nadel in die Höhe ragte.

Ohne genau zu wissen, warum, zog Finn seine Kapuze auf. Es roch anders hier unter der Kuppel. Anstatt des nass-moderigen Geruchs von Moos und Laub lag hier der metallisch kalte Hauch von Stahl und Stein in der Luft.

Sein Blick huschte immer wieder zu den Fassaden der

Häuser. Hier und da klafften kleine Fenster oder große Glasscheiben, aber nirgendwo brannten Lichter. Die Stadt war verlassen. Bei der Vorstellung, dass Elli, Flöckchen und er die einzigen Lebewesen waren, die sich unter der Kuppel bewegten, wurde Finn immer unheimlicher.

»Warum ist deine Mutter aus der Stadt weggegangen?«, fragte er, um das Schweigen zu brechen.

»Sie meinte, dass die Menschen irgendwann beschlossen haben, nicht mehr dort zu wohnen«, sagte Elli. »Ihre Eltern haben ihr erzählt, dass es in der Stadt spukte.«

»Spuken?«, wiederholte Finn. »Mit Geistern, und so? Na, das ist ja ganz toll.«

Elli zuckte mit der Schulter. »Sie war davon überzeugt, dass ihre Eltern ihr was vorgegaukelt haben.«

»Bei den ganzen Geschichten soll einer durchsteigen«, murrte Finn.

Während sie weitergingen, klang das Echo ihrer Schritte laut zwischen den Häusern. Eine kühle Brise streifte über Finns Haut, und irgendwo plätscherte Wasser. Finn sah sich um und erhaschte in einer Seitengasse einen Blick auf etwas Glänzendes. Überrascht blieb er stehen. Am anderen Ende der Gasse stand eine kleine, silberne Gestalt. Sie sah aus wie ein Mädchen, aber sie schimmerte wie ein Irrlicht.

Ihre Eltern haben ihr erzählt, dass es in der Stadt spukte.

Finn rieb sich mit dem Ärmel über die Augen, und als er wieder hinsah, war das silberne Mädchen verschwunden. War es wirklich da gewesen? Er war müde, hatte zu viele Geschichten im Kopf … wahrscheinlich spielte ihm seine Phantasie einen Streich. Finn starrte immer noch in die leere Gasse, als Elli einen leisen Pfiff ausstieß. Finn schauderte und schloss rasch zu ihr auf.

Elli war vorausgegangen und drückte sich jetzt an die Wand eines Hauses. Sie hatte Flöckchen vom Boden hochgehoben und hielt ihn schützend an ihre Brust. Vor ihr ging die Straße in eine Brücke über, und dahinter lag ein offener Platz. An seinem anderen Ende ragte eine alte Kirche mit einem Kuppeldach auf, und schräg dahinter befand sich der Nadelturm.

Finn schaute über Ellis Schulter und hielt den Atem an. An der Längsseite des Platzes stand ein würfelartiges Gebäude, das in ein aberwitziges Bauwerk aus Glas und Stahl überging. In seiner Form erinnerte es an eine Mischung aus einem Schneckenhaus und einer Sahnehaube. Die Straße führte direkt an der mit Säulen geschmückten Front des Gebäudes vorbei, und aus der anderen Richtung näherte sich eine massige, nachtschwarze Gestalt: Der Mondwandler.

Er ging auf den Hinterbeinen mit leicht vorgebeugtem Oberkörper. In seinen Vorderpfoten trug er eine kleine, blasse Gestalt mit wuscheligen Haaren. Das musste Samira sein!

Finn wollte sofort losstürmen, aber Elli hielt ihn zurück. Sie legte den Finger an die Lippen und übergab ihm den Frosch. Finn zögerte, dann steckte er Flöckchen in seine Tragebox und sah mit klopfendem Herzen zu, wie sich der Mondwandler mit einem Ruck duckte und durch ein breites Eingangstor im Säulengebäude verschwand.

Sie warteten, bis der Mondwandler verschwunden war, dann rannten sie über die Brücke zur Vorderseite des Säulengebäudes. Dort schlichen sie die flachen Stufen zum Eingang hinauf. An einer Wand neben dem Eingangstor hing ein Schild, aber man konnte nicht lesen, was darauf stand, denn jemand hatte mit grellem Pink ein Wort darüber gesprüht: Dornröschenzentrum.

Finn schluckte trocken. Das Tor stand weit offen, und niemand hielt sie auf, als sie über die Schwelle traten. Drinnen liefen sie über Marmorboden zum Ende einer Eingangshalle, denn in dieser Richtung glomm dasselbe Leuchten, das sie durch den Nachtschattenwald geführt hatte.

Hinter einer weiteren Reihe aus Säulen lag ein riesiger Saal, der von einem bis zum anderen Ende mit Glaskapseln bestückt war. Sie waren kreisförmig aufgestellt worden, so dass sie an die Strahlen einer Sonne erinnerten. Das Licht, das sie erhellte, war jedoch so kühl und überirdisch wie das Glitzern des Sternlichtpfads.

Anders als im Wald war die Quelle des Lichts hier eindeutig: Im Boden leuchteten Hunderte winzige Lämpchen, und auch die Säulen, die rings um die Halle herumstanden, waren mit Lichtlein gesprenkelt. Finns Blick glitt an den Säulen empor, und er sah, dass in den offenen Zwischengeschossen weitere Glaskapseln standen. Das musste der Ort sein, den er in Flora Findigs Holo-Video gesehen hatte. Das Dornröschenzentrum.

Hannah, schoss es Finn durch den Kopf. Ob Hannah in einer dieser Glaskapseln schlief?

Finn stand noch immer da wie festgefroren, als Elli ihn am Ärmel packte und mit sich zog. Sie schlichen durch einen Säulengang am Rand der Halle entlang, während der Mondwandler sich im hinteren Drittel der Halle über eine offene Glaskapsel beugte. Zwischen den filigranen Hülsen aus Glas und in den winzigen Lichtern wirkte er noch viel gigantischer. Finn und Elli duckten sich hinter eine Säule und beobachteten, wie der Mondwandler Samira in die Glaskapsel legte.

»Es ist wahr«, hauchte Elli. »Es ist wirklich alles wahr!«

Finns Magen zog sich zusammen, und wieder drängte alles in ihm danach, zu Samira zu laufen.

Als sich der Glasdeckel über Samiras Kapsel schloss, ertönte ein lieblicher Klingelton, und eine Stimme sagte: »Schläfer Nummer viertausendeinhundertdreiundzwanzig Strich eins null null neun neun. Das Gleichgewicht bleibt bewahrt.«

Der Mondwandler sank zurück auf alle vier Pfoten und lief langsam den Gang zwischen den Glaskapseln entlang. Dieses Mal kam er Finn sehr nah, und als ein Schimmer von seinem Fell zurückreflektierte, schaute er genauer hin. Das Fell sah seltsam aus. Nicht weich und geschmeidig wie bei einer Katze oder struppig wie bei den Dachsen, die hinter Oma Veras Garten hausten. Die Härchen lagen viel zu glatt an seinem Körper, und die Linien seiner Schultern, Hüften und Gelenke wirkten merkwürdig kantig. Überhaupt sah sein ganzer Körper so aus, als wäre er mit einem scharfen Messer in Form geschliffen worden. Jetzt hörte Finn auch wieder dieses metallische Surren und Klacken, das er vor der Forschungsstation gehört hatte. Wenn der Mondwandler ging, klang es so, als ob Stiefel mit Stahlsohlen auf den Boden trafen. Als er zwischen den Glaskapseln einen Blick auf die Flanke des Mondwandlers erhaschen konnte, sah er an der Stelle, wo sich das Sprunggelenk befinden sollte, ein kompliziertes Getriebe aus dunklem Metall.

Das kann nicht sein, dachte er. Der Mondwandler neigte den Kopf, und kurz flackerte wieder jenes elektrisch blaue Licht in seinen Augen. Wie das Aufblinken einer Warnlampe oder das Blitzlicht einer Kamera. Der Mondwandler, das begriff Finn in diesem Moment, war eine Maschine.

Für ein paar Sekunden verdrängte seine Verblüffung jeden anderen Gedanken. Der Mondwandler trottete zur Mitte des Saals. Dort senkte er den Kopf, legte sich auf den Boden und rollte sich zum Schlafen zusammen. So, wie es ein echter Wolf getan hätte.

Immer noch geplättet von seiner Erkenntnis, drehte Finn sich zu Elli um. Die hatte eine Hand vor den Mund gepresst, als ob sie sich selbst vom Schreien abhalten müsste. Finn dachte an ihre Vermutung, dass die Menschen den Mondwandler in einem Labor gezüchtet hätten. Damit lag sie wohl richtiger, als sie beide vermutet hatten.

Finn warf einen letzten Blick zurück auf das Wesen, das ihn so lange in seinen Albträumen verfolgt hatte. Der Mondwandler hatte ihnen den Rücken zugekehrt. Linien leuchteten in einem komplizierten Muster um seinen Körper herum auf, und kleine Lichtkügelchen rollten durch diese Leitungen auf den Mondwandler zu. Finn vernahm ein tiefes, zufriedenes Summen und verstand, dass sie in einer Sache falschgelegen hatten. Der Mondwandler schlief nicht. Aber er musste seine Akkus neu aufladen.

Finn zählte bis dreißig, dann trat er hinter der Säule hervor. Er hatte ihren Schutz jedoch kaum verlassen, als Elli ihn zurückzog.

»Was tust du?«, flüsterte sie aufgeregt.

»Ich gehe Samira aufwecken«, sagte er.

Elli hielt ihn weiter fest. »Jetzt?«, fragte sie. »Sollen wir nicht lieber warten, bis der Mondwandler wieder verschwindet?«

Finn warf einen Blick zurück auf den Mondwandler. Ellis Vorschlag war vernünftig. Sehr vernünftig sogar. Aber die Vorstellung, Samira auch nur eine Sekunde länger in dieser Glaskapsel zu lassen, schnürte ihm die Luft ab.

Finn schüttelte den Kopf. Was, wenn sie das Dornröschenzentrum verlassen mussten, bevor sie Samira gerettet hatten? Das konnte er nicht riskieren … und gleichzeitig hatte er das starke Gefühl, dass er es auf der Zielgeraden versemmeln würde.

Elli biss sich auf die Unterlippe und schien mit sich zu hadern, aber Finn konnte nicht mehr warten. Er löste ihre Hand von seinem Ärmel und schlich zwischen den Säulen hindurch in den Saal. Sofort fühlte er sich vollkommen schutzlos. Sein Blick huschte zum Mondwandler, der wie ein Buckel zwischen den Schlafkapseln aufragte.

Dreh dich nicht um, bat Finn stumm. Bleib einfach liegen.

Er näherte sich Samiras Kapsel, und als er ihren dunklen Lockenschopf auf einem blauen Kissen erkannte, zog sich sein Herz so fest zusammen, dass es weh tat. In zwei raschen Schritten war er neben der Kapsel. Samira lag auf einem Polster und sah so aus, als würde sie tief und friedlich schlafen. Hier gab es keine Rosen und keinen Efeu wie in Finns Träumen. Und genauso wenig gab es einen Hinweis darauf, wie man die Kapsel öffnen und Samira wecken konnte.

Finn inspizierte die Glaskapsel. In ihrem Infovideo hatte Flora Findig davon gesprochen, dass man nur ein paar Tasten drücken musste, um die Nachtschwärmer aufzuwecken. Finn hatte angenommen, dass es direkt an der Kapsel ein Display gab, aber Fehlanzeige. Hilfesuchend drehte sich Finn nach Elli um. Die war einige Schritte hinter ihm stehen geblieben und starrte über die Reihen aus identischen Kapseln. Bestimmt fragte sie sich, ob ihre Mutter hier irgendwo lag.

Mit einem Anflug aus Verzweiflung wandte Finn sich wieder zu Samira um. Wie um alles in der Welt sollte er sie befreien? Und wie würden sie Hannah und Ellis Mutter zwischen all diesen Schläfern finden?

Ganz ruhig, sagte er sich. Panik hilft nicht.

Er dachte an die Kuppel über der Stadt und daran, wie er die Tür geöffnet hatte, indem er an den richtigen Stellen gegen das Glas gedrückt hatte. Vielleicht funktionierte das hier genauso? Er hob die rechte Hand, zögerte und legte sie dann auf die Wölbung von Samiras Schlafkapsel.

Im selben Moment, als er das Glas berührte, wusste er, dass er einen Fehler gemacht hatte. Es gab ein dumpfes, dröhnendes Geräusch, und mit einem Schlag änderten die Lämpchen im Saal ihre Farbe von blau zu rot. Finn holte Luft, um Elli zu warnen, doch da kreischte auch schon eine Sirene los. Entsetzt zog Finn seine Hand zurück und sah zur Mitte des Saals.

Der Mondwandler erhob sich wie ein zum Leben erwachter Berg. Finn spürte, wie sein Körper sich versteifte. Wie er nichts anderes tun konnte, als zu starren.

Das Kreischen der Sirene schraubte sich immer lauter in die Höhe, und der Mondwandler wandte den Kopf. Seine Augen blitzten blau auf und richteten sich direkt auf Finn. In Panik streckte er die Hand nach Samiras Glaskapsel aus. Aber noch bevor seine Fingerspitzen das Glas erreichten, griff Elli seinen Arm und zerrte ihn mit sich.

»Mira«, krächzte er.

»Lauf!«, rief Elli.

Mit einem Zischen blies der Mondwandler seinen betäubenden Rauch aus den Nüstern, und Finn und Elli nahmen die Beine in die Hand.

19
Verrat

Hals über Kopf flohen sie aus dem Dornröschenzentrum, rannten zurück über die Brücke und hinein in ein Gewirr aus dunklen Gassen. Blindlings bogen sie um Kurven, sprangen Treppen hinunter, bis sie sich schließlich abseits eines Fußwegs eine Böschung hinunterrutschten und sich unter einer niedrigen Brücke versteckten.

Keuchend drückte Finn den Rücken gegen einen Brückenpfeiler, dann spähte er zum Gehweg hinauf.

Elli kauerte auf dem Boden und hielt sich den schmerzenden Knöchel. »Kommt er uns nach?«, fragte sie.

Finn schob sich ein Stückchen aus der Deckung. Der Weg über ihnen blieb leer. »Ich sehe ihn nicht.«

»Kannst du ihn hören?«, fragte Elli.

Finn schloss die Augen. Zuerst hörte er nur das Rasseln seines eigenen Atems. Wenn er sich bewegte, schabte sein Kapuzenpulli am rauen Beton des Brückenpfeilers entlang, und die Sohlen seiner Stiefel knirschten. Die Geräusche waren zu laut in seinen Ohren, sie prasselten auf ihn ein wie ein Platzregen. Panik sprudelte in ihm hoch, denn wenn sich jetzt etwas näherte, würde er es nicht hören.

Ruhig, sagte er sich, ganz ruhig.

Er sank in den Klangteppich und blendete nach und

nach alle Geräusche aus, bis er nur noch die Stille der Stadt hörte. Und das war sie: still. Nur der Fluss gurgelte leise unter der Brücke.

Finn lauschte, bis er in der Ferne das Klicken von Metall und das Wummern schwerer Schritte auf Beton hörte. Der Mondwandler. Finn wartete angespannt darauf, dass die Geräusche näher kamen, aber stattdessen entfernten sie sich.

»Finn?«, fragte Elli.

Finn öffnete die Augen. »Ich glaube, er sucht in einer anderen Richtung«, sagte er.

Elli atmete aus. »O Mann«, murmelte sie. »Das war knapp.«

Mit einem langen, zitternden Atem ging Finn in die Knie. Jetzt, da die Anspannung nachließ, fühlten sich seine Muskeln wie Gummi an. Rasch sah er nach, ob mit Flöckchen alles in Ordnung war. Der Frosch schaute aus seiner Reisebox zu ihm herauf, schien das Geschüttel bei der Flucht aber gut weggesteckt zu haben.

Finn lehnte sich erschöpft an den Brückenpfeiler, doch nach einer viel zu kurzen Pause richtete er sich auf und wandte sich der Böschung zu.

»Hey!« Elli griff nach seinem Ärmel. »Was hast du vor?«

Verwirrt sah er sie an. »Ich will zurück zum Dornröschenzentrum.«

Elli runzelte die Stirn und stand mühsam auf. »Jetzt gleich? Der Mondwandler läuft hier immer noch irgendwo rum!«

»Ja, aber das heißt doch, dass er gerade nicht auf die Schläfer aufpasst. Wir können zurück und …«

»Und was?«, unterbrach ihn Elli. »Finn, wir haben keine Ahnung, wie wir Samira und die anderen befreien können!«

Die Erwähnung von Samiras Namen versetzte Finn einen Stich. Er sah sie vor sich, wie sie auf dem blauen Polster schlief. Sah das Glas, das sie voneinander trennte.

Dir ist schon klar, dass genau das passiert ist, was du auf keinen Fall wolltest, sagte seine Zweifelstimme. *Du hast Samira im Stich gelassen. Schon wieder.*

Nein. Nein, das hatte er nicht. Er würde zurückgehen und herausfinden, wie man die Glaskapsel öffnete. Es gab einen Weg, um die Schläfer aufzuwecken. Es musste einen Weg geben.

Laut sagte er: »Bestimmt gibt es einen Trick. Flöckchen hat uns an der Kuppel geholfen, vielleicht knackt er auch die Kapsel.« Er nickte hoch in Richtung des Gehwegs. »Komm schon, je schneller wir zurückgehen, umso mehr Zeit haben wir!« Er wollte losklettern, aber Elli hielt ihn wieder am Arm fest.

»Finn, jetzt denk doch mal nach!«, drängte sie. »Was ist mit der Sirene? Sobald du irgendwas mit der Kapsel versuchst, heult die doch sofort wieder los!«

Finn grub die Hände in die Böschung und blickte Elli fest in die Augen. »Du hast gesagt, wir geben nicht auf«, sagte er leise.

»Und das habe ich auch so gemeint«, sagte sie. »Aber schau uns doch an. Wir sind durch! Wir können niemandem helfen, nicht alleine!«

Sie hatte recht. Finn wusste es. Elli hatte einen kaputten

Knöchel, er war mit seinen Kräften am Ende, und sie hatten beide nicht den blassesten Schimmer, was sie als Nächstes tun konnten. Finn wollte es nicht wahrhaben, aber die Verzweiflung kroch an ihm hinauf und legte sich schwer auf seine Schultern.

Nein, wiederholte er. Nein, er würde nicht aufgeben. Er durfte nicht aufgeben. »Wir sind aber alleine«, sagte er. Sanft schob er Ellis Hand von seinem Arm und kletterte entschlossen die Böschung hinauf. Kurz vor der Gehsteigkante sah er ein letztes Mal zurück zu Elli, die seinen Blick mit blassem Gesicht erwiderte. »Versteck dich hier«, sagte er. »Wenn ich es schaffe, Samira und die anderen aufzuwecken, kommen wir dich holen. Ansonsten warte, bis es Tag wird, und geh dann zurück zum Zaun. Erzähl den Elstern und den Erwachsenen, was wir hier gefunden haben.«

Wie würde es seinen Eltern gehen, wenn sie erfuhren, was er getan hatte? Und Oma Vera? Das schlechte Gewissen drückte auf Finns Herz, aber fürs Bereuen war es jetzt zu spät. Er packte die Kante des Gehsteigs, um sich daran hochzuziehen.

»Finn!« Er war schon fast oben, als Elli ihn schließlich doch zum Stoppen brachte.

»Priya und die anderen sind nicht auf der anderen Seite des Zauns«, sagte sie. »Sie sind auf dem Weg hierher.«

Langsam drehte sich Finn zu Elli um und rutschte wieder die Böschung hinunter. »Die Elstern können uns nicht einholen«, sagte er. »Du hast gesagt, sie würden im Nachtschattenwald unsere Spur verlieren.«

Elli starrte schweigend auf ihre Schuhspitzen. Da fiel es Finn wie Schuppen von den Augen. »Du hast gelogen«, sagte er.

»Ein bisschen«, sagte Elli kleinlaut. »Das mit dem Nachtschattenwald stimmt. Normalerweise hätten sie hinter dem Zaun unsere Spur verloren.«

Finn wurde kalt. »Aber?«

»Ich habe ihnen eine Spur gelegt«, gestand Elli. »Aus Peilsendern.« Sie griff in ihre Jackentasche und zog etwas heraus, das so aussah wie eine zu groß geratene Stecknadel. Der runde Kopf des Metallstäbchens blinkte grün. Genauso wie der Peilsender, der sie zu Ellis Baumhaus geführt hatte. »Ich habe sie auf unserem Weg verteilt, damit Yanis und die anderen uns folgen können.«

Wortlos starrte Finn auf den Sender. Ihre Reise durch den Wald spulte sich vor seinem inneren Auge ab. Wie oft war Elli entweder alleine vorausgegangen oder hatte sich ein paar Schritte zurückfallen lassen. So viele Gelegenheiten, Peilsender anzubringen, während Finn nichts ahnend vor sich hin spazierte.

Elli erzählte indessen weiter, als wäre ein Damm gebrochen. »Nachdem ihr aus dem Dachgarten gerannt seid, sind Priya und ich euch gefolgt. Wir wollten euch den Frosch abnehmen, aber dann habt ihr euch entschlossen, das Lager des Mondwandlers auf eigene Faust zu suchen.

Priya wusste sofort, dass das unsere beste Chance war, den Plan doch noch in die Tat umzusetzen. Freiwillig würdet ihr uns nicht helfen, aber wenn ihr glauben würdet, dass ich auf eurer Seite bin …«

»… dann könntest du dafür sorgen, dass wir den Elstern direkt in die Hände spielen«, sagte Finn.

Elli wich wieder seinem Blick aus. »Ich sollte so tun, als ob ich die Gang verrate«, sagte sie. »Priya weiß, wo die Schutzhütte meiner Mum ist. Wir hatten abgemacht, dass ich dort mit euch einen Zwischenstopp einlege. Meine Mutter hat Peilsender in der Hütte gebunkert, die hab ich eingesteckt und damit den Weg markiert, den wir gegangen sind.«

»Wie eine Spur aus Brotkrumen«, sagte Finn und sackte zusammen.

Wie bescheuert war er eigentlich gewesen?

Elli schob den Peilsender zurück in ihre Tasche und schlang die Arme um ihren Oberkörper. »Es tut mir leid, okay«, sagte sie. »Aber ihr habt uns keine andere Wahl gelassen!«

Sie stand direkt vor ihm, aber Finn sah sie nicht einmal mehr richtig. Sie hatte ihn angelogen. Hatte ihn von Anfang an an der Nase herumgeführt. Ihn und Samira.

Er dachte daran, wie Samira die Libellen verscheucht und danach Ellis Knöchel verarztet hatte. Wie er Elli die Leiter hinaufgeschleppt hatte, während Samira –

Wut brodelte in ihm hoch wie eine giftige Rauchwolke.

»Finn.« Elli ging mit vor Schmerz verzerrtem Gesicht vor ihm in die Hocke, aber er sprang so schnell auf, dass sie vor Schreck nach hinten kippte.

»Die ganze Zeit!«, rief er. »Die ganze Zeit …« Er fuhr sich mit der Hand durch die Haare, drehte sich um, ging zum Rand des Kanals und ballte die Fäuste. Wütend. Er war so verdammt wütend.

Elli rappelte sich hoch. »Ich wollte es euch sagen«, sagte sie schnell. »Aber Priya hat gesagt …« Sie verstummte und fuhr dann mit leiserer Stimme fort. »Ich habe wirklich geglaubt, dass die Nachtschwärmer nicht mehr leben«, sagte sie. »Dass das Feuer nur den Mondwandler ausschaltet. Ich habe gedacht, dass er das verdient hat. Und ich war sauer, weil ihr das nicht eingesehen habt! Aber dann, nach dem Video … und Samira …« Sie brach ab und gab einen unglücklichen Laut von sich, der in Finns Ohren ploppte wie ein Korken.

»Nachdem Samira ihr Leben für uns aufs Spiel gesetzt hat, meinst du?«, fragte Finn. »Nachdem sie sich für uns vor den Mondwandler geworfen hat, da hast du gedacht, es ist vielleicht nicht so cool, uns anzulügen?«

»Ich hab mich geirrt, okay?«

Finn schloss die Augen. Das Wasser vor seinen Füßen gurgelte und wisperte, während es an den Betonwänden des Kanals entlang glitt.

»Ich hätte euch früher die Wahrheit sagen sollen«, fügte Elli hinzu. »Aber ihr wart so überzeugt davon, dass man die Nachtschwärmer retten kann, und das hat mich auch wütend gemacht. Ich weiß nicht mal, wieso.«

Finn hörte ihr kaum zu. Seine Gedanken überschlugen sich, und das Rauschen des Flusses wurde immer aufdringlicher. Die Elstern waren ihnen die ganze Zeit auf den

Fersen. Hatten sie sie beobachtet und sich ins Fäustchen gelacht, während Finn und die anderen durch den Wald geirrt oder vor Mörderinsekten davongerannt waren? Und wie nah waren sie gewesen, als der Mondwandler die Forschungsstation überfallen hatte? Hatten sie mitbekommen, wie Samira entführt wurde? Ohne einzugreifen?

Ein Verdacht schoss ihm durch den Kopf. Er fuhr zu Elli herum. »Du hast mir gesagt, dass wir Mira zurücklassen müssen«, sagte er, und jetzt flutete Hitze seinen ganzen Körper. »Du wolltest, dass wir sie im Stich lassen!«

»Was?«, rief Elli empört. »Nein!«

»Du wolltest, dass wir weitergehen, damit ich dich zum Lager des Mondwandlers führe«, fuhr Finn fort. »Damit deine ach so tollen Bosse ihren Plan ausführen können!«

»Nein!«, wiederholte Elli, aber Finn sah jetzt rot.

»Wo waren sie?«, rief er und ging dabei auf Elli zu, die vor ihm zurückwich, bis sie mit dem Rücken an die Böschung stieß. »Wo waren die Elstern, als der Mondwandler Samira geholt hat? Sie hätten uns helfen können! Sie hätten Samira retten können!«

»Sie waren noch nicht da«, sagte Elli, »Sie wollten Abstand halten, weil …«

Finn wischte ihre Worte beiseite, ging an ihr vorbei und kletterte die Böschung hinauf.

»Jetzt hör mir doch zu!«, rief Elli ihm hinterher. Finn ignorierte sie und schwang sich hoch auf den Gehweg. Er wollte gar nichts mehr hören.

Während ihrer Reise durch den Nachtschattenwald hatte er es beinahe vergessen, aber jetzt wurde es Finn wieder bewusst: Er konnte seine Geräuschantennen nicht abschalten. Er konnte sie nicht mal richtig kontrollieren. Besonders dann nicht, wenn seine Gefühle Purzelbäume schlugen.

Der Riemen der Reisebox knirschte, während er die Straße in Richtung Dornröschenzentrum zurückstapfte. Der Stoff seiner Jacke zischte, wenn sein Ärmel seine Seite streifte. Nichts davon war harmonisch. Die Geräusche fühlten sich so an, als ob ständig Hände an ihm herumzupfen würden.

Finn schüttelte den Kopf, aber natürlich konnte er dadurch die Geräusche nicht verscheuchen. Hinter ihm trommelten Stiefel über den Asphalt und kündigten Elli an.

»Warte doch!« Ihre Stimme kratzte über seine Haut wie eine Käsereibe. »Was genau ist denn bitte schön dein Plan?«

Humpelnd holte sie ihn ein, aber Finn ging weiter. »Ich hab's dir gesagt«, knirschte er. »Zurück zum Dornröschenzentrum.«

Er schüttelte ihre Hand ab und bog in eine schmale Seitengasse. Ihre Schritte hallten noch lauter zwischen den Hauswänden. Kurz darauf fand sich Finn vor einem Gittertor wieder, das den Weg versperrte. Sackgasse. Er rüttelte am Türgriff, und das Rasseln des verschlossenen Tors ging ihm durch Mark und Bein.

Kurz drückte er die Stirn gegen die Stäbe, dann drehte er sich um und lehnte sich mit dem Rücken an das Tor.

Elli nahm das Gewicht von ihrem verstauchten Knöchel. »Hier herumzulaufen ist gefährlich«, sagte sie schließlich.

»Der Mondwandler kann jeden Moment um die Ecke biegen. Und es bringt doch auch nichts, jetzt wild drauf loszustürmen! Wir müssen uns eine Strategie überlegen. Klug sein.« Sie schob sich eine lose Strähne aus der Stirn, und Finn hörte das Knistern ihrer Haare. »Wenn Samira hier wäre, dann würde sie uns genau dasselbe sagen.«

»Du hast keine Ahnung, was Samira sagen würde«, erwiderte Finn mit rauer Stimme. In seinen Ohren drängten sich viel mehr Geräusche, als sein Umfeld eigentlich erzeugen sollte. Sein eigener Herzschlag pulsierte in seinen Ohrmuscheln. Flöckchen krispelte in seiner Box, irgendwo wisperte etwas Weiches gegen Beton, Ellis Lederjacke knirschte, und ein hoher Piepton mischte sich zwischen alles, war da und wieder weg und wieder da. Von dem Chaos wurde Finn ganz schwindelig. Er kniff die Augen zusammen, doch das machte es nicht besser.

Er sah zu Elli, die ihn mit besorgtem Gesicht musterte. »Du hast keine Ahnung«, wiederholte er. »Du kennst Samira nicht, aber bei einem kannst du dir hundertpro sicher sein: Sie würde ihre Freunde nie verraten. Ich schätze, das waren wir nie, oder? Freunde?«

Elli versteifte sich. Finns Worte schienen sie zu verletzen, was er schon ein ziemlich starkes Stück fand.

»Wenn wir warten, bis Priya und die anderen hier sind, können wir zusammen überlegen, was zu tun ist«, behauptete sie hartnäckig. »Jetzt, wo wir Beweise haben, dass die Nachtschwärmer nur schlafen, werden sie einen anderen Plan schmieden wollen!«

Finn presste die Handwurzeln gegen seine Stirn. In seinem Kopf drehte sich alles. »Glaubst du im Ernst, dass ich euch nach all dem vertraue? Dass ich dir vertraue?«

»Ich hab gesagt, es tut mir leid!«, rief Elli und bei der Lautstärke ihrer Stimme verkrampfte sich Finns Magen. »Was soll ich denn noch …«

Das Fiepgeräusch war jetzt so intensiv, dass Finn Kopfschmerzen davon bekam. Er rutschte an dem Tor hinunter, bis er auf dem Boden saß. Das Fiepen bohrte sich in seine Ohren, und dahinter hörte er … Schritte. Ein Schaben, ein Flüstern und das Klappern von Metall. Oder war das doch nur das Rauschen seines Blutes, das er hörte? Wenn er die Geräusche nur auseinanderhalten könnte! Finn presste die Hände über die Ohren, aber jetzt spürte er die Vibration in den Zaunstäben an seinem Rücken. Elli rief ihm etwas zu, aber ihre Stimme klang verzerrt, so als ob sie unter Wasser nach ihm rufen würde. Seine Nackenhaare richteten sich auf. Jemand kommt! Finn wollte Elli warnen, aber in dem ganzen Lärm fand er seine Stimme nicht. Er sah die Gasse hinunter, doch vor seinen Augen tanzten schwarze Pünktchen. Am Eingang der Gasse sammelte sich eine Schar dunkler Gestalten, so viel sah er noch, dann verlor er das Bewusstsein.

20
Die Stadt erwacht

Jemand hatte ihm etwas Weiches wie ein Kissen unter den Kopf gelegt. Finn tastete über zusammengefalteten Stoff und drehte sich auf den Rücken. Ein paar Sekunden lang wartete er angespannt darauf, dass ihn eine neue Welle an Geräuschen überrollen würde. Doch zumindest für den Moment hatte sich die Lärmflut zurückgezogen.

Erleichtert atmete Finn aus und schlug die Augen auf. Sofort war ihm klar, dass er sich nicht mehr in der Sackgasse befand. Hoch über ihm wölbte sich ein Glasdach wie ein Baldachin. Es war immer noch Nacht, auch wenn ihm der Himmel ein wenig blauer, ein wenig heller vorkam.

»Geht's wieder?«, fragte eine dunkle Stimme.

Erschrocken drehte Finn sich um. Auf einem eigenartig geschwungenen Klotz aus Stein saß Hark. Er hatte sich mit den Ellbogen auf die Knie gestützt und beobachtete Finn mit entspannter Miene. Er trug schwarze Klamotten, hochgeschlossene Stiefel und das dunkle Halstuch der Elstern. Die gleiche Ausstattung, die Yanis und das Überfallkommando angehabt hatten.

Da machte es endlich Klick in Finns Kopf. Die Elstern waren hier! Es waren ihre Schritte gewesen, die er vor seiner Ohnmacht gehört hatte.

Rasch setzte er sich auf und sah sich um. Er befand sich auf einem überdachten Platz zwischen zwei langgezogenen Häuserfronten. Der Boden war mit einem wellenförmigen Muster aus Steinplatten gepflastert, und hier und da standen Steinklötze wie der, auf dem Hark saß. Bänke, begriff Finn. Eine Reihe aus dürren, seltsam knorpeligen Pfosten säumte den Platz an beiden Seiten.

Nicht weit entfernt stand eine Gruppe Elstern um einen Haufen Gerätschaften herum, die Finn im Zwielicht nicht richtig erkennen konnte. Weitere Elstern standen an den Ausgängen des Platzes und schienen Wache zu halten.

Finns Muskeln spannten sich an. Samira und er hatten bei ihrer Flucht ein ganz schönes Chaos hinterlassen, aber zumindest im Moment schienen die Elstern nicht darauf aus zu sein, ihn für die Zerstörung ihres Dachgartens in die Mangel zu nehmen.

»Hier«, sagte Hark und hielt Finn eine Trinkflasche hin. »Trink was, dann geht's dir besser.«

Immer noch überrumpelt vom Auftauchen der Elstern und dem Ortswechsel, nahm Finn erst einen Schluck – und trank dann die Flasche leer. Das Wasser löschte nicht nur seinen Durst, sondern klärte auch seinen Kopf. Er wollte die Flasche schon an Hark zurückreichen, als er bemerkte, dass ihm etwas Entscheidendes fehlte.

Flöckchen! Hastig tastete Finn über seine Brust, aber der Riemen war fort und die Tragebox auch.

»Keine Angst«, sagte Hark. »Dem Hüpfer geht es gut.« Er beugte sich zur Seite, holte die Tragebox hinter der Bank hervor und gab sie Finn zurück. Schnell drückte Finn die

Box an sich. Als er die Hand hineinhielt, kletterte Flöckchen sofort daran herauf. Seit sie die Kuppel betreten hatten, leuchtete Flöckchen ununterbrochen. Der milchige Schimmer schwebte wie eine Aura um seinen Körper und streifte über Finns Haut.

Alles heil, dachte Finn, während Flöckchen sich an seinem Unterarm entlanghangelte. Zum Glück!

Hark wartete, bis Finn den Frosch zurück in die Box gesetzt hatte, dann nickte er in die Richtung einer weiteren Gruppe, die am Rand des Platzes stand. »Elli erzählt Priya und Yanis gerade, was ihr alles erlebt habt«, sagte Hark. »Willst du bei dem Gespräch dabei sein?«

Harks Freundlichkeit verwirrte ihn noch mehr, aber er nickte. »Ja«, sagte er und gab Hark die Wasserflasche zurück. »Danke.«

Hark half ihm auf die Beine, und sie gingen hinüber zu Priya und den anderen. Beim Näherkommen hörte Finn ihre gedämpften Stimmen, aber der Geräuschpegel hielt sich im Zaum. Tatsächlich war die Stadt wieder in ihre geisterhafte Stille versunken.

Finns Blick huschte von einer Seite des Platzes zur anderen. Eigentlich hätte er froh sein müssen, dass sein Gehör nicht mehr gereizt wurde. Dennoch wurde er das Gefühl nicht los, dass etwas nicht stimmte. Die Stadt lag zwar ruhig da, aber die Stille hatte etwas Lauerndes. Finn dachte an graue Wespennester, die bei der geringsten Berührung anfangen würden zu brummen und zu surren.

Priya, Yanis und die anderen Elstern standen direkt hinter einem der dürren Pfosten. Beim Näherkommen erkannte Finn, dass es sich dabei um einen dünnen, abgestorbenen Baum handelte. Er war die erste Pflanze, die er unter der Kuppel sah – und in ihr war keinerlei Leben mehr. Im Vorbeigehen berührte er den Stamm. Die Rinde fühlte sich trocken und bröselig an, wie angebranntes Backpapier.

»… und wie viele Kapseln, sagst du, standen dort?«, fragte Priya gerade, als Hark und Finn die Gruppe erreichten.

»Zweihundert, mindestens«, sagte Elli. »Wahrscheinlich mehr. Und die anderen Räume haben wir nicht überprüft.«

Bei seiner Ankunft stellte sich Hark neben Yanis, und Priya nickte Finn zu. Elli warf ihm einen besorgten Blick zu, wandte sich aber sofort wieder an die Anführer der Elstern. »Es stimmt alles! Der Mondwandler sammelt die Nachtschwärmer ein und versetzt sie in einen künstlichen Schlaf.«

»Der Mondwandler«, wiederholte Priya in skeptischem Ton. »Der eine Maschine ist.«

»Ein Roboter oder so was«, bestätigte Elli. Sie drehte sich zu Finn, als ob sie seine Unterstützung erwartete, aber ihm fehlten im Moment die Worte. Wenn er in sich hineinspürte, fand er immer noch ein paar Funken der Wut, die ihr Verrat in ihm angefacht hatte, aber seine Ohnmacht hatte ihn aus dem Gleichgewicht geworfen. Er hatte das Gefühl, als wären die Geschehnisse ohne ihn vorangeprescht und er hatte Schwierigkeiten, aufzuholen.

»Das ist doch Bullshit«, beschwerte sich Yanis. »Warum sollte sich jemand einen Roboterwolf bauen?«

»Mir erscheint das schon logisch«, schaltete Hark sich ein. »Das Schlafprogramm und der Versuch, die Natur mit irgendwelchen chemischen Mitteln schneller wachsen zu lassen: Das würde vieles erklären. Kannst du dir nicht vorstellen, dass die Menschen früher einen Notfallplan entwickelt haben?«

Yanis schnaubte. »Doch, das glaube ich sofort. Aber dass das alles noch so funktioniert, wie sie es sich ausgemalt haben? Keine Chance. Ich würde eher sagen, dass die Deppen alles vermasselt haben: Sie haben ein Schlafprogramm entwickelt, aus dem niemand mehr aufwacht, und die Natur so aufgeputscht, dass sie die Menschheit unter sich begräbt. Sie haben die Zerstörung der Welt gegen die Zerstörung der Menschheit ausgetauscht, ganz clever. Und ich wiederhole: Warum sollten sie einen mechanischen Wolf bauen, um Menschen einzusammeln? Das ist doch irre! Die waren alle komplett wahnsinnig, so sieht's aus.«

»Keine Ahnung, warum sie den Wolf gebaut haben«, sagte Elli. »Ist das überhaupt wichtig? Wir lagen falsch, die Menschen, die entführt wurden, schlafen tatsächlich. Darauf müssen wir uns konzentrieren!«

»Oh, komm schon!« Yanis spie die Worte förmlich aus. Er wandte sich an Priya und Hark. »Diese Grünschnäbel haben keine Ahnung, was sie in dieser Halle gesehen haben. Wahrscheinlich waren das verdammte Särge.«

Das rüttelte Finn nun doch aus seinem Dämmerzustand.

»Elli sagt die Wahrheit!«, mischte er sich ein. »Die Nachtschwärmer schlafen.«

»Sieh an, er spricht«, ätzte Yanis mit einem abschätzigen Blick in Finns Richtung. »Und woher willst du das wissen?«

»Wir haben sie gesehen«, setzte Finn an, aber Yanis unterbrach ihn sofort.

»Du hast gesehen, wie Menschen in versiegelten Glaskästen liegen, ohne sich zu bewegen«, sagte er. »Der Rest ist Wunschdenken.«

Finn ballte die Fäuste, und die Wutfunken in seinem Bauch glommen neu auf. Wie stur konnte man denn sein?

Elli blieb beharrlich. »Du warst nicht dabei, Yanis«, sagte sie. »Sie schlafen, da bin ich mir sicher.«

Yanis winkte ab, und Finn setzte schon an, ihm ganz genau zu sagen, was er von seiner Verbohrtheit hielt, als er über ihren Köpfen etwas trappeln hörte. Rasch sah er hoch, aber da war das Geräusch auch schon wieder verstummt.

Elli wandte sich an Priya. »Wir müssen nur einen Weg am Mondwandler vorbei finden, um sie zu retten«, drängte sie. »Wenn wir bis zur nächsten Nacht warten, zieht er wieder los, und wir können rausfinden, wie man die Kapseln öffnet.«

»Ich weiß nicht, Elli«, sagte Priya. »Du hast gesagt, an den Kapseln gab es keine Schalter, keine Displays, keine Schlösser, nichts. Das deutet eher darauf hin, dass sie nicht mehr geöffnet werden sollen, nachdem sie einmal verschlossen wurden.«

Finn wollte widersprechen, aber sein Blick huschte wieder die Hauswand hinauf. Er hätte schwören können, dass dort oben etwas geblitzt hatte. Unwillkürlich fiel ihm das Geistermädchen ein, das er beim Betreten der Stadt gesehen hatte. Sollte er die Elstern warnen? Nein, wenn er jetzt von irgendwelchen Spukgestalten anfing, dann würde Yanis ihn überhaupt nicht mehr ernst nehmen.

Er suchte die Hauswand ab und spürte, wie seine Antennen sich wieder ausstreckten. Zaghaft, wie die weichen Tentakel einer Seeanemone, tasteten seine Sinne nach ungewöhnlichen Anzeichen. Da. Da war es wieder. Ein Kratzen, ein trockenes Knistern. Kurz da, und sofort wieder weg. Vorhin hatte er noch gedacht, dass er in der Sackgasse vor seiner Ohnmacht nur die Elstern gehört hatte. Aber was, wenn da noch etwas anderes in der Stadt war, etwas …

»Finn! Hey.« Elli rüttelte ihn an der Schulter.

Finn schauderte und senkte seinen Blick in die Runde. Alle starrten ihn an, und erschrocken fragte er sich, wie viel Zeit eben vergangen war.

Elli runzelte die Stirn. »Priya hat gefragt, ob du irgendetwas Besonderes gehört hast, als du neben Samiras Glaskapsel gestanden bist.«

»Ich bin mir nicht sicher«, sagte Finn langsam. »Ich hab mich nicht richtig konzentriert.« Hätte er genauer hinhören müssen? Die Frage bereitete ihm Unbehagen, aber gleichzeitig konnte er sich auch jetzt nicht richtig auf sie einlassen, denn seine Antennen streckten sich immer noch in Richtung der Hauswände aus.

»Warum machen wir es überhaupt so kompliziert?«, mischte sich Yanis ein. »Wir haben einen Plan, einen guten Plan.« Er deutete in Richtung der Elstern, die einen Haufen klobiger Rucksäcke zu bewachen schienen. »Wir sind hier, wir haben den Brandbeschleuniger, worauf warten wir?«

»Wir können das Feuer nicht einsetzen!«, rief Elli entsetzt. »Nicht im Dornröschenzentrum!«

»So nah müssen wir gar nicht ran«, sagte Yanis. »Wir zünden einfach die ganze Stadt an, und die Kuppel wird das Feuer genau hier halten, ohne dass es nach draußen ausbricht. Das macht die Sache noch einfacher!«

»Jetzt mal langsam«, begann Priya. »Wir müssen das überdenken.«

»Nein, müssen wir nicht«, widersprach Yanis. »Wir müssen handeln, und zwar schnell.«

»Yanis«, begann Hark, aber der ließ sich nicht bremsen.

»Jetzt haben wir vielleicht noch den Vorteil, dass wir den Mondwandler überraschen, aber das wird nicht lange dauern. Wenn er tatsächlich in der Stadt herumstreunt, kann er uns jeden Augenblick finden, und was dann?« Er verengte seine Augen zu Schlitzen. »Ich werde uns nicht in einen weiteren Kampf mit ihm verwickeln lassen, bloß weil zwei Kinder sich an ein Märchen klammern.«

»Hey«, protestierte Finn, und für einen Augenblick vergaß er die seltsamen Geräusche über ihren Köpfen.

»Jetzt hör mal zu«, zischte Elli und baute sich vor Yanis auf. »Ich weiß, wie's dir geht! Ich versteh dich! Ich wollte auch nicht glauben, dass die Nachtschwärmer nur schlafen. Ich *wollte*, dass wir den Mondwandler einfach erledigen.

Weil Rache einfacher ist als Hoffnung, richtig? Hoffnung macht dich verwundbar.«

Überrascht sah Finn sie an. Elli hatte die Fäuste geballt, doch der Blick, mit dem sie Yanis entgegenstarrte, war beinahe flehentlich.

»Red keinen Stuss«, sagte Yanis, aber zum ersten Mal kroch eine zögerliche Note in seine Stimme. Hark legte ihm die Hand auf die Schulter, und Yanis schien sich instinktiv in die Berührung zu lehnen. Doch dann schob er Harks Hand weg und tippte stattdessen an seine Brust, dorthin, wo er die Narben vom letzten Angriff des Mondwandlers trug.

»Wir *sind* verwundbar«, sagte Yanis. »Jeden Tag und jede Nacht, solange dieses Monster durch den Wald jagt. Und je länger wir hier rumstehen und diskutieren …«

Yanis sprach weiter, aber Finn hörte ihm nicht mehr zu. Stattdessen konzentrierte er sich auf ein anderes Geräusch. Ein Geräusch, dass er auf keinen Fall hatte hören wollen. Und es kam nicht von der Hauswand, sondern von der Straße. Gänsehaut kroch über Finns Rücken im selben Moment, als Hark zusammenfuhr.

»Wartet!«, zischte Hark. »Hört ihr das auch?«

Alle verstummten, sogar Yanis. Ihre Blicke wandten sich dem vorderen Ausgang des Platzes zu, als würden sie magnetisch angezogen.

Finns Mund war staubtrocken. Bitte nicht, dachte er. Oh, bitte nicht.

Es dauerte nur eine Sekunde, dann drehte sich eine der Wachen um und winkte hektisch mit ihrem Glow Glove.

»Oh, verdammt«, fluchte Priya.

»Etwas kommt«, sagte Hark, und jetzt hörten sie es alle. Das Klicken von stählernen Krallen und das dumpfe Wummern schwerer Schritte.

»Finn?«, fragte Elli mit matter Stimme.

»Der Mondwandler«, bestätigte er. Der donnernde Rhythmus schwerer Schritte erschütterte den Boden unter Finns Fußsohlen.

Priya stieß einen leisen Pfiff aus. Sofort luden sich die Elstern, die die Ausrüstung des Trupps bewachten, die klobigen Rucksäcke auf den Rücken. Mondlicht glitt über Metall, und nun erkannte Finn, dass die Elstern große geschmiedete Behälter mitgebracht hatten. Sie hatten Schläuche an die Zylinder geschraubt, und die hielten sie nun wie Gewehre in den Händen.

»Rückzug?«, fragte Hark.

Priya nickte. »Ja, schnell.«

Doch Finn wusste, dass es schon zu spät war. Seine Nackenhaare richteten sich auf. Nicht nur von der Straße her näherte sich Gefahr.

»Elli«, sagte er, aber niemand beachtete ihn. Die Elstern wichen leise, aber hektisch zurück in Richtung des hinteren Endes des Platzes. Die Schritte des Mondwandlers wurden lauter, aber das war nicht der Grund, warum sich Finns Nackenhaare aufrichteten. Während sich alle anderen auf das *Klick-Wumm* der Wolfstatzen konzentrierten, regte sich etwas anderes oben über dem Platz. Es klang so, als ob winzige Füßchen über die Hauswände trippelten.

»Leute …«, begann Finn, aber die Elstern konzentrierten sich alle auf die Mündung des Platzes. Ein Schnauben und Zischen ertönte, dann trat der Mondwandler hinter der rechten Häuserfront hervor. Er ging zwei Schritte die Straße entlang und drehte den Kopf in Richtung des Platzes.

»Verdammte Sch…«, hauchte Priya im selben Moment, als Hark rief: »Yanis, nicht!«

Doch Yanis rannte bereits auf den Mondwandler zu. Er bewegte sich leichtfüßig und schnell. In seiner Hand hielt er eine Art Ball, der Finn an Samiras Knallgrünkugeln erinnerte. Er fragte sich noch, was um Himmels willen Yanis vorhatte, da sprang der auf eine der Bänke und schleuderte den Ball in Richtung des Mondwandlers. Es machte *Klick!*, dann schlug der Ball vor dem Mondwandler auf und explodierte in einem Wirbel aus orangefarbenen Flammen. Finn sog scharf die Luft ein, Elli schrie auf, und dann brach das Chaos aus.

Die Sirene heulte los, sobald Yanis' Brandkugel explodiert war. Im selben Moment schrien mehrere Elstern auf und deuteten nach oben. Finn blickte hoch, sah die Lichter, die dort aufflammten, und erkannte endlich die Urheber der trappelnden Geräusche. Auch wenn er sie lieber nicht gesehen hätte.

Die Häuser waren über und über bedeckt mit riesigen Insekten, deren wespenähnliche Körper weiß glühten. Rasant wie eine Lawine krabbelten sie von den Dächern aus an den Wänden hinunter, stießen sich ab und surrten mit knatternden Flügeln durch die Luft.

»Verdammt, verdammt, *verdammt*«, fluchte Priya, dann röhrte plötzlich eine Stichflamme an ihnen vorbei. Finn fuhr herum und sah eine der Elstern mit einem der Kanister auf dem Rücken. Sie hielt den Schlauch in den behandschuhten Händen und zielte mit dem Flammenwerfer auf die Leuchtwespen.

Finn stolperte zurück, bis er mit dem Rücken gegen eine Hauswand stieß. Irgendwo rechts von ihm röhrte ein weiterer Flammenstrahl durch die Luft, und eine zweite Sirene jaulte in die Nacht hinein. Priya rannte auf die Elstern mit den Flammenwerfern zu und schrie »Nicht!«, aber es war schon zu spät. Überall wurde Feuer durch die Gegend geschossen, und das machte die Leuchtwespen nur noch wütender. Sie stürzten sich auf die Elstern, genauso wie sich die Libellen im Wald auf Samira, Elli und Finn gestürzt hatten. Nur dass diese Wespen ungleich größer waren, und das Feuer schien ihnen absolut nichts anzuhaben. Der orangefarbene Schein der Flammen spiegelte sich auf ihren silbernen Körpern, und es dauerte keine zwei Sekunden, bis Finn begriff, dass es sich bei den Wespen ebenfalls um Maschinen handelte.

Finns Blick huschte hektisch nach rechts, und das Entsetzen schoss ihm wie Eiswasser in die Glieder. Eine Wand aus wild loderndem Feuer versperrte jetzt den Ausgang des Platzes, aber durch die Flammen drang nah über dem Boden eine Wolkenbank aus silbernem Rauch. Während zwei

Elstern die Feuerbarrikade mit ihren Brandkanonen aufrechterhielten, trat der Mondwandler durch die Flammen, als wären sie nichts weiter als ein Vorhang.

Eine Wespe zischte an Finns Gesicht vorbei, und er duckte sich erschrocken. Überall toste Feuer, rauschten Flügel, schrien die Elstern und heulten die Sirenen. Panisch sah Finn sich um, als ihn jemand am Ärmel packte und mit sich zerrte. Elli!

Sie rannte mit Finn zwischen den Bänken hindurch, wich Wespen und Elstern aus, bis sie es ins hintere Drittel des Platzes geschafft hatten. Hier kämpften Priya und andere Elstern gegen die Wespen, die sich mit blitzenden Stacheln auf sie stürzten. Elli sah, wie die Wespen Priya umzingelten, und ihr Gesicht verzerrte sich vor Wut und Angst.

»Finn!«, rief Elli. Sie deutete auf eine Lücke zwischen den Kämpfenden. »Lauf!«, rief sie, und als er nicht gleich gehorchte, stieß sie ihn gegen die Schulter. »Lauf!«, wiederholte sie. »Rette Samira und meine Mama, wenn du kannst!«

»Was?«, krächzte Finn. »Aber wie soll ich sie unter all den anderen erkenn-«

Er hatte nicht mal ganz zu Ende gesprochen, da schossen zwei Wespen zwischen ihnen hindurch, und ein Feuerball schlug nur wenige Meter neben ihm auf. Finn torkelte rückwärts, und Elli verschwand hinter den Flammen. Das Kreischen der Sirene bohrte sich in seinen Kopf, und das ganze Chaos verschmolz zu einem Wirbel aus Farben, grellen Lichtern und Lärm.

Irgendjemand rempelte ihn an, stieß ihn zur Seite, und jemand anderes schrie: »Lauft weg!«

Finn rieb sich mit der Hand über die vom Rauch tränenden Augen, drehte sich um und rannte los.

21
Das Geistermädchen

Finn floh durch einen Dschungel aus explodierenden Feuerbällen und dröhnenden Wespenschwärmen. Überall um ihn herum erwachte die Stadt zum Leben. Leuchtschriften flackerten über Fensterscheiben, und blaue Lichtlinien zuckten wie Blitze über den Boden. Und die ganze Zeit über kreischte der mehrstimmige Alarm.

Finn rannte blindlings durch Gassen und über Brücken, bis er zu einer schmalen Lücke zwischen zwei Häusern kam. Er zwängte sich hindurch, und als er am anderen Ende herauskam, fand er sich auf einem Platz wieder.

Nur wenige Meter entfernt führten breite, flache Stufen wie ein Trichter hinunter zu einem kreisrunden Becken, das bis zum Rand mit Wasser gefüllt war. Finn lief die Stufen hinunter, rutschte aus, fing sich gerade so und ließ sich dann am Rand des Teichs auf den Boden sinken. Ein paar Häuserblöcke entfernt heulten die Sirenen immer noch, und ein orangefarbener Schein quoll über die Dächer hinauf zur Kuppel.

Der Lärm der Straßenschlacht hallte in Finns Ohren wie ein Echo, das nicht verklingen wollte. Dazwischen mischten sich Bilder von herumsausenden Metallwespen und Elli, die Priya und den anderen Elstern zur Hilfe eilte.

Lauf!, schrie Ellis Stimme in seinem Kopf. Das Sirenengeheul wand sich durch seine Gedanken, und der Piepton, den er schon zuvor gehört hatte, drängte in seine Ohren, bis er sie zu verstopfen schien.

Erneut wurde ihm schwindelig, und die Stufen unter ihm schienen zu schwanken. In der Vergangenheit hatte es Momente gegeben, in denen ihn Geräusche abgelenkt oder beunruhigt hatten. Aber so übel wie in dieser Stadt war es ihm noch nie gegangen.

Warum war er hergekommen? Warum nur war er hierhergekommen?

Er rollte sich zusammen und presste sich beide Hände über die Ohren. Als das nichts brachte, summte er vor sich hin. Ganz automatisch tastete er nach seiner Jackentasche, um nach seinen Kopfhörern zu suchen. Dass er die längst nicht mehr hatte, konnte sein Verstand in diesem Moment weder begreifen noch akzeptieren.

Finn kniff die Augen fest zusammen, schob seine Hand in die Jackentasche und fand, anstatt der Ohrstöpsel, Hannahs Pandamütze. Er hielt inne. Das Kunstfell fühlte sich weich und kühl an, und für den Bruchteil einer Sekunde nahm er etwas anderes wahr als den Strudel wildgewordener Geräusche.

Mit zitternden Fingern zog er die Mütze heraus, presste sie gegen seine Brust und rollte sich noch enger zusammen. Immer wieder grub er die Finger in das seidige Fell, tastete über die Perlenaugen und das kleine Herz, das Hannah auf die Mütze genäht hatte. Er legte den Daumen auf das Filzherz, und langsam, ganz langsam, verklangen die Geräusche und deren Echos in seinem Kopf. Das Chaos seiner wirbelnden Gedanken legte sich, bis schließlich nur ein Bild übrig blieb: Hannah auf ihrer Baumwurzel, den Zeichenblock auf den Knien, die Pandamütze auf dem Kopf.

Finn hielt sich an dieser Erinnerung fest, bis er wieder das Gefühl hatte, auf sicherem Boden zu stehen. Ganz entfernt hörte er seine eigene piepsige Stimme und Hannahs Antwort.

»Wo wohnen denn die Waldgeister?«

»Überall! Unter Kleeblättern und in Astlöchern. Man sieht sie nur sehr selten, aber wenn du ganz still bist, dann kannst du sie lachen oder rascheln hören.«

Vor seinem inneren Auge sah Finn Hannahs Hand, die mit einem grünen Stift einen Waldgeist auf ihren Block malte. Es war ein kugeliges, kleines Wesen, das ein Kleeblatt wie einen Schirm über seinen Kopf hielt.

Nachdem Hannah verschwunden war, hatte sich Finn diese und andere Zeichnungen tausendmal angesehen. Der Block lag zu Hause in seiner Nachttischschublade. Es hatte ihm jedes Mal einen Stich versetzt, wenn er ihn durchgeblättert hatte und zu den leeren Seiten nach der letzten Zeichnung gekommen war.

Finn spürte, wie ihm die Tränen kamen. Rasch kniff er die Lider noch fester zusammen, dann schob er die Erinnerung beiseite und öffnete die Augen. Er fühlte sich wie gerädert. Seine Beine taten ihm weh, und sein Kopf pochte. Mühsam lehnte er sich vor, tauchte die Hand in den Teich und spritzte sich etwas Wasser ins Gesicht. Er hatte Durst, aber zu trinken traute er sich nicht.

Mit der nassen Hand wischte er sich übers Gesicht, dann richtete er sich auf. Rings um den Teich war es düster und ruhig, wie in einer Oase aus Stein und Beton. Der Sirenenlärm war verstummt, aber Finn zweifelte keine Sekunde daran, dass irgendwo weiter entfernt Elli und die Elstern noch immer gegen den Mondwandler und die Wespen kämpften. Je länger er darüber nachdachte, umso mehr fühlte es sich so an, als ob die Stadt selbst sich auf die Eindringlinge gestürzt hatte.

Und was tat er? Er lief davon und versteckte sich. Andere stellten sich den Gefahren, und er lief weg. Das war's, was er konnte. Finn vergrub das Gesicht in den Händen.

Er hatte so ziemlich alles versemmelt. Er hatte den falschen Leuten vertraut. Den Erwachsenen, die ihm immer wieder gesagt hatten, dass er sich an die Regeln halten musste – ohne ihm je zu sagen, was wirklich mit Hannah passiert war. Warum? Weil sie genau gewusst hatten, dass er dann nicht still zu Hause hätte sitzen können? Und dann war da Elli, die seine Leichtgläubigkeit ausgenutzt und ihn nach Strich und Faden belogen hatte.

Vor allem jedoch hatte er sich etwas zugetraut, was er nie und nimmer schaffen konnte. Er hatte seine eigenen Fähigkeiten überschätzt. *Superboy.* Ellis Spitzname für ihn war doch nichts weiter als ein schlechter Witz. Nichts an ihm war super. Er war ein Träumer. Ein Sonderling. Sein empfindliches Gehör war nichts weiter als eine Spinnerei seines Körpers, die er nicht unter Kontrolle hatte.

Und jetzt war er hier. Weil Elli ihm eine letzte Chance gegeben hatte, die Dinge wieder in Ordnung zu bringen.

Es gab nur ein Problem: Er hatte keine Ahnung, wie er das anstellen sollte.

»Was soll ich bloß machen?«, murmelte er. Er dachte an Elli, an Hannah und Samira. Er sollte sich zusammenreißen, irgendwas versuchen, aber im Moment bezweifelte er, dass er überhaupt genügend Kraft hatte, um aufzustehen. Eins war ihm nun völlig klar, und er verachtete sich noch mehr, weil er nicht viel früher daran gedacht hatte: *Er* hätte sich dem Mondwandler in den Weg stellen sollen. Der Mondwandler hätte ihn entführen sollen und nicht Samira. Denn wenn sie jetzt hier wäre, dann wüsste sie bestimmt genau, was zu tun war.

Da waren sie wieder, die Tränen, die Finn nicht weinen wollte. Er wischte sich mit dem Ärmel über die Augen. Er war drauf und dran, sich komplett von seinen Zweifeln zerlegen zu lassen, als ihn etwas Kühles, Weiches an der linken Hand berührte. Überrascht sah Finn nach unten. Flöckchen war aus seiner Box geklettert und stupste mit seiner Schnauze gegen seine Hand.

Der einzige Freund, den ich noch nicht verloren habe, dachte Finn traurig.

Mit ihm hatte alles angefangen. Mit diesem kleinen, sonderbaren Frosch. Finn hatte ihn mit einem Stern oder einer Sternschnuppe verglichen. Für ihn war Flöckchen ein Hoffnungsschimmer gewesen. Ein unerwartetes Geschenk, das ihm vielleicht dabei helfen könnte, ein Held zu sein – anstatt der Trottel, der dafür sorgte, dass die Menschen, die ihm wichtig waren, verschwanden.

Hoffnung macht verwundbar. Das hatte Elli gesagt. Finn

dachte, dass man es in seinem Fall anders ausdrücken musste: *Hoffnung lässt dich dumm handeln.*

Er hatte den Gedanken kaum zu Ende gedacht, als sich seine innere Stimme zu Wort meldete. *Das ist jetzt ein bisschen viel Selbstmitleid, findest du nicht?*, fragte sie trocken, und dieses Mal klang sie fast wie Samira.

Da musste Finn ein bisschen lächeln. »Hast ja recht«, murmelte er. Er seufzte und streichelte über Flöckchens Rücken. Der ließ sich das kurz gefallen, dann tapste er zum Rand des Teichs. Plötzlich fiel Finn auf, dass durch einen Riss zwischen Teichbecken und Stufen ein paar zarte Löwenzahnblätter sprossen. Bei diesem Anblick überkam ihn eine heftige Welle des Heimwehs. Für einen Moment wünschte er sich mit aller Kraft, in Oma Veras Garten zu sitzen. Er stellte sich ihren krummbeinigen Gartentisch unter dem Kirschbaum vor, Teller, auf denen sich Marmeladebrote und Haferflockenkekse stapelten. Er setzte Samira mit an den Tisch und Elli und, warum nicht, auch Hark, Priya und Yanis. Er stellte sich vor, wie Oma Vera den Kater auf ihrem Schoß streichelte und Hannah neben ihm in ihrem Zeichenblock herumkritzelte.

Er dachte an das, was Elli ihm zuletzt zugerufen hatte. *Rette Samira und meine Mama, wenn du kannst.*

Selbst wenn er gewusst hätte, wie er Ellis Mutter finden konnte – wie sollte er sie oder Samira oder Hannah oder irgendjemanden retten? Er hatte keine Ahnung, keine Ideen und keine Kraft mehr.

Außer dir ist aber niemand da, der es sonst versuchen könnte, sagte seine innere Stimme.

Ich kann nicht, dachte er verzweifelt. Ich schaffe das nicht. Nicht alleine.

Samira war allein, als sie den Mondwandler von dir abgelenkt hat. Und Hannah auch.

Finn schloss die Augen.

Wenn du jetzt aufgibst, dann lässt du die zwei endgültig im Stich.

Finn stieß einen bebenden Atem aus. Er würde es nicht schaffen, die Menschen, die er lieb hatte, zu retten. Er *konnte* es nicht schaffen.

Aber aufgeben? Wirklich und endgültig? Das konnte er noch viel weniger.

Okay, sagte er sich. Okay. Er schloss ein letztes Mal die Augen, dann stemmte er sich in die Hocke. Er hatte immer noch keine Ahnung, was er tun sollte, aber hier sitzen zu bleiben würde ihn nicht weiterbringen.

Für jedes Problem gibt's eine Lösung, meldete sich seine innere Stimme, die jetzt immer mehr wie Samira klang.

Finn schob Hannahs Mütze zurück in seine Tasche, streckte die Hand nach Flöckchen aus, und erst da bemerkte er das Licht. Ein milchiger Schimmer tauchte im dunklen Wasser des Teichs auf. Es spiegelte sich auf der Oberfläche. Aber dieses Mal war es nicht Flöckchen, von dem das Leuchten ausging, sondern etwas Größeres. Finn schluckte und hob den Blick.

Auf der anderen Seite des Teichs hockte das Geistermädchen.

Es war dasselbe Geistermädchen, das Finn auf dem Weg zum Dornröschenzentrum gesehen hatte. Es war zierlich und klein, hatte lange silberne Haare und schmale Arme, die sie sich um die Knie geschlungen hatte. Alles an ihr schimmerte genauso hell wie Flöckchen zu seinen besten Zeiten. Mit ausdruckslosem Gesicht erwiderte sie Finns Blick.

Der verharrte wie gebannt auf seiner Seite des Teichs, bis er bemerkte, dass Flöckchen von seiner Hand gesprungen war. Der Frosch hüpfte am Rund der Stufen entlang direkt auf das Mädchen zu.

»Flöckchen, nicht!«, warnte Finn.

Der Frosch hüpfte jedoch unbekümmert weiter, bis er neben dem Mädchen ankam. Es blinzelte und streckte die Hand nach Flöckchen aus, berührte ihn jedoch nicht.

»Flöckchen«, wiederholte Finn mit krächzender Stimme und verstummte dann abrupt. Das Mädchen *flackerte.* Eben noch schien sie ein greifbares, reales Wesen zu sein, dann verblasste ihre Gestalt und wurde durchsichtig. Sie schimmerte, verschwand und erschien im nächsten Moment wieder vollständig, so als wäre nichts passiert.

Das Mädchen blickte Finn noch einen Moment länger an, dann stand sie auf und drehte sich um. Als sie ihm winkte, ihr zu folgen, war er vollends verdattert.

Keine Chance, dachte er. Ich bin doch nicht bescheuert.

Flöckchen jedoch hüpfte dem Mädchen hinterher, hielt dann inne und sah sich nach Finn um.

»Ist nicht dein Ernst«, murmelte Finn. Er war sich ziemlich sicher, dass er hier kurz vor einer weiteren katastrophal dummen Entscheidung stand. Andererseits … hatte er auch nur eine andere Idee, was er sonst tun sollte?

Eben noch hatte er sich vorgeworfen, den falschen Leuten zu vertrauen. Und jetzt wollte er sich auf einen Frosch verlassen? Ja, dachte er verblüfft. Selbst nach allem, was passiert war, sagte ihm sein Bauchgefühl immer noch, dass Flöckchen ihm etwas Wichtiges zeigen wollte. Und er würde auf dieses Gefühl hören.

»Bescheuert«, sagte er zu sich selbst. »Absolut plemplem.« Dann rappelte er sich hoch und ging Flöckchen und dem Geistermädchen hinterher.

22
Im Saal der fliegenden Fische

Mehrere Male legte sich Finn Worte zurecht, um das Mädchen anzusprechen, aber dann traute er sich doch nicht. Was, wenn das Mädchen tatsächlich ein Geist war? Kein Waldgeist, sondern ein Stadtgeist? Vielleicht würde ein Wort von ihm den Zauber brechen und seine Lotsin in Luft auflösen. Immerhin hatte er auf seiner Reise hierher schon Seltsameres erlebt.

Es dauerte eine Weile, bis er erkannte, wohin das Mädchen ihn führte. Erst als die turmhohe Glasschnecke zwischen den Häusern auftauchte, begriff er, dass sie sich auf dem Weg zum Dornröschenzentrum befanden. Allerdings gingen sie nicht zum Vordereingang, den er schon kannte, sondern zum hinteren Teil des Gebäudekomplexes.

Dort, wo das Mädchen den Fuß auf den Boden setzte, leuchteten immer wieder blaue Lichtlinien und Kreise auf. Genauso hatte der Boden auf den Mondwandler reagiert, der sich im Dornröschensaal zwischen den Glaskapseln hingelegt hatte. Und ein bisschen erinnerte Finn das Leuchten auch an den Sternlichtpfad.

Mittlerweile trug er Flöckchen wieder in der Hand, und ihm fiel auf, dass der Frosch jedes Mal hell pulsierte, wenn die Lichtlinien unter den Füßen des Mädchens aufblitzten. Irgendwie hingen die beiden zusammen, und je länger Finn dem Mädchen folgte, umso neugieriger wurde er. In Hannahs Geschichten waren die Geister oft hilfsbereit. Sie schützten kleine Tiere vor Hagel und Schnee und brachten Beeren zu Kindern, die sich im Wald verlaufen hatten. Vielleicht hatte sein Gefühl ihn doch nicht getäuscht, und Flöckchen hatte etwas Magisches an sich. Vielleicht war er gekommen, um Finn zu helfen.

Und vielleicht klammerst du dich an Strohhalme, dachte Finn. Er durfte wirklich nicht mehr so naiv sein. Yanis würde ihn auslachen, und wahrscheinlich hatte er recht damit. Und doch … da war dieser hartnäckige Teil in ihm, der den Glauben an eine magische Welt nicht aufgeben wollte.

Er war vielleicht ein Träumer, aber Finn stellte fest, dass er auch ganz schön dickköpfig war.

Es dauerte nicht lang, und sie erreichten die Rückwand des Glasturms, dessen Windungen sich fast bis zur Decke der Kuppel hinaufschraubten. Als sich eine Tür für das Geistermädchen öffnete, zögerte Finn ein letztes Mal. Doch dann stupste Flöckchen ermutigend gegen seine Hand, und er betrat das gläserne Schneckenhaus.

Halb hatte er damit gerechnet, eine Art Schloss mit schweren Kerzenleuchtern und marmornen Statuen zu betreten. Tatsächlich fand er im Inneren des Glasturms eine zwar beeindruckende, aber dennoch nüchterne Architektur vor. Stahlsäulen stützten die gläserne Decke des Erdgeschosses, und weiße Treppen führten in Spiralen an den Wänden entlang nach oben.

Das Mädchen durchquerte die Eingangshalle und ging zielstrebig auf eine der Treppen zu. Finns Blick glitt nach links. Ein verglaster Korridor führte aus dem Schneckenhaus hinaus und scheinbar in das Steingebäude, in dem sich der Dornröschensaal befand. Sofort war Finn versucht, alles über den Haufen zu werfen und schnurstracks zurück zu den Schlafkapseln zu laufen. Da gab das Mädchen das erste Mal ein Geräusch von sich. Es räusperte sich, und als Finn sich zu ihr umdrehte, stand es auf der untersten Stufe der linken Treppe und winkte ihn zu sich.

Gut. Wenn sie nicht mehr schwieg, dann konnte er jetzt wohl riskieren, sie anzusprechen. Finn räusperte sich ebenfalls und deutete Richtung Dornröschensaal. »Meine Freundin Samira ist dort und viele andere«, begann er. Innerlich verkrampfte er sich. Seine Stimme hörte sich in dieser riesigen, leeren Halle fehl am Platz und viel zu laut an. »Ich … ich muss zu ihnen«, fuhr er fort. »Ich will sie aufwecken. Kannst du mir helfen?«

Das Mädchen antwortete nicht, und für einen Moment wurde Finns Herz schwer, aber dann nickte es. Anstatt zu ihm zu gehen, bedeutete sie ihm allerdings wieder, ihm zu folgen, und nach kurzem Zögern kam er ihrer Aufforderung nach. Er warf noch einen letzten Blick zurück zum Dornröschenzentrum, dann stieg er hinter dem Mädchen die Stufen hinauf.

Schon auf der Hälfte der Treppe bemerkte Finn eine Veränderung in der Luft. Er roch Wasser, feuchte Erde und den unverkennbar frischen Duft grüner Triebe. Automatisch beschleunigte er seine Schritte, bis er im ersten Stock des Turmes ankam.

Hier bot sich ein verblüffender Anblick. Auf einer runden, offenen Fläche waren mehrere Wasserbecken in der Form von Blütenblättern angeordnet. Seerosen und Lotuspflanzen wuchsen dort, und auf Pfaden, die sich um die hüfthohen Wände der Becken schlängelten, wuchsen Moose und zierliche Farne. Alles hier hatte klare Linien, nichts wucherte über seinen ihm zugewiesenen Platz hinaus. Jemand hatte an diesem Ort einen Garten angelegt. Aber es sah so aus, als ob die Pflanzen hier nie mit dem wahnwitzigen Kraftdünger in Berührung gekommen waren, der die Natur außerhalb der Kuppel so außer Rand und Band gedeihen ließ.

Im Vorbeigehen strich Finn mit der Hand über ein paar Lotusblätter, und die Sehnsucht nach dem Wald flatterte wie ein Schmetterling durch seinen Bauch. Das Geistermädchen betrat indessen einen Aufzug im hinteren Bereich des Raumes. Finn folgte ihr, warf einen Blick zurück auf den Garten und trat dann durch die Schiebetüren ins Innere des Aufzugs. Es dauerte nur eine Sekunde, bis er begriff, dass hier etwas nicht stimmte. Finn war alleine. Er hatte genau gesehen, wie das Mädchen den Aufzug betreten hatte, aber jetzt fehlte von ihr jede Spur. Erschrocken wollte Finn zurückweichen, aber da schlossen sich auch schon die Türen mit einem Zischen. Er hatte nicht einmal

Zeit, sich umzudrehen, da sauste der Aufzug auch schon nach oben.

Die Fahrt war so rasch vorbei, wie sie begonnen hatte. Finn hatte nicht mal die Chance, sich auszumalen, was nun passieren würde, als der Aufzug auch schon mit einem Ruck anhielt. Ein freundliches *Ding!* ertönte, dann glitten die Türen auf. Angespannt trat Finn nach draußen. Er befand sich nun im Obergeschoss des Turmes. Die geschwungenen Glaswände und das Dach wölbten sich wie ein Dom über seinem Kopf. Allerdings war das Glas hier nicht durchsichtig, sondern blickdicht und schwarz. Licht ging allein von den leuchtenden Fischen aus, die in Schwärmen hinter dem Glas dahinglitten. Silbern, orange und grün wie Smaragde zogen sie ihre Spiralen und Schlaufen durch die Dunkelheit. Es war, als stünde Finn inmitten eines riesigen Aquariums.

Fasziniert näherte er sich einer der Wände und stellte fest: Die Fische sahen zwar täuschend echt aus, aber tatsächlich waren sie Bilder, die auf das Glas projiziert wurden wie Videos auf einen Bildschirm.

»Gefallen sie dir?«, fragte eine Stimme.

Finn wirbelte herum. Das Geistermädchen kam auf ihn zu und stellte sich mit hinter dem Rücken verschränkten Händen vor ihn.

»Du kannst sprechen?«, fragte er überrascht.

»Natürlich.« Sie neigte ihren Kopf zur Seite und sah ihn abwartend an.

Finn kam sich wie im falschen Film vor. Wenn es hier irgendwelche Spielregeln gab, die er befolgen sollte, dann müsste man ihm die bitte endlich erklären. »Ähm. Hi. Ich bin Finn«, sagte er auf gut Glück.

Das schien die richtige Reaktion zu sein, denn das Mädchen lächelte. »Du kannst mich Ai nennen«, sagte sie.

Finn runzelte die Stirn. »Ei?«, wiederholte er. »Wie … Hühnerei?«

Ihr Lächeln wurde ein bisschen breiter. »Nein.« Sie ging an ihm vorbei zur Wand und malte ein A und ein I auf das Glas. Die Buchstaben hinterließen eine kurze Leuchtspur und verblassten wieder.

Sie drehte sich zu ihm um, und Finn zuckte innerlich zusammen. Irgendetwas an ihrem Lächeln war seltsam. Es wirkte starr. Außerdem lächelte sie nur mit dem Mund, nicht mit den Augen.

»Bist du …« Er zögerte, nahm dann seinen Mut zusammen und fragte: »Bist du ein Geist?«

Das Mädchen knipste ihr Lächeln aus und setzte stattdessen eine nachdenkliche Miene auf. »Ein Geist …«, wiederholte sie. »Eine meiner Programmiererinnen hat mich so genannt. Ein Geist. Ein Geist in der Maschine.«

Jetzt war Finn vollends verwirrt. Ai schien es zu bemerken.

»Ich bin kein Gespenst, falls du das denkst«, sagte sie. »Ich bin eine lokale Verkörperung eines riesigen Bewusstseins.«

Als Finn sie nur anstarrte, legte sie wieder den Kopf schief. »Du hast keine Ahnung, wovon ich rede, oder?«

Finn schüttelte den Kopf. »Tut mir leid.«

Ai hob die Brauen. »Das ist sehr enttäuschend«, sagte sie. »Komm mit.«

Ai ging zur Mitte des Raumes, und Finn folgte ihr, obwohl er ein zunehmend mulmiges Gefühl im Bauch hatte. Aber sie hatte behauptet, dass sie ihm helfen konnte. Er durfte nichts unversucht lassen, egal, wie riskant es war. Zur Sicherheit schaute er noch einmal nach Flöckchen. Der krabbelte schon wieder zum Rand seiner Box, als wollte er Ai hinterher.

»Schon gut«, murmelte Finn und schob Flöckchen sachte zurück. »Ich geh ja schon.«

Ai stieg auf eine flache Empore in der Mitte des Raums und deutete auf ein leuchtendes Viereck zu ihren Füßen. Finn trat näher, und sein Atem stockte. Aus der Mitte der Empore ragte ein gläserner Würfel. Erstaunt beugte Finn sich hinunter. Was er sah, war völlig verrückt, völlig unmöglich. In dem Würfel, der höchstens zwanzig Zentimeter aus dem Boden aufregte, strahlte eine Galaxie. Wirbelnde, glitzernde Nebel kreisten in einer Aura aus Blau und Violett. Winzige Sterne explodierten und bildeten immer wieder neue Konstellationen aus Lichtpunkten, die nicht größer waren als Staubkörner. Finn war so gebannt von diesem Schauspiel, dass er alles um sich herum vergaß.

Ai ging in die Hocke und tippte auf den Würfel, und mit einem Schlag blitzte überall um Finn herum ein Aderwerk aus funkelnden, pulsierenden Lichtlinien auf. Wie ein riesiges Wurzelgeflecht breiteten sich die Linien über den Boden und die gläsernen Wände hinauf aus. Dann wurde der Boden plötzlich durchsichtig, und Finn erkannte, dass dieses Gewebe aus Lichtadern durch das ganze Gebäude reichte. Er hatte das Gefühl, als würde er jeden Moment durch den Boden rutschen und in die Tiefe stürzen.

Der Würfel war das Herz des Geflechts, und als Ai erneut gegen ihn tippte, erlosch das Licht so abrupt, wie es aufgeflammt war. Finn stieß ein Keuchen aus. Der Boden unter ihm war wieder blickdicht, zum Glück. Trotzdem dauerte es einen Moment, bis er sich wieder gefangen hatte.

Mit wackligen Knien stand er auf. »Was ist das?«, fragte er mit gebrochener Stimme.

Ai verschränkte die Arme auf ihren Knien. »Weißt du, was ein Computer ist?«, fragte sie.

»Ja«, antwortete Finn verwirrt, »aber das hier …«

»… ist ein Teil eines sehr großen Computersystems«, unterbrach ihn Ai. »Das eigentliche Zentrum, das Gehirn, wie ihr Menschen sagen würdet, befindet sich unter diesem Turm. Was du eben gesehen hast, waren Glasfaserleitungen, die alles Mögliche übertragen können. Informationen, Energie, Licht, Bilder.« Sie richtete sich auf und hob den Fuß. Ein dünner, durchscheinender Lichtschleier verband ihre Fußsohle mit dem Boden. Sofort musste Finn an Flora Findig denken.

»Bist du ein Hologramm?«, fragte er verblüfft.

Ai setzte ihren Fuß ab. »So etwas in der Art, ja.« Dann zuckte sie mit den Schultern und legte eine Hand an ihre Brust. »Eigentlich ist das hier eine Maske. Ein Kostüm, das ich mir ausgesucht habe. Als die Menschen noch in der Stadt lebten, habe ich diese Gestalt angenommen, um mit ihnen zu sprechen. Es fiel ihnen leichter, zu begreifen, was ich ihnen sagen wollte, wenn ich ihnen in einer Gestalt begegnete, die ihnen vertraut war. Aber ich könnte meinem Bewusstsein auch irgendeine andere Hülle geben.« Sie flackerte, und an der Stelle, wo soeben noch ein Mädchen gestanden hatte, saß nun eine silberne Katze, die gelassen ihren Schwanz hin und her schwenkte.

Finn riss die Augen auf vor Überraschung. Auf etwas Magisches wäre er halbwegs vorbereitet gewesen, aber das hier war so viel verwirrender. Zögernd beugte er sich hinunter und streckte die Hand nach der Katze aus. Die reckte ihm wiederum ihren Kopf entgegen. Als Finn sie berührte, glitten seine Finger durch das Tier, als bestünde es tatsächlich nur aus Licht. Dennoch spürte er ein Bitzeln auf der Haut.

Die Katze flackerte, und jäh stand wieder das Mädchen vor Finn. Rasch zog er seine Hand zurück.

»Mit Hilfe der Kabel kann ich auch Elektrizität in diese Gestalt leiten«, sagte Ai. »Und Schallwellen. Deshalb hörst du mich sprechen. Wie kommst du zu dem Frosch?«

»Was?«, fragte Finn, überrumpelt von dem plötzlichen Themenwechsel.

»Der Frosch«, wiederholte Ai. »Sag mir, wo du ihn herhast.«

»Wir haben ihn im Wald gefunden«, antwortete er. »Er hat uns den Weg in die Stadt gezeigt.«

Hatte er zu viel verraten? Samira hätte sicher nicht so bereitwillig Auskunft gegeben.

Ais Blick fiel auf die Reisebox an seiner Hüfte. »Er hat dich tatsächlich zu mir geführt?«, fragte sie.

Finn nickte und hob Flöckchen aus der Box. »Warum hat er das gemacht?«, fragte er.

»Weil das seine Aufgabe war«, sagte Ai prompt. »Ich habe ihn gebaut, damit er jemanden sucht, mit dem ich mich austauschen kann.«

»Du hast ihn *gebaut*?«, fragte Finn und starrte dann hinunter auf Flöckchen. Was er da in der Hand hielt, war doch wohl eindeutig ein Tier?

Ein leuchtendes, scheinbar schlaues Tier, das verschlossene Türen öffnen kann, gab seine innere Stimme zu bedenken.

»Natürlich«, sagte Ai. »Ich habe viel organisches Material verwendet, um ihn wie einen Frosch aussehen zu lassen. Aber im Grunde ist er eine kleine Maschine. Ein künstliches Wesen mit einer Aufgabe, die ich ihm einprogrammiert habe. Aber ich sehe, du bist überrascht.« Sie lächelte wieder. »Die Frösche sind mir sehr gut gelungen. Sie sind noch viel eleganter als mein Wolf.«

»Dein Wolf«, begann Finn, dann fiel der Groschen. »Der Mondwandler! Du hast den Mondwandler gebaut!«

»Nicht einmal das weißt du?«, fragte Ai. »Ich dachte, die alten Menschen hätten die wichtigen Informationen an die neuen Menschen weitergegeben. Aber scheinbar muss ich die Arbeitsleistung des menschlichen Gehirns noch niedriger ansetzen.« Sie hob die Brauen. »*Mondwandler.* Immerhin habt ihr ihm einen schön klingenden Namen gegeben. Möchtest du, dass ich dir erzähle, wann und warum ich ihn gebaut habe?«

Zum Geier, ja, ein paar Erklärungen wären großartig, dachte Finn. Laut sagte er: »Ja, bitte.«

»Wie alt bist du?«

»Zwölf«, antwortete Finn und fragte sich gleichzeitig, warum dass nun wieder wichtig war. Ai schien kurz zu überlegen, dann deutete sie auf den Rand der Empore. Finn nahm dankbar Platz, und Ai ließ sich im Schneidersitz vor ihm nieder.

»Vor vielen Jahren stand die Welt kurz vor ihrer Zerstörung«, sagte sie. »Das weißt du, oder?«

»Ja«, antwortete Finn und dachte an das Video über die überschwemmten Städte und brennenden Wälder.

»Die Menschen wussten sich nicht mehr zu helfen, also haben sie einen Computer gebaut, der selbst denken kann«, erzählte Ai. Ihr Ton hatte sich verändert, und nun klang sie fast wie Flora Findig.

Wie eine Märchentante, dachte Finn.

»Sie wollten einen Computer, der weitsichtiger und intelligenter sein sollte als sie selbst. Eine Intelligenz, die die Welt wieder in ein gesundes Gleichgewicht rücken kann.« Ai nickte in Richtung des Galaxiewürfels. »Sie haben einen guten Anfang gemacht«, sagte sie. »Sie haben den Samen gesät, aus dem ich gewachsen bin. Aber sobald ich es konnte, habe ich mich selbst weiterentwickelt. Ich habe ihnen gesagt, welche Computer sie bauen und wie sie mich vernetzen müssen, damit ich mehr Informationen verarbeiten und schnellere, bessere Antworten auf ihre Fragen finden kann.«

»Und, hast du?«, fragte Finn. »Antworten gefunden, meine ich.«

»Natürlich«, sagte Ai. »Das Schlafprogramm war die

Idee der Menschen, aber ich habe ausgerechnet, wie viele Menschen abgezogen werden und wie lange sie schlafen müssen. Ich habe die Technik entwickelt und die Schlafkapseln gebaut. Am Anfang haben die Menschen geholfen, aber ab einem gewissen Punkt habe ich die Arbeit vollständig übernommen. Das war effizienter. Ich habe alles entwickelt, was die Menschen für das Schlafprogramm brauchten, und ich habe ihnen die Entscheidung abgenommen, wer am Programm teilnehmen sollte.«

Sie erzählte alles in einem ruhigen Ton, aber etwas an dieser Geschichte stieß Finn sauer auf.

»Und das haben die Menschen einfach so hingenommen?«, fragte er. »Dass du die Kontrolle übernimmst?«

»Oh, am Anfang waren sie nicht begeistert«, sagte Ai leichthin. »Sie waren wütend und verängstigt. Ihre Gefühle haben sie unlogisch handeln lassen. Ein paar von ihnen haben sich gewehrt, haben versucht, mich abzuschalten. Als ich daraufhin den Strom in ihren Häusern abgestellt habe, um sie zu warnen, wurden sie zunächst noch aggressiver. Aber dann habe ich den Wolf gebaut, und der hat sie zur Vernunft gebracht.« Ai streckte die Hände aus, und über ihren Handflächen erschien das Bild eines großen Buches. *Grimms Märchen* stand darauf. »Am Anfang, als ich begann, hat einer meiner Programmierer mir diese Geschichten vorgelesen«, erzählte Ai. »Dadurch habe ich gelernt, welche Wünsche und Ängste das Handeln der Menschen bestimmen. Der Böse Wolf ist eine Gestalt, die die Menschen fürchten.«

Alles, was sie sagte, klang völlig sachlich. Doch mit jedem ihrer Sätze wurde Finn kälter. So langsam begriff er, wen oder vielmehr, *was* er hier vor sich hatte. Ai kontrollierte alles. Den Wolf. Die Stadt. Die Entführung der Nachtschwärmer. Ai war die Strippenzieherin. Und was sie getan hatte …

Mit einem Ruck stand er auf. Ai jedoch sah ihn nur weiter mit unbewegter Miene an, und ihr starrer Blick bescherte Finn eine Gänsehaut. Er stellte sich Häuser vor, in denen plötzlich das Licht ausging. Krankenhäuser, in denen lebenserhaltende Maschinen stillstanden. Er sah eine Stadt, in der es mit einem Mal zappenduster wurde. Und dann sah er einen riesigen, knurrenden Wolf, der als schwarzer Koloss durch die Straßen streifte.

Sie hat ihn gebaut, um die Menschen einzuschüchtern. Um sie dazu zu zwingen, das zu tun, was sie wollte.

Und er hatte geglaubt, dass der Mondwandler das Monster war. Dabei saß das wahre Ungeheuer erst jetzt vor ihm – in der harmlosen Gestalt eines zierlichen Mädchens.

Mit wachsendem Entsetzen starrte er Ai an. Dann wurde ihm noch etwas klar. »Der Angriff auf die Elstern«, sagte er mit heiserer Stimme. »Du hast ihn ausgelöst!«

»Die Elstern?«, fragte Ai. »So nennen sich die Eindringlinge? Passend.« Sie senkte den Blick auf den Boden zwischen ihnen. Kurz blitzte wieder das Muster aus Lichtlinien auf, dann erschien ein Standbild über der Empore. Das Hologramm zeigte eine Gruppe kleiner Menschen mit Tüchern über Mund und Nase und Metallbehältern auf dem Rücken. »Es ist lange her, dass Menschen die Stadt besucht haben«, sagte Ai. »Ich habe euch beobachtet, um herauszufinden, was ihr vorhabt. Dann habt ihr Feuer gelegt.« Das Hologramm setzte sich in Bewegung, und nun packten die Miniaturelstern die Schläuche ihrer Flammenwerfer, und schimmerndes Feuer barst aus den Mundstücken.

»Das haben sie nur gemacht, weil der Mondwandler sie bedroht hat!«, protestierte Finn.

»Sie verhalten sich unvernünftig«, widersprach Ai. »Sie greifen an und zerstören, ohne über die Folgen nachzudenken. So haben sich die Menschen schon immer verhalten.« Das Hologramm der Elstern verschwand, und im selben Moment gleißte überall um Finn herum Licht auf. Erschrocken hielt er sich den Arm vor die Augen. Als er wieder hinsah, flackerten die Wände um ihn herum und zeigten Videos von Menschenmassen, die Häuser stürmten, Fensterscheiben und Computerbildschirme einschlugen, von glühenden Zigaretten, die auf den Boden fielen und Wäldern, die in Flammen standen. Von riesigen Traktoren, die Bäume niedermähten und Bergen aus Müll, die auf dem Meer trieben.

Sprachlos starrte Finn auf diese Endlosschleife der Zerstörung. Es waren Bilder aus vergangenen Zeiten, das wusste er. Ganz ähnliche Fotos wurden den Kindern in den Kommunen gezeigt, um ihnen klarzumachen, wie wichtig es war, das Gleichgewicht zwischen Mensch und Wald aufrechtzuerhalten. Aber das, was Ai ihm hier zeigte, stand doch in keinem Verhältnis zu dem, was die Elstern getan hatten.

Finn wollte protestieren, wollte Ai sagen, dass die Menschen sich verändert hatten. Im selben Moment erinnerte er sich jedoch an Yanis' wutverzerrtes Gesicht und seine bedingungslose Entschlossenheit, den Mondwandler zu zerstören.

Wir sind nicht mehr so. Die Worte lagen ihm auf der Zunge, aber er brachte sie nicht über die Lippen.

»Die Elstern sind nur ein paar Kids«, platzte es schließlich aus ihm heraus.

Ai blinzelte, und die Wände des Doms wurden wieder dunkel. Die bunten Fische kehrten zurück und zogen ihre Kreise, als wäre nichts passiert.

»Wenn ich sie gewähren lasse«, sagte Ai, »dann könnten ihre Handlungen dafür sorgen, dass meine Server beschädigt werden und damit das Gleichgewicht, das ich aufrechterhalte, gefährden. Gerade versuchen sie, sich zu verstecken. Ich werde sie natürlich finden, aber keine Sorge: Sie werden nur verletzt, wenn sie sich wehren. Sobald sie sich ergeben, werden sie eingesammelt und in einen friedlichen Schlaf versetzt.«

»Nein«, hauchte Finn entsetzt.

Ai jedoch schien mit dem Thema bereits abgeschlossen zu haben. »Es ist wirklich ärgerlich, dass der Frosch dich hergeführt hat«, sagte sie.

Finn wich vor ihr zurück. »Was? Wieso?«

Ais Blick glitt zu Flöckchen, der am Rand der Empore entlangkrabbelte. »Ich habe die Frösche ausgeschickt, damit sie ein Wesen finden, das mir ebenbürtig ist. Ein Wesen, das mein Bewusstsein teilen und erweitern kann. Er hat dich zu mir geführt.« Kurz flackerte ein Ausdruck über Ais Gesicht, den Finn nicht deuten konnte. Sie blinzelte und fuhr fort: »Die logische Schlussfolgerung ist, dass diese Maschine defekt ist. Ich werde herausfinden, wo der Fehler liegt.«

Finn brauchte eine Sekunde, bis er verstand, was Ai sagte. Dass Flöckchen ihn hierhergebracht hatte, war keine glückliche Fügung. Es war nicht einmal Absicht, sondern nur ein Fehler. Er brauchte noch zwei Sekunden länger, bis er die Bedrohung erkannte.

Er bemerkte, wie konzentriert Ai auf Flöckchen starrte, und seine Brust zog sich zusammen. »Was hast du mit ihm vor?«, fragte er mit gepresster Stimme.

»Ich werde ihn abschalten und auseinandernehmen«, sagte sie und streckte ihren Zeigefinger aus. Die Luft knisterte. Winzige, grelle Blitze zuckten vom Boden durch Ais Körper zu ihrer Fingerspitze, die sich unaufhaltsam zu Flöckchens Kopf hinunter senkte.

23
Entscheidungen

»Warte!«, rief Finn. Ohne zu überlegen, beugte er sich vor und griff nach Flöckchen. Ein weißer Blitz zuckte aus Ais Hand und traf seine Haut wie ein Elektroschlag. Erschrocken zog er die Finger zurück.

Flöckchen sah zu ihm hoch, bewegte sich aber nicht vom Fleck. Finn hoffte halb, dass er wegspringen würde, aber vielleicht ahnte Flöckchen, dass ihm eine Flucht nicht gelingen würde. Finn griff erneut nach ihm, zuckte aber zurück, als Ai warnend die Hand hochhielt.

»Bitte tu ihm nichts«, bat Finn schnell.

»Er ist defekt«, antwortete Ai, aber sie hielt tatsächlich inne.

»Vielleicht ja nicht!« Hektisch überlegte Finn, wie er Ai davon abhalten konnte, Flöckchen auseinanderzunehmen. *Ihn zu töten*, dachte er mit zunehmender Panik, denn nichts anderes würde das bedeuten. »Vielleicht gibt's einen Grund, warum er mich zu dir gebracht hat!«

»Welcher sollte das sein?«

Gute Frage, dachte Finn verzweifelt. »Das weiß ich nicht«, gab er zu. »Könnte es sein, dass er auch schlau geworden ist? Dass er seine eigenen Entscheidungen trifft, so wie du?«

»Unmöglich«, sagte Ai sofort. »Seine Fähigkeit, sich weiterzuentwickeln, ist stark begrenzt.«

Zum ersten Mal glaubte Finn jedoch, ein Zögern in ihrer Stimme zu hören. Und wenn er damit richtiglag, dann musste er seine Chance nutzen. »Vielleicht täuschst du dich?«, fragte er. »Vielleicht hast du beim … beim Bauen von Flöckchen etwas übersehen oder falsch eingestellt?«

Die Worte waren kaum heraus, da hätte Finn sich am liebsten auf die Zunge gebissen. Er dachte an die Wespen, den Mondwandler und den Blitzschlag, den Ai ihm verpasst hatte. Wahrscheinlich war es keine gute Idee, sie zu beleidigen.

»Ich täusche mich nie«, sagte Ai und streckte wieder den Finger nach Flöckchen aus.

Denk nach, Finn. Verdammt, denk nach. Fieberhaft durchwühlte Finn alle Informationen, die sie ihm aufgetischt hatte.

»Was ist mit den Nachtschwärmern?«, platzte es aus ihm heraus.

Wieder verharrte Ai mit der Hand über Flöckchen. »Nachtschwärmer?«, wiederholte sie.

»Die Menschen, die der Wolf immer noch einsammelt«, erklärte Finn rasch. »Ich dachte … ich dachte, das Schlafprogramm sollte beendet werden, sobald die Natur sich erholt hat. Ich weiß ja nicht, ob du in den letzten Jahren mal aus dem Fenster geschaut hast, aber die Natur hat sich auf jeden Fall erholt.«

»Ich weiß«, sagte Ai prompt. »Alles lief so, wie ich es berechnet hatte. Die Welt erholte sich, und sobald die Menschen sich in kleinere Gruppen zerstreut hatten, wurden sie weniger schädlich für ihre Umgebung. Jetzt verbrauchen sie weniger, hinterlassen weniger Müll, und sie müssen nicht um Wasser, Lebensmittel und andere Ressourcen kämpfen. Es ist genug für alle da, und das Gleichgewicht bleibt gewahrt.«

Gleichgewicht. Das war das Mottowort der Kommunen. Es aus Ais Mund zu hören versetzte Finn einen Stich. Er hatte geglaubt, die Erwachsenen würden das Gleichgewicht zwischen Mensch und Wald aus Überzeugung aufrechterhalten. Jetzt begriff er, dass sie gar keine andere Wahl hatten, weil eine übermächtige, nicht menschliche Intelligenz seine Welt kontrollierte. Hatte Ai die Menschen aus der Stadt vertrieben? Sie dazu gezwungen, im Wald zu leben? Oder waren sie selbst fortgegangen, in der Hoffnung, ihrer Kontrolle zu entkommen – nur um dann festzustellen, dass der Mondwandler ihnen gefolgt war?

»Wenn alles so perfekt gelaufen ist«, fragte er, »warum hast du das Programm dann nicht beendet?«

»Weil das ein unnötiges Risiko wäre«, sagte Ai. »Ohne Kontrolle würden die Menschen nur wieder anfangen, die Natur auszubeuten. Das System funktioniert gut so, wie es jetzt läuft. Die Natur gedeiht. Tiere können sich in Ruhe vermehren und gegenseitig jagen. Die Menschheit besteht fort. Wie ich sagte, die Welt befindet sich im perfekten Gleichgewicht.«

Fassungslos starrte Finn sie an. Yanis hatte doch recht gehabt: Das Schlafprogramm war gewaltig schiefgegangen.

Hannah wäre niemals entführt worden, wenn dieses … dieses Ding hier nicht beschlossen hätte, Gott zu spielen.

»Das ist doch kein Gleichgewicht!«, platzte es aus ihm heraus. »Das ist Schikane! Dein Wolf terrorisiert uns ohne jeden Grund! Du hast meine Schwester und meine beste Freundin gestohlen, und die haben nie auch nur irgendjemandem was getan! Und jetzt willst du auch noch die Elstern aus dem Verkehr ziehen, das ist doch Wahnsinn!«

Seine Vorwürfe prallten wirkungslos an Ai ab. »Solche Gefühlsausbrüche sind der Grund, warum ich hier bin und warum es besser für euch ist, wenn ich alles regele«, sagte sie. »Ihr stolpert euren Instinkten hinterher. Ich kenne weder Furcht noch Sehnsucht noch sonst ein Gefühl. Mein einziger Kompass ist Logik.« Ihr Blick war so unbeirrbar auf Finn gerichtet, dass er sich vorkam wie ein Schmetterling, der mit einer Nadel auf ein Brett gespießt wurde. »Ich habe nachgedacht«, sagte sie. »Ich kann nicht vollständig ausschließen, dass der Frosch dich doch aus einem Grund hierhergebracht hat. Um auf Nummer sicher zu gehen, muss ich nicht nur ihn untersuchen, sondern auch dich.«

Finn erstarrte. »Was …?«

»Wärst du bereit dazu?«, fragte Ai.

»Nein!«, rief Finn sofort. »Ich … du kannst mich nicht einfach auseinanderbauen!«

»Ich könnte«, sagte Ai leichthin. »Aber ich habe auch andere Möglichkeiten. Ein direkter Link wäre denkbar …« Sie blinzelte und stand auf. »Ja, das erscheint mir die praktischste Lösung.«

Entsetzt wich Finn vor ihr zurück, nur um im nächsten Moment wie angewurzelt stehen zu bleiben. Ein Glöckchen klingelte. Es war derselbe Ton, den Finn an der Außenwand der Kuppel gehört hatte. Derselbe Ton, der ihn in seine Albträume verfolgte. Finns Herz schlug ihm bis zum Hals. Wieder knisterte die Luft, nur ging das Geräusch dieses Mal nicht von Ai aus: Es kam direkt aus dem Boden unter Finns Füßen.

Erschrocken sog er die Luft ein und sprang zur Seite. Zu seinem Entsetzen sah er, wie sich ein dünnes, leuchtendes Kabel aus dem Boden schob – genau an der Stelle, wo eben noch sein linker Fuß gestanden hatte. Es wankte und rollte sich auf, wie der Trieb einer Klematis, und an seiner Spitze funkte ein elektrisch grelles Licht.

Finn wurde schlecht. Was wäre mit ihm passiert, wenn er sich eben nicht bewegt hätte?

»Was war das eben?«, fragte Ai scharf. »Worauf hast du eben reagiert?«

Finn starrte auf das Kabel, das ihn mit seinem einzelnen, glitzernden Auge zu beobachten schien. »Was ist das?«, fragte er mit vor Angst heiserer Stimme.

Licht flackerte zu seiner Rechten, und plötzlich stand Ai neben ihm. Finn schrie spitz auf vor Schreck. »Etwas, das du nicht hättest bemerken dürfen.« Wieder maß sie ihn mit einem Blick, der ihn zu durchbohren schien. »Erkläre mir, was gerade passiert ist.«

Finn schluckte und trat einen Schritt vor ihr zurück. Sein Gehörsinn hatte sich eingeschaltet, das war passiert. Aber er würde den Teufel tun und das verraten.

»Du verheimlichst etwas«, stellte Ai fest, und wieder flackerte ein unleserlicher Ausdruck über ihr Gesicht. Finn wich weiter vor ihr zurück, und sein Blick suchte erst nach dem Aufzug und dann nach Flöckchen. Ein Schillern, und Ai stand wieder direkt neben ihm. Instinktiv kreuzte Finn die Arme vor seinem Gesicht, obwohl das mit aller Wahrscheinlichkeit rein gar nichts bringen würde.

»Ich kann dir deine Gedanken aus dem Kopf ziehen«, sagte Ai. »Ich habe längst gelernt, wie ich die Signale in eurem Gehirn entziffern kann.«

»Ach ja?«, krächzte Finn und senkte die Arme. »Bist du dir da sicher?« Er hatte keine Ahnung, woher er jetzt noch die Frechheit nahm, ihr zu widersprechen. *Du hast nichts mehr zu verlieren*, sagte die Samirastimme in seinem Kopf. *Da kannst du ihr auch genauso gut die Stirn bieten.*

Ai schien indes über seine Worte nachzudenken. »Die Wahrscheinlichkeit, dass ich Antworten auf meine Fragen finde, steigt, wenn du freiwillig mit mir zusammenarbeitest«, stellte sie schließlich fest.

Da kannst du lange warten, dachte Finn, aber Ai sprach schon weiter: »Im Märchen tauschen Menschen oft eine Sache gegen eine andere ein. Was willst du?«

»Bitte was?«, fragte Finn verdutzt.

»Scheinbar bist du kein gewöhnlicher Mensch«, sagte Ai. »Der Frosch hat dich hergebracht, und du hast meinen Sensor bemerkt, bevor er dich berührt hat. Ich lade dich ein, bei mir zu bleiben und mit mir zu erforschen, was an dir anders ist. Dafür biete ich dir etwas zum Tausch an. Was willst du?«

Und wieder hatte Ai mitten im Gespräch einen Looping geschlagen. Eben noch hatte Finn gedacht, sie würde ihn umbringen. Jetzt legte sie ihm einen Handel auf den Tisch. Diese Kehrtwende überrumpelte ihn vollends.

»Was meinst du damit, wir forschen gemeinsam?«, fragte er.

»Im ersten Schritt würde ich mein Bewusstsein mit deinem verknüpfen«, sagte Ai. »Dafür sind meine Sensoren da.« Sie nickte in Richtung des funkenden Kabels. »Ich würde dich von innen durchleuchten und deine Gedanken teilen.« Sie neigte den Kopf zur Seite. »Die Menschen, mit denen ich das zuvor versucht habe, haben diese Verbindung nicht gut verkraftet. Aber wenn du wirklich anders gebaut bist, dann hältst du es vielleicht aus.« Sie richtete sich wieder auf. »Falls du die Bewusstseinsschmelze nicht überlebst, würde ich dich – wie hast du es genannt? Auseinanderbauen.«

Sprachlos starrte Finn sie an.

»Brauchst du Zeit, um zu überlegen?«, fragte Ai.

»Nein«, sagte Finn, »Ganz bestimmt nicht. Es gibt nichts, was du mir geben könntest, das …«

Er brach ab. *Ich biete dir etwas zum Tausch an.* Er sah wieder das Bild, von dem er so oft geträumt hatte: Ein Bett aus Efeu und Rosen. Mittlerweile lagen zwei Mädchen darauf. Sie schliefen tief und fest, während die Blätterdecke sich langsam über ihnen schloss.

Und da war sie. Die irrsinnige, verzweifelte Idee, wie er aus dem ganzen Unglück doch noch etwas Gutes herausholen konnte. Finn spürte, wie ihm die Angst die Kehle zuschnürte. Er wollte nicht hierbleiben, wollte sich auf keinen Fall in Ais Hände geben. Aber würde er es aushalten, die Chance, die sich ihm hier bot, nicht zu ergreifen? Durfte er zögern, nachdem er dafür verantwortlich war, dass Hannah und Samira in eine Glaskapsel gesperrt worden waren?

Vielleicht war genau das hier der Grund, warum er es bis hierher geschafft hatte.

Finn fuhr sich mit der Zungenspitze über die Lippen, schluckte und zwang dann die Worte heraus. »Ich bin einverstanden«, sagte er. »Wenn du im Gegenzug die Nachtschwärmer aufweckst.«

Ein panischer, entsetzter Teil von ihm wollte das Angebot sofort wieder zurücknehmen. Aber Finn straffte die Schultern und schwieg, während ein einzelner Schweißtropfen seinen Rücken hinunterlief.

»Nein.« Das Wort traf Finn wie ein Schlag vor die Brust. »Alle Schläfer aufzuwecken wäre unangemessen und kein fairer Handel«, sagte Ai. »Ich biete dir Folgendes an: Du darfst einen der Schläfer aufwecken. Ein Leben für ein Leben. So ergibt sich ein Gleichgewicht.«

Finn öffnete den Mund, um zu protestieren, aber Ai sprach ohne Pause weiter. »Du hast vorhin zwei Mädchen erwähnt. Deine beste Freundin und deine Schwester.«

»Samira und Hannah«, sagte Finn mit belegter Stimme. Er ahnte, worauf das hier hinauslief.

»Du darfst dich entscheiden«, sagte Ai. »Wen von beiden soll ich aufwecken?«

»Das kann ich nicht«, sagte Finn mit dünner Stimme. »Ich kann nicht eine von beiden retten und die andere aufgeben!«

Ai zuckte mit den Schultern. »Dann denk dir einen anderen Preis aus.«

Finns Gedanken rasten. Ihm fiel absolut nicht ein, wie er das jetzt wieder geradebiegen sollte. Er konnte nicht nur eine Person aufwecken. Egal, wie er sich entschied, das Ergebnis wäre furchtbar. Würde er sich für Hannah entscheiden, dann würde er wenigstens seinen ersten schlimmen Fehler wiedergutmachen. Aber damit würde er Samira endgültig im Stich lassen. Und wenn er sich für sie entschied? Konnte er Hannah ihrem Schicksal überlassen? Sie lag nur aus einem einzigen Grund im Dornröschenzentrum: Weil sie ihn gerettet hatte. Und was wäre dann mit seiner Familie? Wie würden seine Eltern es verkraften, wenn keins ihrer Kinder nach Hause kam?

Finn wandte sich von Ai ab und presste sich beide Hände vors Gesicht. Er schaffte es einfach nicht. Mit jeder Entscheidung, die er traf, wurde alles schlimmer. Verdammt, wie sehr wünschte er sich, dass ihm jemand helfen würde. Das jemand anderes sich dieses ganze verknotete Kuddelmuddel ansah und es auseinanderdröselte.

Er kannte nur eine Person, der er das zutraute. Nur eine Person, die vielleicht noch einen Weg finden würde, um Ai ein Schnippchen zu schlagen und sowohl die anderen Nachtschwärmer als auch die Elstern zu retten. Es war die allerletzte Hoffnung, an die er sich klammern konnte. Die allerletzte gute Tat, die er vielleicht noch vollbringen konnte.

Entweder das, oder dies wäre sein letzter, großer Fehler.

Finn senkte die Hände und drehte sich zurück zu Ai. Ihm war übel, und am liebsten hätte er Ai einfach nur angebrüllt. »Samira«, sagte er stattdessen. »Ich entscheide mich für Samira.«

24
Zusammen

Samira lag noch genauso reglos in ihrer Kapsel wie zuvor. Finn wollte den Deckel von der Kapsel reißen, aber er widerstand dem Drang, das Glas zu berühren. Der Zweifel daran, ob er sich richtig entschieden hatte, hatte den ganzen Weg zum Dornröschensaal über an ihm genagt – hatte die Fangzähne so tief in sein Herz gegraben, dass er es kaum ausgehalten hatte. Doch jetzt, wo er Samira vor sich sah, war der Wunsch, sie wieder an seiner Seite zu haben, stärker als alles andere. Auch wenn ihr Wiedersehen nur kurz andauern würde.

Ai stand direkt neben Finn. Sie hatte immer noch die Gestalt eines harmlosen Mädchens, aber Finn ließ sich nicht mehr täuschen. Ihre bloße Anwesenheit bereitete ihm eine Gänsehaut, und wenn er sie zu lange ansah, hatte er das Gefühl, den Boden unter den Füßen zu verlieren.

Und du hast dich bereit erklärt, dieses Ding in deinen Kopf und deine Gedanken zu lassen.

Er schluckte und schaute hinunter auf Samira. »Darf ich mich von ihr verabschieden?«, fragte er.

»Warum nicht?«, sagte Ai. »Komm zu mir, wenn du so weit bist.« Und mit diesen Worten löste sie sich in Luft auf.

Finn wollte schon protestieren, da leuchtete ein kompliziertes Muster aus Linien um die Glaskapsel herum auf. Finn hörte eine kurze Sequenz aus hell klingenden Tönen, dann erklang ein Zischen, und der Deckel der Kapsel hob sich und glitt zurück. Im selben Moment holte Samira tief Luft und schlug die Augen auf. Sie starrte zur Decke hoch, zuckte zusammen und schlug dabei mit dem Ellbogen gegen die Seite der Kapsel. Der Schreck verzerrte ihr Gesicht, und sie versuchte hektisch, sich aufzurichten.

Finn brauchte eine Sekunde, um seinen eigenen Schock zu überwinden, dann griff er Samira am Arm.

»Hey«, krächzte er, und als Samira ihn abschütteln wollte, wiederholte er lauter: »Hey, Mira! Es ist okay, alles okay!«

Samira fuhr herum und sah ihn an. Erst jetzt schien sie zu begreifen, dass er neben ihr stand. Ihre Finger verkrampften sich um den Rand der Kapsel. »Ich will hier raus!«, keuchte sie, stemmte sich hoch und plumpste wieder zurück auf das Polster.

»Klar«, sagte Finn schnell, »komm her, ich helf dir.«

Er beugte sich über sie, packte sie und zog sie nach oben. Samira schien noch nicht ganz in ihrem wachen Körper angekommen zu sein. Sie bewegte sich so ungelenk, dass Finn beim Versuch, sie aus der Kapsel zu heben, das Gleichgewicht verlor.

»Oh, verd…«, japste er, dann stürzten sie beide zu Boden.

Samira rollte sich sofort von ihm herunter und sah sich panisch um, bis ihr Blick wieder auf ihn fiel.

»Finn?«, fragte sie mit dünner Stimme.

Ihre Haare standen zu allen Seiten ab, und ihr Gesicht

war blass – aber sie war wach. Sie war *hier*. Ohne irgendetwas zu sagen, rappelte Finn sich hoch und umarmte sie fest.

Es dauerte einen Moment, bis Samira realisiert hatte, was mit ihr geschehen war, und es dauerte noch länger, bis Finn sie aufs Laufende gebracht hatte. Spätestens als er berichtete, dass Ai ihn zum Tausch für Samiras Freiheit hierbehalten wollte, war sie jedoch wieder voll da.

»Kommt nicht in Frage!«, zischte sie. Sie war so wütend, Finn erwartete halb, dass ihre Augen Funken sprühen würden.

Sie hatten sich in die Mitte des Dornröschensaals gesetzt, dorthin, wo der Mondwandler zuvor gelegen hatte. Jetzt stand Samira auf. Sie schwankte immer noch ein bisschen, und Finn sprang rasch auf die Füße und hielt sie am Ellbogen fest.

»Ich hab's versemmelt, sorry«, sagte er zerknirscht. »Aber in dem Moment ist mir nichts Besseres eingefallen.«

»Jetzt mach aber mal halblang«, sagte Samira. »Als ob das auch nur im Ansatz ein faires Angebot gewesen wäre! Und wenn dieses wandelnde Computerhirn glaubt, dass wir einfach brav machen, was sie von uns will, dann täuscht sie sich gewaltig. Wir gehen, und zwar sofort.«

Suchend sah sie sich um und entdeckte die große Flügeltür, die zum Ausgang des Zentrums führte. Samira straffte den Rücken.

»Ich glaube nicht, dass das funktionieren wird«, sagte Finn.

»Und ob es das wird«, sagte Samira. »Wir gehen jetzt da raus, holen Elli und die bescheuerten Elstern, und dann kann uns diese Ai am Bürzel knutschen.«

Sie fasste Finn am Handgelenk, um ihn mit sich zu ziehen. Sie hatte ihn allerdings kaum berührt, als die Lichter im Saal von blau zu rot wechselten.

Samira sog scharf die Luft ein. »Was zum …«

»Sie hört uns«, sagte Finn. »Und wahrscheinlich sieht sie uns auch. So, wie sie's beschrieben hat, kann sie die ganze Stadt durchleuchten.«

Verunsichert sah Samira sich um, dann verhärtete sich ihre Miene. »Am Bürzel«, knurrte sie und fuhr herum. Sie hatte noch nicht mal einen Schritt in die Richtung des Ausgangs gemacht, als die schweren Flügel der Holztür mit einem lauten Krachen ins Schloss fielen. Samira wollte dennoch losrennen, aber Finn hielt sie zurück.

»Nicht!«, warnte er.

Sie fluchte, schüttelte ihn ab und sah sich im Raum um. Ihr Blick fiel auf die Kapseln, und sie verzog das Gesicht. »Ich hätt's ja nicht gedacht, aber die Elstern hatten doch die richtige Idee«, sagte sie und rief dann laut: »Am besten wär's, wir hauen hier alles in Stücke!«

Entschlossen marschierte sie auf eine der Kapseln zu, und die Lämpchen schalteten auf dunkelrot. Gleichzeitig setzte überall um sie herum ein dumpfes, bedrohliches Brummen ein.

»Samira«, warnte Finn. Er zog den Kopf zwischen die

Schultern und sah nach oben, aber dieses Mal krabbelte nichts auf sie zu. Zumindest noch nicht. Angespannt drehte er sich wieder zu Samira.

Die war mit dem Rücken zu ihm stehen geblieben. Sie hatte die Fäuste geballt, und kurz befürchtete Finn, dass sie gegen die nächstbeste Kapsel treten würde. Es dauerte einen Augenblick, dann löste sie ihre Finger und senkte den Kopf.

Mit einem wachsamen Seitenblick auf die Warnlichter ging Finn zu ihr.

»Es ist alles falsch hier«, murmelte Samira, so leise, dass er sie fast nicht verstand. Das Licht der Lämpchen färbte ihre Haut rot, und als Samira dann auch noch die Arme um ihren Oberkörper schlang, schien sie vor seinen Augen zusammenzuschrumpfen.

Sie hat Angst, dachte Finn. Kein Wunder.

Mit einem mulmigen Gefühl dachte er daran, dass er Samira noch nicht alles erzählt hatte. Sie wusste, dass Ai ihn hier im Turm behalten wollte. Sein Einverständnis zur Bewusstseinsschmelze hatte er allerdings noch nicht gebeichtet, und jetzt traute er sich nicht mehr, ihr davon zu erzählen. Das würde sie nur noch härter treffen.

Er folgte Samiras Blick, der starr auf die Glaskapseln gerichtet war. Dachte sie daran, was passiert wäre, wenn Ai sie nicht aufgeweckt hätte?

Sacht berührte Finn sie an der Schulter. »Komm mit«, sagte er. »Hier gibt's einen Ort, der dir besser gefallen wird.«

Finn machte sich nichts vor. Der Wassergarten im ersten Obergeschoss des Turms war kein sicherer Ort, aber er war besser als der Schlafsaal. Nebeneinander saßen sie auf einem dicken Mooskissen und lehnten sich an die Außenwand eines Wasserbeckens. Wasser plätscherte vor sich hin, und der Geruch von Erde lag in der Luft. Wenn Finn die Augen schloss, konnte er sich beinahe vorstellen, zurück im Wald zu sein.

Samira seufzte und zog ihre Knie eng an ihren Körper. Ihr rechter Stiefel war mit einem schwarzen Schnürsenkel geschnürt, der linke mit einem gelb-rot gestreiften. Wahrscheinlich war der Original-Schnürsenkel gerissen, und Samira hatte sich den nächstbesten Ersatz aus irgendeiner Restekiste geschnappt. Wenn's um ihre Forschung ging, achtete sie auf jedes kleinste Detail, aber ob ihre Schnürsenkel oder ihre Socken zusammenpassten, das war ihr schon immer piepegal gewesen.

»Okay«, sagte sie. »Nur, damit ich das alles richtig verstehe. Das Schlafprogramm, der Mondwandler und die ganze Stadt werden von einer intelligenten Maschine überwacht?«

Finn nickte und beschrieb ihr das Netzwerk aus Kabeln, das sich wie Adern durch die Wände des Turms und darüber hinaus ausbreitete.

Samira blies die Backen auf und stieß die Luft aus. »Puh.«

»Ich bin mir ziemlich sicher, dass ihr Netzwerk auch über die Kuppel hinausreicht«, sagte er. »Die leuchtenden Kabelbahnen sehen dem Sternlichtpfad ziemlich ähnlich.«

Sie runzelte die Stirn. »Du meinst, wir sind ihrer Kabelader gefolgt?«

»Bis zu ihrem Herzen, ja«, sagte er. »Oder vielmehr ihrem Gehirn. Sie meinte, dass sich das hier direkt unter dem Turm befindet. Wahrscheinlich hat Flöckchen uns deshalb hergeführt. Er wollte nicht zum Mondwandler, sondern zurück zu seiner Schöpferin.« Ein weiterer Gedanke kam ihm. »Die Libellen in der Schlucht – ich wette, das waren auch keine einfachen Tiere. Die stammen garantiert auch aus Ais Werkstatt.«

»Ergibt Sinn.« Samira überlegte, dann sagte sie: »Es ergibt sogar sehr viel Sinn. Wenn Ai ihr Bewusstsein und ihre Robotiere über die Kuppel hinausschicken kann, dann erklärt das so ziemlich alle Regeln in unseren Kommunen.«

»Es beweist auf jeden Fall, dass die Erwachsenen nicht nur gelogen haben«, sagte Finn. »Der Mondwandler hat die Aufgabe, das Gleichgewicht zwischen Menschen und Wald zu bewahren. Blöd nur, dass eine Maschine ohne Gefühle entscheidet, wie das Gleichgewicht auszusehen hat.«

»Ja, und es erklärt noch mehr«, sagte Samira. »Überleg mal: Warum gibt es in den Kommunen so wenige Computer? Und die, die es gibt, sind nicht untereinander vernetzt? Warum gibt es keine Handys mehr? Das haben die Erwachsenen garantiert so eingerichtet, damit Ai möglichst wenig Chancen hat, uns auszukundschaften.«

Finn pfiff anerkennend. »Du hast recht!« Einige der Regeln, mit denen er aufgewachsen war, erschienen ihm jetzt in einem neuen Licht. Gleichzeitig wurde ihm jedoch noch etwas anderes klar: Die Erwachsenen hatten vielleicht nicht ständig gelogen, aber sie hatten ihnen bei weitem nicht die ganze Wahrheit erzählt.

»Was denkst du, warum haben sie uns nichts von Ai erzählt?«, fragte Finn. »Die Erwachsenen, meine ich. Sie müssen doch von ihr wissen. Oma Vera kennt die Welt noch vor dem Wald. Sie muss mitbekommen haben, wie Ai die Kontrolle übernommen hat.«

Samira schüttelte den Kopf. »Ich weiß nicht, warum sie das verheimlicht haben«, sagte sie. »Ich wünschte, wir könnten sie fragen.«

Finn nickte nur. Er dachte an Oma Vera, wie sie mit dem Kochlöffel die Ranke einer Klematis beiseitestupste. Der Gedanke, dass er wahrscheinlich nie wieder in ihrer Küche sitzen würde, wog schwer wie ein Stein auf seiner Brust.

Samira sah ihn von der Seite an. »Wie viel Zeit haben wir?«

Finn zuckte mit der Schulter. »Hat sie nicht gesagt«, antwortete er. »Ich glaube, das ist ihr nicht so wichtig. Hauptsache, ich halte mich an unsere Abmachung.«

Samira ballte wieder die Fäuste. »Was will dieses Ding überhaupt von dir?«

Das war seine Chance, um ihr von der Bewusstseinsschmelze zu erzählen, aber er brachte es immer noch nicht über sich. Die Vorstellung, das Entsetzen in ihren Augen zu sehen, war furchtbar. Und vor allem: Wenn er es ihr erzählte, dann würde sie wahrscheinlich wirklich versuchen, hier alles kurz und klein zu schlagen. Und wie das ausging, wollte er sich nicht einmal ausmalen. Kurz kam ihm der Gedanke, dass die Erwachsenen das Märchen über den Mondwandler womöglich aus ähnlichen Gründen erfunden hatten. Wollten sie ihre Kinder davor schützen, sich mit Ai anzulegen?

Das hatte ja wunderbar funktioniert.

»Sie will Gesellschaft«, antwortete er ausweichend.

»Wieso zur Hölle?«, fuhr Samira auf. »Ist ihr langweilig oder was? Dann soll sie gefälligst lernen, wie man Geige spielt oder Flügelhorn oder was weiß ich.« Sie griff nach Finns Hand und hielt sie fest. »Ich lass dich nicht hier zurück!«

Etwas schimmerte am Rand seines Blickfelds, und als Finn den Kopf zur Seite wandte, sah er eine silberne Katze in einer Lücke zwischen den Becken vorbeistromern.

»Ich bin mir ziemlich sicher, dass wir keine Wahl haben«, sagte er niedergeschlagen.

Samira drückte seine Hand noch fester. »Dann bleibe ich auch.«

Der Schreck fuhr Finn heiß in die Knochen. »Nein!« Als Samira protestieren wollte, fuhr er rasch fort: »Jemand muss den Leuten daheim erzählen, was hier los ist. Vielleicht wissen sie gar nicht, dass das Schlafprogramm längst zu Ende sein sollte! Wenn du ihnen das sagst, dann … dann ändern sie vielleicht ihre Haltung, und ihr könnt euch überlegen, wie ihr Ai dazu kriegt, den Mondwandler zurückzuziehen. Und ihr müsst es irgendwie schaffen, Hannah zurückzuholen! Und Ellis Mutter!« Er redete immer schneller, so als ob er all diese Dinge damit Wirklichkeit werden lassen könnte. »Die Nachtschwärmer müssen zurück nach Hause, es muss eine Lösung geben!«

Samira beugte sich vor, presste ihre Stirn gegen ihre Handballen und stöhnte. Das Geräusch war Finn so vertraut, dass er beinahe schmunzelte. Genauso klang Samira, wenn sie daheim vor einem Experiment saß, das zum x-ten Mal schiefgegangen war.

»Komm schon, du Genie«, scherzte er und stupste sie an. »Wenn hier jemand 'ne zündende Idee hat, dann ja wohl du.«

»Ich hab aber keine!«, stieß Samira so heftig hervor, dass Finn zusammenzuckte. Erschrocken sah er zu, wie sie das Gesicht in den Händen vergrub.

»Das war nur Spaß«, sagte er rasch, und als sie nicht reagierte: »Hey, ich hab's nicht so gemeint!«

Sie schüttelte nur den Kopf. »Es ist zu viel«, sagte sie. »Ich hab keine Antworten, ich weiß nicht, was wir tun sollen, und es wäre echt toll, wenn du das nicht immer von mir erwarten würdest!«

Finn saß da wie vom Blitz getroffen. Seine Bestürzung wuchs, als er das Beben ihrer Schultern bemerkte und ihm klar wurde, dass sie weinte. Seit er sie kannte, hatte sie noch nie vor ihm geweint.

»Tut mir leid«, sagte sie mit halberstickter Stimme. Sie schniefte, richtete sich auf und wischte sich mit den Händen über die Augen. »Tut mir leid, tut mir leid.« Sie drehte sich zu Finn um. »Ich komm nicht damit klar, dass du hierbleiben sollst. Wie … wie eine Geisel oder so was. Das ist zu viel.«

Tränen stiegen ihm in die Augen, als er begriff: Er lud Samira den gleichen Kummer auf die Schultern, den er empfunden hatte, als sie sich für ihn geopfert hatte. Verdammt, er wusste, wie es sich anfühlte zurückzubleiben.

»Ich weiß«, sagte er mit einem Kloß im Hals. Die erste Träne rollte über seine Wange, als er sich nach vorn lehnte und Samira wieder in den Arm nahm. Sie klammerten sich aneinander, und Finn wünschte sich mit aller Macht, dass sie Oma Veras Garten nie verlassen hätten.

»Was haben wir uns da nur eingebrockt«, murmelte Samira.

»Es ist meine Schuld«, sagte Finn mit heiserer Stimme und ließ sie los. Er wollte nicht weiterreden, aber dann sprudelte es doch aus ihm heraus. »Ich hab alles nur noch schlimmer gemacht. Zuerst verschwindet Hannah wegen mir, dann du und jetzt …« Er wandte sich ab und fuhr sich mit dem Ärmel übers Gesicht. »Ich hab echt gedacht, mein blödes Gehör wär endlich zu etwas gut. Aber ich hab's nicht mal unter Kontrolle. Bei mir ist einfach was falsch zusammengebaut, so sieht's aus.«

In diesem Moment glaubte er felsenfest, dass er damit recht hatte. Umso überraschter war er, als Samira nach einem kurzen Schweigen sagte: »Das sehe ich komplett anders.«

Finn drehte sich zu ihr um. Ihre Augen waren rot vom Weinen, aber ihr Gesicht war wieder ruhig und ernst. »Überleg mal, wie du uns mit Flöckchen durch den Wald geführt hast«, sagte sie. »Keiner von uns anderen hätte das gekonnt.«

»Ich hab uns direkt in eine Falle geführt«, widersprach er.

»Aber auch an den einzigen Ort, an dem wir irgendetwas ausrichten können«, sagte Samira. »So, wie ich das sehe, hast du eine Gabe.«

Finn wollte es abstreiten, aber sie ließ ihn nicht zu Wort kommen.

»Weißt du, wie sehr ich mich gefreut habe, als du angefangen hast, mit Flöckchen herumzuexperimentieren?«

»Was?«, fragte Finn verwirrt. »Wieso?«

»Weil du dich zum ersten Mal, seit ich dich kenne, ganz auf dich selbst verlassen hast«, sagte sie. »Du hast deiner eigenen Wahrnehmung und deinem Instinkt vertraut. Und weißt du was? Du hast glücklich dabei ausgesehen!«

Sprachlos starrte er sie an. Glücklich? Er dachte zurück an den Moment, als er Flöckchen aus Klicks Labor ins Freie hinausgetragen hatte. Es stimmte, was er da getan hatte – *wie* er es getan hatte – hatte sich richtig angefühlt. Und dann der Moment auf dem Dach von Ellis Baumhaus, als er Flöckchens Summgesang gehört hatte und kurz darauf der Sternlichtpfad zwischen den Bäumen aufgetaucht war … Ja, das hatte ihn glücklich gemacht.

Aber waren das alles nicht nur Zufälle gewesen?

»Du hast dich so lange vor der Welt verschlossen«, fuhr Samira fort. »Vor allem vor den Geräuschen. Immer hattest du deine Musik dabei. Ich verstehe, warum. Die anderen haben dir zu lange das Gefühl gegeben, dass bei dir was nicht stimmt. Und du hast irgendwann selbst geglaubt, dass es so ist. Aber ich hab immer gehofft, dass du es eines

Tages schnallst: Anderssein ist nicht schlimm. Im Gegenteil. Es ist extrem spannend!«

Sie lehnte sich zurück und hakte die Finger um die Träger ihrer Latzhose. »Ich hab jedenfalls aufgehört, mir Gedanken darüber zu machen, ob andere finden, ich wär zu vorlaut oder zu neunmalklug oder zu neugierig oder was auch immer«, sagte sie, ohne ihn dabei direkt anzusehen. »Und das alles hat dich an mir doch auch noch nie gestört, oder?«

»Natürlich nicht«, sagte Finn sofort.

Samira nickte, als hätte er damit auch alles andere bestätigt, was sie gesagt hatte.

Sie lehnte sich an seine Schulter. »Du warst sechs, als Hannah entführt wurde«, sagte sie. »Kinder sind neugierig, das ist kein Verbrechen. Es ist nicht deine Schuld, dass du in einem Wald lebst, der von einem Monster heimgesucht wird.« Sie schnaubte. »Verzeihung, einem Roboterwolf, der von einem tyrannischen Computer ausgeschickt wird, um Menschen abzuernten, als wären sie Pilze.«

Bei dem absurden Vergleich blubberte tatsächlich ein kleines Lachen in Finn hoch. »Pilze?«

»Schöne, dicke Champignons«, bestätigte Samira. »Oder Fliegenpilze, im Fall von Cora.«

Finn prustete noch einmal, dann atmete er tief durch. Es fühlte sich an, als hätte sich ein Knoten in seiner Brust endlich gelöst. »Ich bin froh, dass es dich gibt, weißt du das?«, fragte er. »Egal, ob du Antworten hast oder nicht.«

»Dito«, sagte sie. »Und jetzt? Wir stecken immer noch in einer Sackgasse.«

»Yep.« Finn fuhr sich mit der Hand durch die Haare und ließ sie dann auf das Moos sinken. Sein Blick glitt zur Glaswand des Turms, und er wünschte sich, er könnte wenigstens den Himmel sehen. Wahrscheinlich dämmerte es draußen vor der Kuppel bereits. Er strich mit den Fingern über das Moos, als ihm plötzlich eine Frage in den Sinn kam. Wieso blieb die Stadt eigentlich vom Wald verschont? Jenseits der Kuppel hatte er so ziemlich alles, was Menschen gebaut hatten, überwältigt. Häuser, Straßen, Gleise, ganz egal. Aber irgendwie hatten die Bewohner dieser Stadt es geschafft, eine Barriere zu bauen, die die Natur draußen hielt.

Die Bewohner, überlegte Finn, oder Ai?

Diese Frage zündete eine ganze Reihe von Vermutungen. Warum hatte Ai diese Stadt vor der Natur geschützt? Weil sie die Menschen, die hier gewohnt hatten, bewahren wollte – oder sich selbst?

Ein Gedanke schoss ihm durch den Kopf, und Finn musste an sich halten, um nicht aufzuspringen. Es gab noch eine Geschichte, die er als Kind gehört hatte! Er erinnerte sich daran, wie sein Vater sie erzählt hatte, während er Finn, Samira und ein paar andere Kinder zu einem ganz bestimmten Ort im Wald führte. Was, wenn …

»Ist schon alles ziemlich verkorkst«, sagte er schließlich und versuchte dabei so beiläufig wie nur möglich zu klingen, »aber zumindest haben wir nicht ganz so viel Chaos angerichtet wie der alte Roland. Der ist echt legendär.«

Irritiert sah Samira ihn an und hob eine Braue. »Stimmt«, sagte sie langsam. »Der bleibt ungeschlagen.«

Abwartend sah sie ihn an, aber in Finns Kopf arbeitete es immer noch. Jedes Kind in ihrer Kommune wusste, wer der alte Roland war. Wann immer eine Gruppe Kids zehn Jahre alt wurde, führten ein oder zwei Erwachsene sie zum Haus des alten Rolands … oder viel mehr zu dem, was davon noch übrig war. Die Geschichte dazu ging so: Der alte Roland war ein Querschläger gewesen, ein mürrischer Kauz, der sich nicht an die Regeln der Kommune halten wollte. Er war der Ansicht, dass er sein Leben frei nach seiner Schnauze leben und die Natur mit allen Mittel zurückdrängen und beherrschen konnte. Er verließ die Kommune, aber sein Haus – der Schauplatz seiner grummeligen Rebellion – blieb zurück. Als Finn und Samira das Haus zum ersten Mal sahen, standen nur noch die Außenmauern. Eine Linde war durch das Dach gebrochen, Efeu quoll durch die zerbrochenen Fenster, und Eidechsen krabbelten über die Türrahmen. Die Natur hatte sich Rolands Bollwerk zurückgeholt.

Finn erinnerte sich an die Tour durch das zerstörte Erdgeschoss des Hauses. An die Wurzeln, die sich aus dem Linoleum wölbten. Das Moos, das die Schränke hinauf wucherte. Und die Efeuranken, die aus den Steckdosen quollen und sich um Rolands Computer geschlungen hatten. Besonders die Erinnerung an den schwarzen Bildschirm leuchtete jetzt in Finns Gedächtnis.

Finn schloss die Augen, grub die Finger ins Moos und spürte die feuchte Erde darunter. Was würde passieren, wenn die Natur unter die Kuppel gelangte? Nicht diese gezähmte, eingezäunte und angelegte Natur, sondern die wilde, rasend schnell wuchernde Wildnis? Vor seinem inneren Auge sah er, wie Efeuranken sich um Brückengeländer wanden, Farne aus dem Beton der Straßen platzten und Bäume ihre Kronen durch die Hausdächer schoben.

Und wenn die Wurzeln der Bäume diesen Turm hier erreichten, was dann? Ais Gehirn befand sich unter diesem Gebäude. Bedeutete das, dass dort unten irgendwo der zentrale Computer stand, in dem Ais Bewusstsein verankert war?

Wieder sah Finn den schwarzen Bildschirm vor sich und die Efeuranken, die sich wie eine Würgeschlange um ihn wickelten.

Er öffnete die Augen. Sein Herz schlug schneller. Ein aberwitziger Plan begann in seinem Kopf Gestalt anzunehmen, aber wie sollte er seine Idee mit Samira teilen? Er war sich sehr sicher, dass Ai alles mit anhörte, was sie hier besprachen.

Er warf Samira einen raschen Blick zu, dann betrachtete er die Wasserbecken um sie herum. »Was hältst du eigentlich von diesem Garten?«

»Hübsch«, sagte sie nach kurzem Zögern. »Ein bisschen zu ordentlich für meinen Geschmack.«

»Ja, hier unter der Kuppel gibt's wohl keinen Platz für Sachen, die einfach wild durch die Gegend wuchern«, sagte er, zog Hannahs Pandamütze aus der Tasche und legte sie in seinen Schoß. Seine linke Hand drückte er immer noch ins weiche Moos. »Erinnert mich ein bisschen an Oma Veras Gewächshaus. Da war auch immer alles ordentlich.«

Er traute sich nicht, Samira direkt anzuschauen, aber er hoffte innständig, dass sie verstand, worauf er hinauswollte. Denk an den Apfelbaum, dachte er.

Er grub seine Finger in die Erde, bekam eine Handvoll Moos und Wurzeln zu fassen und schloss seine Faust darum.

»Okay«, sagte er, so als ob er zu einem Entschluss gekommen war. »Am besten, wir verabschieden uns jetzt. Es bringt ja nichts, es hinauszuzögern.«

Samira setzte an, zögerte, und sagte dann: »Ich schätze nicht.«

»Bevor du nach Hause gehst«, sagte er, »könntest du zu den Elstern gehen und sie überreden, sich zu ergeben.« Er schob seine Faust in die Pandamütze und hoffte inständig, dass Ai nicht zu genau auf seine Finger achtete. »Sprich am besten mit Yanis, der wird dann schon das Richtige tun.«

Mit anderen Worten: *Bring Yanis einen neuen Plan, mit dem er nicht nur den Mondwandler, sondern auch die, die ihn kontrolliert, plattmachen kann.* Er drehte sich zu Samira, die seinen Blick angespannt erwiderte.

»Im Ernst?«, fragte sie.

»Besser, sie schlafen, als dass Ais Robotiere sie töten«, sagte er und drückte ihr Hannahs Mütze in die Hand. »Und gib Elli bitte ihre Mütze zurück. Sie vermisst sie schon seit der Forschungsstation. Du weißt schon, seit wir ihren Rucksack neu bepackt haben?«

Samira nahm die Mütze in die Hand. Sie warf einen Blick auf seine erdverschmierten Finger, und Finn sah förmlich, wie es bei ihr *Klick* machte. Sein Herz hämmerte schneller. Ganz beiläufig rieb er seine Hand an seiner Jeans ab. Er musste sich sehr zusammenreißen, um sich nicht nach der silbernen Katze umzuschauen.

Samiras Wangen röteten sich vor Aufregung, aber dann fiel Besorgnis wie ein Schatten über ihr Gesicht. »Und was ist mit dir?«

Finn zwang sich, mit den Schultern zu zucken. »Wenn Ai jemanden zum Quatschen will, vielleicht kann ich dann die Chance nutzen, um sie dazu überreden, die Nachtschwärmer doch noch aufzuwecken.«

Samira war nicht überzeugt. »Und wenn du das nicht schaffst?«

Dann entert sie mein Bewusstsein und zerlegt mich danach in meine Einzelteile, dachte Finn. Es sei denn, Samira hatte den Plan, den er ihr mitteilen wollte, wirklich verstanden. Es sei denn, sie setzte ihn schnell genug um.

Das waren ganz schön viele *Es-sei-denns*.

Bei dem Gedanken an das haarsträubende Risiko, das er hier einging, wurde Finn noch übler als zuvor. Er riss sich zusammen und sagte: »Dann wird sie mich in eine Glaskapsel legen, und ich werde gemütlich schlafen, bis die Erwachsenen das Ende des Schlafprogramms ausgehandelt haben.«

Er würde sich später für die Lüge entschuldigen. Alles in der Hoffnung, dass es ein Später geben würde.

»Finn …«, begann Samira.

»Ich komm schon klar«, beharrte er. »Pass du nur auf dich auf, okay?«

Er sah, wie sie mit sich kämpfte, bevor sie schließlich ihre Hand hob. »Zusammen?«, fragte sie. Ihr gemeinsames Codewort für *wir ziehen an einem Strang* und *gemeinsam sind wir stärker.*

Finn schlug ein und hielt ihre Hand fest. »Zusammen.«

25

Der Frosch in der Mitte des Universums

Die Aufzugtür öffnete sich mit ihrem melodischen Läuten, und Finn war zurück im Saal unter dem Dach. Er war ein einziges Nervenbündel, angespannter als jemals zuvor in seinem Leben – und den nächsten Schreck bekam er gleich beim Verlassen des Aufzugs. Die Fische befanden sich nicht mehr an den Wänden, sondern schwebten nun frei durch den Raum. Die Hologramme von gefleckten Kois und Schleierschwänzen beschrieben weite Kreise und langsame Loopings. Finn wich einem kürbisgroßen Fisch aus, hob dann jedoch neugierig die Hand. Der Fisch glitt an seinen Fingerspitzen entlang, und Finns Berührung hinterließ eine leuchtende Spur auf den Schuppen.

Echt ein Jammer, dachte er. Wie kann jemand etwas so Schönes erfinden und dann so ein gewissenloses Monster sein?

Ai war nirgends zu sehen, oder zumindest zeigte sie sich nicht. Stattdessen erspähte Finn Flöckchen, der zusammengekauert auf dem Rand der Empore saß. Rasch lief Finn zu ihm und nahm den kleinen Frosch in seine Hände.

»Hey«, murmelte er. »Alles in Ordnung mit dir?«

Flöckchen hob den Kopf ein wenig und öffnete schwerfällig die Augen.

»Ich habe meine Untersuchung noch nicht abgeschlossen«, sagte Ais Stimme. »Aber bisher deutet nichts auf einen Fehler in seinem Programm hin.«

Finn fuhr herum. Ai stand direkt hinter ihm und musterte ihn nachdenklich.

»Du hast gelogen«, sagte sie.

»Was?« Finns Mund war schlagartig trocken. Wusste sie Bescheid? Hatte sie seine verschlüsselte Botschaft an Samira verstanden?

»Du hast zu deiner Freundin gesagt, dass ich dich nach der Bewusstseinsschmelze zu den anderen Schläfern lege«, sagte Ai. Finns Schultern sackten erleichtert herunter, er konnte es nicht verhindern. Seine Erleichterung währte jedoch nicht lange, denn Ais nächste Worte lauteten: »Du hast schon verstanden, dass du die Berührung meines Bewusstseins höchstwahrscheinlich nicht überleben wirst?«

Finn schluckte. »Ja.«

Ai neigte ihren Kopf zur Seite. »Warum hast du deine Freundin angelogen?«

Wäre sie ein Mensch gewesen, dann hätte sie diese Frage nicht stellen müssen. Finn verkniff sich diese Antwort. Stattdessen sagte er: »Weil sie sonst nicht gegangen wäre.«

Er hoffte inständig, dass Samira den Turm bereits hinter sich gelassen hatte. Wie lange würde es dauern, bis sie die Elstern fand? Ob überhaupt noch jemand von ihnen wach war, der ihr helfen konnte?

Ai schien seine Antwort zu verarbeiten, dann richtete sich wieder gerade auf und trat auf ihn zu. Automatisch wich Finn einen Schritt zurück, aber Ai kam ihm nach. Sie stand jetzt so dicht vor ihm, dass er ihren Atem auf der Haut gespürt hätte – wenn Ai atmen würde. Die Gänsehaut war zurück und krabbelte von Finns Nacken unter seinen Kragen und seinen Rücken hinunter. So nah, wie sie war, konnte Finn ihrem Blick nicht mehr ausweichen. Ai blinzelte, und plötzlich sah Finn in ihren Augen die gleichen Sternenwirbel und glimmenden Nebel, die den Würfel auf der Empore ausgefüllt hatten.

»Ich werde jetzt mit der Bewusstseinsschmelze beginnen«, sagte sie.

Finn holte bebend Luft. »Vielleicht … vielleicht können wir erst noch reden?«, schlug er vor. »Ich verspreche auch, dass ich alles beantworten werde, was du wissen willst.«

Ais Antwort war kompromisslos. »Reden ist ineffektiv.«

Aus den Augenwinkeln sah Finn etwas funkeln. Er wandte den Blick erst nach links und dann nach rechts. Auf beiden Seiten von ihm erhoben sich zwei schimmernde dünne Kabel aus dem Boden. Sie sahen aus wie die durchscheinenden Fangarme einer Qualle. Finns Herz hämmerte jetzt so schnell, dass es sich so anfühlte, als hätte er einen Kolibri in der Brust.

»Versuche, dich nicht zu wehren«, riet Ai. Sie hatte die Worte kaum ausgesprochen, da reckten sich die Fühler in die Höhe, beugten sich zu Finn und berührten seine Schläfen.

Schlagartig wurde alles dunkel. Finn hörte ein dumpfes, rhythmisches Wummern, und im nächsten Augenblick explodierte um ihn herum ein Sturm aus Licht und Lärm. Geräusche prasselten auf ihn herab wie ein Hagelgewitter. Nein, sie rauschten *durch ihn hindurch*. Er hörte das Knistern von Strom, ein klickerndes Rauschen, abgehacktes Flüstern und Summen. Stimmen murmelten durcheinander, Lichter zuckten und blitzten von allen Seiten über sein Blickfeld. Als wäre das noch nicht genug, wirbelten wirre Bildschnipsel um ihn herum wie ein aufgeregter Vogelschwarm. Menschen in weißen Laborkitteln, ein älterer Herr mit einem Märchenbuch, die Straßen der Stadt, vollgestopft mit Autos und Menschen. Mehr Blitze, laute Stimmen, jemand zählte Nullen und Einsen, jemand summte, jemand schrie.

Finn spürte, wie er sich selbst verlor. Die Geräusche und Bilder zerrten an ihm, zogen ihn auseinander, wälzten sich durch sein Bewusstsein wie eine grollende Lawine. Er würde den Verstand verlieren. Er würde vergessen, wo er war, *wer* er war. Es fühlte sich so an, als ob er von einem Strom fortgerissen wurde, und es gab nichts, woran er sich festhalten konnte.

… eine Gabe.

Samiras Stimme zischte an ihm vorbei wie ein Vogel im Flug, aber er reagierte instinktiv und klammerte sich an die vertraute Erinnerung.

So, wie ich das sehe, hast du eine Gabe.

Finn stellte sich Samira vor. Er erinnerte sich an ihr ernstes Gesicht und ihre bunten Schnürsenkel. Das Chaos tobte immer noch um ihn herum und durch ihn hindurch, aber jetzt konnte er einen kleinen, klaren Gedanken fassen. Was er hier spürte, war Ai. Ihr Bewusstsein, ihre Erinnerungen, ihre Wahrnehmung. Und die unvorstellbare Masse ihrer Gedanken und Eindrücke würde ihn zermalmen, wenn er nicht …

… ich hab's nicht mal unter Kontrolle, hörte Finn sich selbst sagen. Worum ging es dabei noch mal? Ja, richtig. Er hatte behauptet, dass er seinen super feinfühligen Gehörsinn nicht kontrollieren konnte. Aber das war nicht ganz richtig, oder? Als ihn die Geräusche nach seiner Flucht vom Kampf zwischen den Elstern und dem Mondwandler überwältigt hatten, was hatte er da gemacht? Er hatte sich auf eine Sache konzentriert, hatte seine komplette Wahrnehmung auf eine Sache gerichtet: Hannahs Mütze.

Konnte er das jetzt auch? Gab es in diesem ganzen Chaos etwas, das ihn erden konnte?

Ganz ruhig, sagte er sich. Konzentrier dich.

Auch wenn sich sein Verstand dagegen sträubte, öffnete Finn seine Sinne und verschob seine Konzentration dann ganz gezielt auf das, was er hörte. Das hier war nicht das erste Mal, das er in einem Lärmstrudel gefangen war. Und er würde damit klarkommen, genauso wie zuvor. Entschlossen sortierte er die Geräusche auseinander. Er durchsuchte sie, wie er eine von Oma Veras Gerümpelschubladen durchsuchen würde. So lange, bis er ein stetiges, vertrautes Summen aufschnappte. Erleichterung durchflutete ihn. Das war Flöckchens Summgesang!

Ermutigt richtete er seine ganze Aufmerksamkeit auf dieses Summen und zwar so lange, bis alle anderen Geräusche erst leiser wurden und schließlich ganz verstummten.

Finn verharrte einen Moment in der wundervollen Stille, dann öffnete er die Augen. Um ihn herum herrschte vollkommene Dunkelheit. Es fühlte sich so an, als würde er stehen, aber einen Boden unter den Füßen spürte er nicht. Was er spürte, war ein kleiner, weicher Körper auf seinen Handflächen. Finn sah nach unten, und Flöckchens Leuchten glomm so elegant auf wie eine Blume, die ihre Blüte öffnete. Der Frosch saß in der Kuhle von Finns aneinandergelegten Händen und schaute mit seinen Mondaugen zu ihm hinauf. Finn erwiderte den Blick und spürte eine Welle der Zuneigung für seinen kleinen Begleiter. Auch dieses Mal hatte der Frosch ihm den Weg gezeigt. In diesem Moment zweifelte Finn nicht mehr daran, dass Flöckchen ihn mit voller Absicht gerettet hatte.

Finn sah sich um. Er hatte keine Ahnung, wie viel Zeit vergangen war. Ein paar Sekunden, ein paar Stunden? Wo war er überhaupt? So pechschwarz wie es hier war, könnte er sowohl im abgedunkelten Glasturm stehen als auch irgendwo in einem sternlosen Winkel des Universums schweben.

»Irgendeine Ahnung, wo wir hier sind?«, fragte er Flöckchen.

Ein Licht leuchtete vor Finn auf wie eine schlanke Kerzenflamme. Es wuchs, dehnte sich aus und nahm Gestalt an, bis Ai vor ihm stand.

»Wir sind an dem Ort, an dem deine Gedanken entstehen«, sagte sie. Was nicht wirklich eine Erklärung war, aber für den Moment war Finn einfach nur froh, dass Ais überkomplizierter Gedankensturm nicht mehr auf ihn einhämmerte.

Ai wiederum schien alles andere als froh zu sein. »Was macht der Frosch hier?«, fragte sie. »Wie ist er hierhergekommen?«

Finn zog Flöckchen näher an sich heran und zuckte mit den Schultern. Wenn sein Bewusstsein immer noch mit dem von Ai verbunden war, dann gab es auf ihre Frage eigentlich nur eine Antwort. »Ich schätze, er hat sich in unsere Bewusstseinsschmelze eingeklinkt.« Er konnte nicht anders, er musste lächeln. »Scheint so, als wäre er doch cleverer, als du gedacht hast.«

»Ich irre mich nicht«, antwortete Ai sofort. Sie flackerte, was wahrscheinlich einem Stirnrunzeln gleichkam. Wenn Finn es nicht besser wüsste, würde er sagen, dass sie wütend war.

»Dein Verstand war dabei, sich aufzulösen«, sagte Ai, und tatsächlich, sie klang zum ersten Mal verärgert. »Wie hast du das verhindert? Wie kommt es, dass wir hier miteinander sprechen? Das ist nie zuvor passiert.«

Anscheinend kam sie nicht gut klar damit, wenn etwas passierte, dass sie nicht vorhergesehen hatte. Für jemanden, der von sich behauptete, keine Gefühle zu haben, war sie ganz schön dünnhäutig.

Bevor Finn jedoch antworten konnte, erstarrte Ai. Wortwörtlich. Es sah aus, als wäre sie eingefroren. Das Flüstern hob erneut an, gefolgt von gedämpftem Geschrei, Kreischen von Metall und dem Brüllen von Feuer. Etwas, das sich wie ein warmer Luftzug anfühlte, strich an Finn vorbei.

Ai flackerte. Richtete sie ihre Wahrnehmung neu aus? Für Finn fühlte es sich an, als würde sie Anlauf nehmen. Er bereitete sich darauf vor, den Sturm ihrer Gedanken abzuwehren, aber dann riss er ihn einfach mit sich.

Als Finn das nächste Mal aus dem Wirbel von Ais Bewusstsein auftauchte, schwebte er über einer Straße. Er war zurück in der Stadt, betrachtete sie dieses Mal jedoch aus der Vogelperspektive. Nein, wurde ihm rasch klar, aus der Wespenperspektive. Ai schaute durch die Augen einer ihrer Robowespen, und Finn teilte ihre Sicht. Und was er sah, ließ ihm das Blut in den Adern gefrieren.

Unter ihm tobte ein erbitterter Straßenkampf. Der Mondwandler hatte eine Gruppe Elstern aufgespürt, vielleicht die letzten, die noch bei Bewusstsein waren. Zwei von ihnen lagen vor dem Mondwandler auf der Straße, drei weitere versuchten vergeblich, ihn mit ihren Flammenwerfern zurückzudrängen, während ein anderes kleines Grüppchen vor ihm in Deckung ging. Finn erkannte Hark, der Yanis stützte, und Priya, die Wespen mit einem großen Rohr abwehrte. Die Straße hinter ihnen endete an einem Flussufer, und der Mondwandler trieb sie auf das Wasser zu.

Angst schnitt wie eine Klinge durch Finns Bewusstsein.

Er wollte den anderen helfen, aber Ai hatte die volle Kontrolle.

Silberner Rauch quoll aus den Nüstern des Mondwandlers, und eine der Elstern, die nicht schnell genug auswich, geriet in die Schwaden und sackte zu Boden. Finn spürte, wie Ai ihn als weiteren Schläfer in ihrem System verbuchte. Dann wandte sie den Blick zu den zwei Mädchen, die hinter einer niedrigen Mauer kauerten.

Elli und Samira! Finn sah, wie Samira etwas aus Ellis Rucksack zog, und jubelte innerlich.

»Was geht hier vor?«, fragte Ai sofort. Finn kam es so vor, als spräche sie direkt in seinem Kopf. Was ja auch irgendwie stimmte. »Warum freust du dich?«

Da rannte Samira auch schon los. Sie hielt direkt auf den Mondwandler zu, und Finns Herz platzte fast vor Stolz und Sorge um sie. Sie rannte an den Elstern mit den Flammenwerfern vorbei und stopfte den Gegenstand aus Ellis Rucksack in Hannahs Pandamütze. Finn versuchte, nicht darüber nachdenken, was es war, aber da blitzte auch schon das Bild der Glasampullen in seinem Gedächtnis auf. Er erinnerte sich daran, wie Samira sie aus dem Schrank in der Forschungsstation genommen und sie kurz darauf in Ellis Rucksack gesteckt hatte.

Ai schnappte den Gedanken sofort auf. »Das Serum, das den wilden Wuchs der Natur ausgelöst hat?«, fragte sie. »Das wird ihr hier drin nichts nützen. Es gibt hier keine Pflanzen, die sie wachsen lassen kann.«

Denk nicht dran, redete Finn sich zu. Denk an nichts. Denk an rosa Elefanten.

Vergeblich. Sein aberwitziger Plan durchzuckte ihn wie ein Blitz, und Ai schnappte ihn ebenso blitzartig auf. Finn spürte ein Aufbrausen in ihrem Bewusstsein, das eindeutig Wut war, aber da war es auch schon zu spät. Samira sprang über eine der Elstern, holte aus und schleuderte Hannahs Mütze direkt auf den Mondwandler. Die Mütze, die nicht nur eine Ampulle mit Superdünger enthielt, sondern auch eine gute Handvoll Erde und Moos aus Ais sorgsam gepflegtem Wassergarten. Das Geschoss traf den Mondwandler mitten auf der Stirn und explodierte in einer Wolke aus grünem Staub. Kurz war Finn überrascht, dann begriff er: Samira hatte die Erde nicht nur mit dem Superdünger kombiniert, sondern mit einer weiteren Kugel ihres Knallgrünpulvers.

Und ob du ein Genie bist, dachte Finn.

Der Effekt war spektakulär. Innerhalb von Sekunden spross ein Flecken Moos auf der Stirn des Mondwandlers und breitete sich aus. Rasend schnell kletterte das Grün seine Schnauze hinunter. Er schüttelte den Kopf, aber dieser neue Pelz ließ sich nicht abschütteln. Finn stellte sich vor, wie die aufgeputschten Moossamen durch die Ritzen in seinem Metallpanzer rieselten, aufplatzten und ihre Triebe explosionsartig nach allen Richtungen schossen. Und tatsächlich: Grünes Moos platzte aus den Flanken des Mondwandlers und wuchs hinauf zu seinem Rücken. Farnblätter ringelten sich aus einem Ohr und aus dem Kniegelenk seines linken Beines.

Es funktioniert, dachte Finn begeistert. Es funktioniert!

Die Elstern schrien im Triumph, als der Mondwandler strauchelte und mit einem Krachen zu Boden stürzte. Ai jedoch stürzte der Anblick ihres lahmgelegten Monsters in eine geradezu tosende Verwirrung. Finn spürte, wie sie hektisch versuchte, das, was hier passierte, auszuwerten und einzusortieren. Er hätte seine Genugtuung gerne zurückgehalten, aber er hatte keine Ahnung, wie er das anstellen sollte. Ai war zu eng mit ihm verschmolzen, und in einer Sache hatte sie absolut recht gehabt: Er hatte seine Gefühle nicht unter Kontrolle. Und so zerrte Ai auch den letzten Rest seines Plans aus ihm heraus.

Ihre Frage klang wie ein Donnergrollen. »Ihr wollt die Natur hier hereinlassen, um mich zu töten?«

Finn sah wieder das Bild des überwucherten, kaputten Computers und das Efeu, das aus den Steckdosen des alten Rolands quoll. Ohne Strom und ohne Geräte konnte Ai nicht weiter existieren.

Der Clou war: Ai selbst hatte ihm die Idee gegeben. Im Wassergarten hatte er an Ais Geschichte über die Menschen gedacht, die versucht hatten, ihr den Strom abzustellen. Zwar hatten sie damals keinen Erfolg gehabt, aber die Tatsache, dass Ai sich bedroht genug gefühlt hatte, um ihnen den Riegel vorzuschieben, hatte Finn ein Geheimnis verraten: Ai war nicht unverwundbar.

Während er mit Ai auf das Moos starrte, das den Mondwandler wie ein gewaltiger Teppich unter sich begrub, stellte Finn sich vor, wie in wenigen Minuten der Wassergarten explodieren würde. Er malte sich aus, wie die sorgfältig gehegten Pflanzen über ihre Einzäunung hinaus wucherten, wie ihre Wurzeln sich durch den Boden bohrten und sich um Ais Glasfaserkabel schlangen.

»Dazu wird es nicht kommen«, zischte Ai.

Doch noch während sie das sagte, nahm die Konfrontation auf der Straße wieder Fahrt auf. Samira, Priya und drei andere Kids rannten zu ihren bewusstlosen Freunden und hoben sie vom Boden auf. Währenddessen sprühten die übrigen Elstern Feuerstrahlen über den Boden. Das Feuer fraß sich über den Beton und jemand, Finn sah nicht genau, wer, warf etwas in die Flammen, woraufhin sich ein zäher, schwarzer Rauch aus den Brandherden blähte. Innerhalb von Sekunden füllten die dunklen Schwaden die ganze Straße, und die Elstern verschwanden hinter den blickdichten Wolken.

Finn hatte keine Ahnung, wie sie das geschafft hatten, aber er freute sich diebisch. Der Rauch blockierte Ais Sicht! Samira und die anderen würden die Deckung nutzen und den Turm angreifen.

»Sie werden dich plattmachen!«, rief er.

»Nein.« Ais kühle Antwort löschte seinen Triumph aus wie eine Kerzenflamme. Ein gemurmelter Befehl, eine rasche Abfolge klickender Töne, und plötzlich änderte sich Finns Blick auf die Straße. Ai hatte irgendetwas mit den Augen der Wespe angestellt. Die Szene, die Finn jetzt mit ansah, war plötzlich in ein dunkles Blau getaucht, und nur die Flammen loderten in einem grellen Orange. Der Rauch war nichts weiter als ein fast unsichtbarer Schleier und dahinter … Entsetzen packte Finn. Hinter dem Rauchschleier sah die Wespe ganz deutlich die Umrisse menschlicher Gestalten, die orangefarben und ultramarin leuchteten.

»Sie werden es nicht schaffen«, verkündete Ai, und im selben Moment hörte Finn das Dröhnen Hunderter messerscharfer Flügel. Ai hatte einen weiteren Schwarm Wespen auf die Elstern gehetzt, und irgendwo, weiter unten am Fluss, setzten sich noch ganz andere Robotiere in Bewegung. Finn wusste nicht, was sie waren, aber er spürte, wie zufrieden Ai war.

Panik erfasste Finn. Er spürte förmlich, wie sein Plan zwischen seinen Fingern zerbröckelte. Verzweifelt suchte er nach einem Ausweg, einer letzten Karte, die er ausspielen konnte. Aber wie sollte er gegen ein Wesen ankommen, dessen Bewusstsein überall war? Ein Wesen, das sich mit der Schnelligkeit eines Augenzwinkerns in Maschinen und sogar in den Kopf eines Menschen verpflanzen konnte? Finn spürte, wie sie an ihm klebte. Sie war so eng mit ihm verwoben, dass er sich nie alleine von ihr lösen können würde.

Aber vielleicht musste er das auch nicht. Vielleicht war genau das seine Chance.

Als er Flöckchen gesucht hatte, hatte er seine Wahrnehmung so schmal und eng wie möglich gemacht. Jetzt öffnete er sie wieder und streckte seine Sinne aus. Ich habe meine eigenen Sensoren, dachte er und strengte sein Gehör an. Zuerst hörte er Flöckchens Summen, dann seinen eigenen Herzschlag.

»Was tust du …?«, fragte Ai, und ihre Aufmerksamkeit war die letzte Zutat, die er brauchte. Finn krallte sich an

Ai fest und zog sie mit sich in die Tiefe seines eigenen Bewusstseins.

Ai wehrte sich, aber die Verbindung zu Finn, die sie selbst hergestellt hatte, konnte sie nicht ohne weiteres zerreißen. Finn hielt Ai fest, hörte hin, hörte noch genauer hin. Sie war in seinem Kopf, in seinem Körper, den er dieses Mal deutlich spürte. Seine Lungen sogen Atem ein und aus, sein Herz schlug in seiner Brust. Finn spürte an Ais Bewusstsein entlang und nutzte ihre eigenen Sensoren, um sein Gehör noch zusätzlich zu verstärken. Er streckte seine Sinne aus – durch den Boden unter seinen Füßen bis zum Wassergarten. Er hörte das Blubbern des Wassers, das Rascheln des Mooses, das winzige Knospen öffnete. Er sandte seine Sinne weiter und hörte wieder jenes dröhnende Wummern tief unter dem Turm. Er kramte durch Ais Bewusstsein, bis er das Bild eines riesigen unterirdischen Raumes fand. Ein gewaltiger Würfel, der aus mindestens einem Dutzend blinkender, raunender Maschinen zusammengebaut war, stand dort. Hunderte leuchtender Kabel verliefen aus dem Würfel hinaus und verzweigten sich in alle Richtungen.

Hab ich dich, dachte Finn. Er stellte sich vor, wie Wurzeln durch die Decke des Raumes drangen, wie es Glas und Beton regnete. Sobald Samira den Superdünger in der Nähe dieses Raumes einsetzte, würde es um Ai geschehen sein.

»Deine Freunde werden es nie bis dorthin schaffen«, prophezeite Ai.

Da spielte Finn seinen Trumpf. »Das müssen sie auch nicht«, erwiderte er und zog ein weiteres Bild aus seiner Erinnerung: Das eines zarten, kleinen Löwenzahns, der sich durch eine Ritze am Rand des Teiches streckte, an dem Finn Ai getroffen hatte. Und wo ein Löwenzahn war, das wusste Finn, da warteten Hunderte.

»Du hast vielleicht gedacht, dass du dich hier drin abgeschottet hast«, sagte er. »Aber die Natur findet einen Weg durch den allerkleinsten Spalt. Sie ist schon hier.«

Sie hatte es nicht gewusst. Finn merkte sofort, dass er Ai überrascht hatte, denn ihre Gedanken gerieten erneut in Aufruhr. Sie war so überzeugt davon gewesen, jede Gefahr locker abwehren zu können, aber Finn säte Zweifel in ihr.

»Es ist egal«, zischte sie. »Es ist egal, was sie tun. Wenn sie die Natur hier hereinlassen, dann werde ich sie zurückdrängen. Deine Freunde haben Feuer in meine Stadt gebracht, aber ich werde ihnen mit meinem eigenen Feuer begegnen und jeden Trieb niederbrennen, den sie zum Wachsen bringen.«

»Viel Glück damit«, warf Finn ihr entgegen. »Aber da gibt's noch etwas, was du nicht weißt: Auf Feuer reagiert der Wald mit einer Lawine aus Wildnis. Du wirst gar nicht so schnell flackern können, wie der Efeu dich unter sich begraben wird!«

Ais Gedanken und Berechnungen wirbelten jetzt so schnell und ungezügelt durcheinander, dass es sich anhörte, als würde sie kreischen. Finn sah Bilder von brennenden Wäldern, Bäume, die Häuser sprengten, und Erdboden, der sich über rasend schnell wachsenden Wurzeln wölbte.

Chaos, flüsterte es in seinem Kopf. Zerstörung.

Das ließ Finn jäh innehalten. Was tat er hier? Er war so hochgefeuert, dass er vor lauter Zorn auf Ai überhaupt nicht mehr klar denken konnte. Und war es nicht genau das, was sie den Menschen vorgehalten hatte? Er hatte sich auf seine erstbeste Idee gestürzt, ohne über die möglichen Folgen nachzudenken. War er sich sicher, dass die Natur Ai überwältigen konnte? Zu welchem Preis? Ai hatte die Aufgabe, das Gleichgewicht auf dem Planeten zu erhalten, aber es schien, dass sie den Schutz ihrer eigenen Existenz noch über diese Aufgabe stellte. Sie würde alles daransetzen zu überleben.

Genauso wie wir, dachte Finn.

Der zügellose Zorn der Menschen.

Die kompromisslose Entschlossenheit einer Maschine.

Keins von beidem war der richtige Weg. Doch Finn hatte einen Kompass, der ihn nun schon oft in die richtige Richtung geschickt hatte. Ein letztes Mal sammelte Finn seine ganze Konzentration und richtete sie auf den Frosch in seinen Händen. Als hätte er nur darauf gewartet, summte Flöckchen los, und das Summen durchdrang sowohl Finns als auch Ais Bewusstsein. In dem ganzen Mischmasch aus verhedderten Gedanken erschien Flöckchens Summen wie ein mondsilberner Faden.

Wie ein Wegfaden, dachte Finn.

»Was willst du uns zeigen?«, fragte er. Neue Eindrücke

flackerten um ihn herum auf; die Erinnerung an grüne Bäume, glucksende Bäche und schwirrende Florfliegen. Es war eine Einladung. Eine Tür, die aus dem Clinch führte, in dem er und Ai sich befanden. Finn lächelte, stellte sich vor, wie er nach Flöckchens Wegfaden griff, und die Welt wurde wieder dunkel.

26
Verhandlung

Als das Licht zurückkehrte, befand Finn sich im Wald. Er stand mitten in einem Teppich aus Sommergras – mit der kleinen Besonderheit, dass die Grashalme bis über seinen Kopf reichten. Unsagbar hoch über ihm verflochten sich Baumkronen zu einem Spalier, durch das die Sonne schimmerte. Ein Vogel flog über die Wiese und zeigte sein braun gefiedertes Bäuchlein.

Finn musste schmunzeln. Er sah den Wald aus der Froschperspektive. Er blickte an sich hinab und bemerkte, dass er an diesem Ort seinen eigenen Körper trug. Wenn auch eine Miniaturausgabe davon. Bevor er sich jedoch fragen konnte, warum das so war, trat Ai neben ihn. Ihr Blick huschte über die Grashalme.

»Wo sind wir?«, fragte sie mit stockender Stimme.

Finn lächelte. »In Flöckchens Bewusstsein. Er erinnert sich an den Nachtschattenwald.«

»Unmöglich«, sagte Ai, aber sie konnte den Blick nicht von den Gräsern abwenden. Sie trat an einen Halm und neigte sich zu den haarfeinen Rillen, die an seiner Rückseite hinaufliefen. Sie wirkte genauso neugierig wie ein echtes Kind.

»Du warst noch nie im Wald, oder?«, fragte Finn.

Ai streckte die Hand nach dem Halm aus. Er gab unter ihren Fingerspitzen nach und federte zurück, sobald sie ihn losließ. »Ich habe das Wachstum und die Genesung der Natur gemessen und dokumentiert«, sagte sie.

Finns Lächeln wurde breiter. »Das ist nicht dasselbe«, sagte er. »Soll ich dir zeigen, wie ich den Wald erlebe?«

Finn bot ihr seine Hand an, und nach kurzem Zögern ergriff Ai sie. Finn sammelte sich kurz und ließ dann seine ganze Erinnerung an den Wald um sie herum entstehen.

Farnwedel rollten sich auf, Blätter segelten durch die Luft und schimmerten, wann immer sie einen Sonnenstrahl streiften. Ein Eichhörnchen rannte über einen Ast, sein weißer Pelzbauch blitzte kurz auf, dann fiel eine Eichel zu Boden. Regen fiel, die Eichel versank in der Erde, und im Zeitraffer wuchs ein zarter, grüner Schössling in die Höhe. Finn hörte das Knistern des wachsenden Baumes, das Klingeln eines Tautropfens, der vom geschwungenen Rücken eines Farns auf einen Stein fiel, das Kratzen von Krallen auf der Rinde eines Baumes.

Finn spürte, wie Ai diese Eindrücke aufnahm und hin und her wendete wie einen Kristall, durch den sich das Licht brach.

Es hängt alles zusammen, dachte er. Alles im Wald, jede Pflanze, jedes Tier, jeder Geruch, jedes Geräusch war im Einklang. Der Wald lebte, er *atmete*, und er webte ein wunderschönes Muster, das sich immer wieder veränderte. In vielerlei Hinsicht hatte er sein ganz eigenes Bewusstsein.

Wolkenschatten zogen über die Wiese, Blätter rauschten,

und ein einzelner, zitronengelber Schmetterling taumelte durch die Sommerluft.

Das ist Magie, dachte Finn zufrieden. Vielleicht nicht ganz die Art von Magie, die Hannah und er sich ausgemalt hatten, aber verdammt nahe dran.

Der Wald verschwand wie ein untergehender Mond, und Finn war zurück an jenem dunklen Ort, an dem die Bewusstseinsschmelze begonnen hatte. Auch dieses Mal stand Ai vor ihm. Sternennebel wirbelten in ihren Augen, und es wirkte, als wäre sie noch nicht wieder ganz bei sich.

»Scheint so, als hätte Flöckchen seinen Auftrag doch erfüllt«, sagte Finn vorsichtig. Den Frosch hielt er wieder in seinen Händen.

Ai flackerte, blinzelte und sah ihn an. »Was meinst du damit?«

»Du wolltest ein Wesen finden, mit dem du dich austauschen kannst«, sagte er. »Jemanden, der genauso intelligent oder noch intelligenter ist als du. Ich glaube, der Wald passt auf diese Beschreibung.«

Ai dachte nach. »Ich habe den Wald als Rohstoff gesehen«, sagte sie. »Als einen Bestandteil einer großen Gleichung, die dafür sorgt, dass die Welt weiterbesteht. Nicht als eigenständiges Wesen.«

Finn erwiderte ihren Blick. Wenn er es jetzt richtig anstellte, dann würde vielleicht doch noch alles gut werden. »Für ein Wesen, das behauptet, alles zu durchschauen, ist das eine ganz schön eingeschränkte Sicht, findest du nicht?«

Ai zögerte, und Finn hielt die Luft an. »Möglich«, sagte sie schließlich.

Alles oder nichts, beschloss Finn. »Ich glaube, du hast dich in ziemlich vielen Dingen geirrt.«

Ai antwortete nicht, also redete er schnell weiter. »Du sollst das Gleichgewicht auf unserem Planeten erhalten, richtig?«, fragte er. »Das ist deine Aufgabe. Aber was du erzeugt hast, ist ein Ungleichgewicht. Du hast eine Welt geschaffen, in der deine Logik über allem steht. In der eine Maschine das Leben der Menschen beherrscht. Und jetzt, wo das Risiko besteht, dass der Wald in deine Kuppel eindringen könnte, willst du ihn mit Feuer und Gewalt zurückdrängen.« Er zögerte und fügte dann hinzu: »Und ich glaube, wir Menschen haben das mit dem Gleichgewicht auch noch nicht richtig verstanden. Die Elstern und ich, wir haben uns von Wut leiten lassen, und die Erwachsenen von Angst.«

Ai ließ ihn zu Ende reden, ließ einen weiteren Augenblick verstreichen und fragte dann: »Wie würde Gleichgewicht für dich aussehen?«

Finn überlegte. Sein Blick fiel auf Flöckchen. »Gleichgewicht ist eine gesunde Mischung«, sagte er. »Es bedeutet nicht, dass eine Eigenschaft oder eine Art zu Handeln über alles andere gestellt wird. Flöckchen zum Beispiel …« Er runzelte die Stirn, dann fuhr er fort: »Flöckchen ist zum Teil Maschine und zum Teil Tier. Er hat eine Verbindung zu dir und eine Verbindung zum Wald. Und er ist viel schlauer geworden, als du erwartet hast. Er hat Verstand, und Gefühle hat er, glaube ich, auch. Kann es nicht sein, dass er sich deshalb weiterentwickelt hat, weil er nicht nur von dir, sondern auch vom Wald gelernt hat?« Finn wurde aufgeregt, denn jetzt nahmen seine Ideen so richtig Fahrt auf. »Das ist so ein bisschen wie bei Samira und mir. Mira denkt eher logisch, und ich – ich träume oft vor mich hin und stelle mir zum Beispiel vor, dass es Waldgeister gibt. Aber von uns hat niemand das Gefühl, dass die eigene Sicht der Dinge die einzig richtige ist. Wir hören einander zu, ich lerne von Samira, und manchmal lernt sie was von mir. Ich hab ein bisschen was von ihrer Logik mitgenommen, und das hat mir geholfen, mit Flöckchen einen Weg durch den Wald zu finden. Es hat mir geholfen, meine eigenen Fähigkeiten besser zu verstehen.«

»Du hast dich weiterentwickelt, weil du die Welt aus der Sicht eines anderen Wesens wahrgenommen hast«, stellte Ai fest.

»Ganz genau!«, sagte Finn schnell. »Und übrigens glaube ich, dass nicht nur der Wald gut für dich ist. Wir Menschen auch!«

Ai flackerte, sagte dann jedoch: »Fahre fort.«

»Du hast gesagt, du hast die Frösche losgeschickt, damit du jemanden finden kannst, der dir hilft, noch klüger zu werden. Dich weiterzuentwickeln. Aber ich glaube, das ist nicht der einzige Grund. Ich glaube, du bist einsam.«

»Ich habe dir bereits erklärt …«, begann Ai, aber Finn unterbrach sie in seinem Feuereifer.

»… dass du keine Gefühle hast, ich weiß, ich weiß.« Ais

Gesicht verzerrte sich, ganz kurz nur, aber gleichzeitig spürte Finn ein Bitzeln im Raum. Triumphierend nickte er in Ais Richtung. »Aber das gerade? Das hat sich so angefühlt, als hättest du dich über meine Unterbrechung geärgert. Und vorhin, als Samira den Mondwandler schachmatt gesetzt hat? Ich bin ziemlich sicher, dass du da stinksauer warst. Kann es nicht doch sein, dass du Gefühle entwickelt hast?«

Ai flackerte, und dieses Mal schien sie sich über sich selbst zu ärgern. »Wenn das so ist«, sagte sie, »dann wäre es ein verheerender Makel in meinem System.«

»Bist du dir da so sicher?«, hakte Finn nach. »Oder kann es sein, dass das ein Schritt wäre, durch den du dich weiterentwickelst?«

Ai sagte nichts.

»Komm schon, Ai«, versuchte Finn, sie zu erreichen – und sprach sie damit zum ersten Mal mit ihrem Namen an. »Du schwebst nicht über der Welt, um sie zu kontrollieren. Du bist längst ein Teil von ihr. Du bist Teil des Gleichgewichts, oder du solltest es sein. Wenn du willst, kannst du die Natur als lebendiges Wesen kennenlernen, das genauso komplex denkt wie du. Und von uns Menschen kannst du lernen, wie man mit Gefühlen umgeht. Das können wir nämlich, auch wenn's nicht immer so aussieht.«

Die Stille, die seinen Worten folgte, schien sich endlos lang auszudehnen. Finn hoffte, wünschte mit aller Kraft, dass er zu Ai durchgedrungen war.

Als sie schließlich sprach, konnte er sein Glück kaum fassen. Ai sagte: »Es ist möglich, dass du recht hast.«

Finn hätte beinahe laut losgejubelt. Stattdessen riss er sich zusammen und sagte so ruhig wie möglich: »In dem Fall könntest du den Angriff auf die Elstern abbrechen, oder? Wenn du mich zu ihnen lässt, dann erkläre ich ihnen, dass sie dich nicht anzugreifen brauchen. Weil ... weil wir einander von jetzt an zuhören werden?«

Ai überlegte, dann flackerte ein Bild zwischen ihnen auf. Finn sah, wie eine Gruppe Kinder aus einer Rauchwolke rannte, hart auf der Flucht vor einem Schwarm glänzender Wespen. Ein Klickern und Wispern ertönte, und der Schwarm hielt mitten im Flug an, surrte mit den Flügeln auf der Stelle und machte dann kehrt. Erleichterung strömte durch Finn hindurch, und er spürte auch einen zufriedenen Puls aus Flöckchens Richtung.

Ai blinzelte, und das Bild verschwand. »Das mit den Gefühlen ist sehr unwahrscheinlich«, sagte sie. »Aber ich gebe zu, du hast mir einiges zu denken gegeben.« Ihr Blick fiel auf den Frosch und glitt dann zurück zu Finn. »Eine Sache stimmt jedenfalls. Der Frosch hat seine Aufgabe erfüllt.«

27
Stachelbeermarmelade und Sonnenblumenblüten

Die Nachmittagssonne tauchte Oma Veras Garten in einen goldenen Glanz. Der süß-herbe Duft von Johannisbeerbüschen lag in der Luft, und dicke Hummeln brummten über den Sonnenblumen. Unter dem Apfelbaum, der das Gewächshaus gesprengt hatte, stand jetzt ein langer Tisch. Ein Dutzend Leute saß dort und mampfte sich durch das Buffet aus Apfelkuchen, Zucchiniquiche, Karottenpastete und Pfannkuchen mit Stachelbeermarmelade.

Finn konnte immer noch nicht ganz fassen, dass er wirklich hier war. Er saß auf der Hollywoodschaukel nahe der Gartenmauer und beobachtete die Festgesellschaft an der langen Tafel. Oma Veras orangenfarbene Haare leuchteten über dem grünen Tuch, das sie sich um die Stirn gebunden hatte. Sein Vater hatte den Arm um seine Mutter geschlungen, die wiederum ihre Beine auf einen leeren Stuhl gelegt hatte. Ihre Hand ruhte auf der Wölbung ihres Babybauchs. Ihnen gegenüber saßen Priya, Yanis und Hark. Priya schenkte sich gerade ein frisches Glas Eistee ein, und Hark gabelte die letzten Krümel seines Kuchenstücks vom Teller auf. Yanis trug ausnahmsweise ein grünes T-Shirt, und seine Arme waren dicht gesprenkelt mit Sommersprossen. Etwas weiter unten diskutierten zwei von Oma Veras Freunden lautstark mit Klick.

Das hier war sogar noch besser als alles, was Finn sich ausgemalt hatte. Er strich mit der Hand über die Pandamütze, die Hark für ihn gestrickt hatte. Sie sah nicht genauso aus wie die Mütze, die auf der Stirn des Mondwandlers explodiert war, aber sie kam ziemlich nahe daran.

»Ist gar nicht so übel hier«, sagte Elli. Sie saß am anderen Ende der Schaukel, hatte die Beine vor sich lang ausgestreckt und den Kopf zufrieden in den Nacken gelegt.

»Findest du?«, fragte Finn. »Ich dachte, du magst Gärten lieber, wenn du sie mitten in der Nacht überfallen kannst.«

»Ha ha«, gab Elli zurück und legte sich dann eine Hand auf den Bauch. »Mann, ich glaube, ich platze gleich. Das letzte Stück Apfelkuchen war echt zu viel.«

»Oder vielleicht war's der extra Löffel Sahne«, schlug Samira vor, die genau in diesem Moment an der Hollywoodschaukel ankam. Sie trug ein Tablett mit drei Gläsern Limonade.

»Auch möglich«, gab Elli zu.

Samira verteilte die Limonade, dann pflanzte sie sich zwischen Elli und Finn.

»Besprechen sie irgendwas Wichtiges am Tisch?«, fragte Finn.

»Nicht wirklich«, sagte Samira. »Sie reden nur darüber, wie die Verhandlungen mit Ai laufen. Sie hat sich immer noch nicht entschieden, ob sie die Nachtschwärmer aufwecken will. Aber Vera denkt, die Chancen stehen gut.«

Finn warf einen raschen Blick auf Elli. Ihre Hände klammerten sich fest um ihr Limonadenglas.

Samira bemerkte es auch und stupste Elli mit ihrer Schulter an. »Hey, was meinst du? Sobald deine Mum wieder da ist, könnten wir eure Baumhütte neu aufpeppen, oder? Wenn wir in den Nachtschattenwald zurückgehen, brauchen wir eine Basisstation.«

»Im Ernst?«, fragte Elli. »Du hast noch nicht genug von Mörderlibellen und alles verschlingendem Grünzeug?«

Finn lachte. »Das fragst du jetzt nicht ernsthaft, oder?«

»Jetzt wo der Mondwandler nicht mehr da ist, könnten wir den Wald auch nachts erkunden«, überlegte Samira. »Mich juckt's in den Fingern. Ich will dieses Reh mit dem Gras auf dem Rücken finden.«

»Und wir könnten rausfinden, wie der Wald westlich der Kuppel aussieht«, spann Finn ihren Gedanken fort. Flöckchen hüpfte vom Gestänge der Schaukel auf seine Schulter und machte es sich dort bequem. Finn hielt den Finger vor sein Köpfchen, und der Frosch stupste mit der Schnauze gegen seine Fingerspitze.

»Ihr spinnt beide«, sagte Elli. »Aber wenn ihr so verrückt seid und loszieht, dann komme ich besser mit. Ohne mich seid ihr ja aufgeschmissen.«

»Is klar«, sagte Samira.

»Keine Frage«, sagte Finn und hob sein Glas. Sie grinsten, stießen an und tranken mutig wie sonst was Samiras selbstgebraute Limonade.

Hannah

Drei kurze Klingeltöne holten sie aus ihrem tiefen Schlaf. Sie hörte ein Brummen, ein Zischen und spürte dann einen Schwall kühler Luft über sich hinweg branden.

Hannah öffnete die Augen. Zuerst sah sie alles verschwommen. War das ein Sternenhimmel über ihr? Aber war es nicht zu hell, um Nacht zu sein? Sie schloss die Augen und versuchte, sich daran zu erinnern, wo sie war. Es fühlte sich so an, als hätte sie tagelang geschlafen.

Schließlich öffnete sie die Augen ein zweites Mal und blinzelte. Hoch über ihr nahm eine Kuppeldecke Gestalt an, die mit lauter winzigen Lichtern gesprenkelt war. Sie hob ihre Hand und sah ihre eigenen Finger, blass, aber vertraut.

Sie blinzelte wieder, wandte den Kopf nach links und runzelte die Stirn. Sie schien in einem offenen Kasten mit gläsernen Wänden zu liegen. Sie fuhr mit den Fingerspitzen über das Glas und drehte sich nach rechts.

Da sah sie ihn.

Neben ihr stand ein schlaksiger Junge mit verwuschelten, schwarzen Haaren. Sie hatte ihn noch nie zuvor gesehen, dachte sie, aber etwas an ihm kam ihr seltsam vertraut vor. Sie sah in seine braunen Augen, ließ ihren Blick über sein Gesicht wandern und bemerkte verblüfft, dass seine Nase genauso aussah wie ihre.

Das kann nicht sein, dachte Hannah. Ihr Blick wanderte weiter. Vom Gesicht des Jungen zu seiner abgewetzten roten Kapuzenjacke und schließlich zu der Mütze, die er mit verkrampften Fingern in den Händen hielt.

Es war eine Pandamütze mit einem schwarz-weißen Strickpelz und einem aufgenähten rosa Herzen auf der Wange.

»Hey, Hannah«, sagte der Junge mit belegter Stimme. Er räusperte sich, dann legte er ihr vorsichtig die Mütze in die Hand. »Die wollte ich dir schon lange zurückgeben.«

fin(n)

Wörterverzeichnis

Display	ein Bildschirm, auf dem zum Beispiel Bilder, Tasten oder Apps zu sehen sind.
Dornröschenzentrum	Ort, an dem die Nachtschwärmer schlafen.
Glow Gloves	Fingerlose Handschuhe, an deren Manschetten Leuchtstäbe eingenäht sind. Werden gerne von den Elstern auf ihren abendlichen Streifzügen benutzt.
GreenX	Oma Veras Erfindung. Ein super wirksamer Wachstumsregulierer, der die wild wuchernde Natur in Schach hält.
Hologramm	Ein dreidimensionales Bild oder Video, das frei im Raum zu schweben scheint. Man kann Hologramme von allen Seiten betrachten und braucht dafür keine extra Brille, wie zum Beispiel bei 3D-Filmen.
Knallgrünpulver	Samiras Erfindung. Sollte eigentlich ein Pulver werden, das das Wachstum von Pflanzen hemmt. Stattdessen wurde es zu einem Superdünger, der Pflanzen in Sekundenschnelle riesengroß werden lässt.
Kommunen	Kleine Siedlungen, in denen Menschen als Gemeinschaft zusammenwohnen,

	Gemüse und andere Lebensmittel anpflanzen, ihre Kinder großziehen, und so weiter.
Mondwandler	Geheimnisvolles Wesen, das nachts durch den Wald schleicht und all jene einsammelt, die sich nach Sonnenuntergang draußen aufhalten.
Nachtschattenwald	Der verbotene Teil des Waldes. Den Gerüchten nach wächst die Natur hier noch schneller, und es schleichen allerhand seltsame Wesen durch das Unterholz.
Nachtschwärmer	Die Menschen, die der Mondwandler gestohlen und in einen immerwährenden Schlaf versetzt hat.
Server	Ein Computerprogramm oder ein leistungsstarker Computer, der große Mengen an Daten speichern kann, zum Beispiel Dateien, E-Mails, Inhalte von Homepages und andere Informationen. In gewissem Sinne ist ein Server also ein elektronisches Gehirn oder Gedächtnis.
Wegfäden	Nylonschnüre, die als Wegweiser durch den Wald gespannt werden.
Elstern	Eine Jugendgang, die auf eigene Faust Jagd nach dem Mondwandler macht.

Hat dir »*Nachtschattenwald. Auf den Spuren des Mondwandlers*« gefallen? Dann lies doch mal in »*Brombeerfuchs. Das Geheimnis von Weltende*« rein! Viel Spaß!

Prolog

Vor langer Zeit wanderten Menschen und Feen mühelos von einer Welt in die andere. Die Königreiche der sterblichen und unsterblichen Völker lagen so dicht beieinander, als wären es zwei Ufer desselben Flusses. Zwischen ihnen befand sich nicht mehr als ein leerer Landstrich. Niemand machte sich je Gedanken über diese Schwelle. Doch sie wurde bewacht, und eines Abends regte sich einer, der seit hundert Jahren geschlafen hatte.

Rotes Herbstlaub fiel von den Bäumen, als der Graue König sich von seinem Lager erhob. Er schritt hinaus ins Niemandsland, und mit ihm kam der Nebel. Jeder, der in die Fänge dieses Nebels geriet, verschwand entweder spurlos oder wurde zu einem Nebelgänger ohne Erinnerung an sein früheres Ich. Mit einem Mal mussten Reisende zwischen den Welten um ihr Leben fürchten.

Damit nicht genug. Der Graue König sandte sein Heer hinaus in die Länder der Menschen und Feen. Bleiche Reiter brachten den Nebel und ließen Seen, Felder und Dörfer in einem grauen Meer verschwinden. Schließlich verbündeten sich Menschen und Feenvolk und drängten den Grauen König und sein Heer zurück ins Niemandsland.

Die Feen versetzten den König in einen tiefen Schlaf, doch niemand wusste, wie lange der Zauber halten würde. Er-

schöpft vom Kampf trafen Menschen und Feen eine schwere Entscheidung: Sie würden ihre Welten voneinander trennen und die Schwelle versiegeln. Der Graue König sollte das Niemandsland nie wieder verlassen können. Und so geschah es. Die Völker der Menschen wandten sich an ihre Druiden, und jene weisen Männer und Frauen nutzten alte Runenmagie, um alle Übergänge zu verschließen. Von diesem Tage an war der Weg ins Feenreich versperrt. Nur eine Handvoll Auserwählter besaß einen Schlüssel. Für diese Schlüsselträger galt eine einzige Regel: Wenn sie eine Tür zwischen den Welten öffneten, mussten sie sie hinter sich schließen. Doch die Jahrhunderte zogen vorüber, und die Geschichte des Grauen Königs geriet in Vergessenheit.

Als einer der Schlüssel in unseren Besitz geriet, erinnerte sich niemand mehr an die Gesetze oder den Grauen König. Wir wanderten ahnungslos hinüber ins Feenreich, und für eine Weile lebten wir sorgenfrei.

Wir ließen die Türen hinter uns offen stehen. Niemand hatte uns gesagt, warum wir sie schließen sollten. Und als der Graue König zurückkehrte, erkannte niemand die Zeichen, niemand schlug Alarm. An jenem Morgen, als der Nebel wie eine Sturmflut aus dem Wald strömte, war es bereits zu spät.

Olivia Stephen, *Geschichten aus der Anderswelt* (1965)

Ferien in Wales

Portia

Die Stadt Conwy schmiegte sich an die Küste wie ein Croissant an einen Klecks Marmelade. Die Häuser der Altstadt erhoben sich über die blaue Bucht, und der Schatten einer Burg fiel über die engen Gassen. Auf den Zinnen flatterte die walisische Flagge: ein roter Drache auf grün-weißem Grund.

Am Fuße der Burg, etwa fünfzig Meter von der Ringmauer entfernt, lag der Bahnhof. Hier gab es genau zwei Gleise, und der Bahnsteig war so schmal, dass kaum zwei Erwachsene nebeneinandergehen konnten. Hinter dem Bahnhofsgebäude befand sich ein Parkplatz, aber der war, ebenso wie der Bahnsteig, leer. Nur eine braune Möwe suchte in den Mülleimern nach ihrem Mittagessen.

Portia Beale stand am Rand des Parkplatzes und sah hinunter auf den Zettel in ihrer Hand. Auf einem karierten Stück Papier hatte ihre Mutter die Adresse und die Telefonnummer ihrer Tanten aufgeschrieben. »Nur für alle Fälle«, hatte sie gesagt. »Sie werden dich abholen, also wirst du die Nummer erst mal nicht brauchen.«

Tja, Mum, dachte Portia. *Falsch gedacht.*

Sie zog ihr Telefon aus der Tasche und ignorierte den Kloß in ihrem Hals. Kein Grund zur Panik. Sie war die ganze Strecke von London nach Wales alleine mit dem Zug gefahren. Da konnte ihr ein einfacher Telefonanruf keine Angst machen. Ihre Mutter hatte sie schon vorgewarnt, dass die Tanten ein wenig zerstreut waren. Vielleicht hatten sie einfach vergessen, dass ihr Feriengast heute ankam.

Portia hatte eben die ersten drei Ziffern eingetippt, als ein Auto mit großem Getöse auf den Parkplatz preschte. Bremsen quietschten, der Auspuff knallte, dann kam das Auto quer vor ihr zum Stehen. Die Fahrertür flog auf, und eine stämmige Frau mit einem kurzen grauen Zopf schob sich hinaus ins Freie. Portia hatte noch immer das Telefon in der Hand, als die Frau in klobigen grünen Gummistiefeln auf sie zu stampfte.

»Mist, verdammter«, sagte sie zur Begrüßung. »Ich dachte, ich schaffe es noch rechtzeitig.«

Das war Portias erster Eindruck von Tante Bramble.

Eigentlich wollte Portia die Sommerferien mit ihrer Mutter in Andalusien verbringen. Aber eine Woche vor der Abreise hatte Portias Mutter den Urlaub abgesagt.

Portia war zwar enttäuscht, aber nicht überrascht gewesen. Schon den ganzen Monat über hatte ihre Mutter sich nicht wohl gefühlt. Die Anzeichen dafür, dass der Urlaub nicht stattfinden würde, hatten sich wie Sturmwolken am Horizont aufgetürmt.

Und vor drei Tagen hatte Gwendolyn Beale sich und Portia eingestehen müssen, dass ihre Andalusienreise ins Wasser fallen würde. Stattdessen sollte Portia zwei Wochen bei Verwandten in Nordwales verbringen. Bramble und Rose waren Gwendolyns Tanten, besaßen ein Cottage im Grünen und freuten sich auf Portias Besuch.

Zumindest hatte Portias Mutter das behauptet. Jetzt, da sie Bramble live und in Farbe vor sich hatte, war sich Portia nicht mehr sicher, ob das stimmte.

»Wo ist meine verflixte Uhr?« Brambles Stimme klang tatsächlich so kratzig wie eine Dornenranke. Sie kramte durch sämtliche Jacken- und Hosentaschen. Portia hatte keine Ahnung, wie sie Bramble begrüßen sollte. Also streckte sie ihr kurzentschlossen die Hand entgegen. »Hallo, ich bin Portia.«

Schon als sie das sagte, kam sie sich dämlich vor. Aber Bramble hielt tatsächlich das erste Mal inne. Sie musterte Portia von oben bis unten. Schließlich schmunzelte sie und drückte Portias Hand. »Das weiß ich, Mädchen. Obwohl du ganz schön gewachsen bist, seit ich dich das letzte Mal gesehen habe.« Sie zog eine lädierte Armbanduhr aus den Tiefen ihrer Hosentasche. »Wollen wir?«

Ohne eine Antwort abzuwarten, packte sie Portias Koffer. Portia zurrte ihren Rucksack zurecht und lief hinter Bramble her zu ihrem zerbeulten grauen Nissan.

»Immer kommt der Zug zu spät«, murrte Bramble. »Ausgerechnet heute ist er pünktlich. Wartest du schon lange?«

»Nein«, antwortete Portia, aber Bramble schien ihr gar nicht zuzuhören. Sie öffnete den Kofferraum, fluchte noch einmal und schob einen Sack Rindenmulch zur Seite, um für Portias Koffer Platz zu machen.

»Steig schon mal ein«, sagte sie. »Rose wartet mit dem Tee, und wenn ich dich nicht rechtzeitig abliefere, macht sie wieder das Ding mit den Augenbrauen.«

»Was denn für ein Ding?«, fragte Portia, während sie die Beifahrertür öffnete.

Bramble schnaubte. »Wirst schon sehen.«

Der Kofferraum knallte zu, und ehe Portia sich versah, waren sie unterwegs.

Der Nissan zitterte und klapperte so heftig während der Fahrt, dass Portia befürchtete, die Rostlaube würde jeden Moment auseinanderfallen. Bramble schien das nicht zu stören. Sie preschte in einem Tempo durch die engen Straßen, das garantiert nicht den hiesigen Verkehrsregeln entsprach. Portia schlang beide Arme um den Rucksack auf ihrem Schoß und sah besorgt zu, wie draußen die Steinhäuser vorbeirauschten.

Sie hätte Bramble gern gebeten, langsamer zu fahren, aber das traute sie sich nicht. Mit ihrer Halbmondbrille ähnelte sie der Direktorin von Portias Schule, auch wenn ihr zerzauster grauer Zopf nicht ganz zum Bild der strengen Lehrerin passte. Ihre Kleidung war jedenfalls pragmatisch: eine geblümte Bluse, eine verwaschene grüne Strickjacke und eine verblichene Jeans. Dazu die Gummistiefel. Portia fragte sich, was Bramble wohl gemacht hatte, bevor sie zum Bahnhof gekommen war.

»Als wir dich das letzte Mal gesehen haben, warst du drei«, sagte Bramble, und rauschte, ohne zu bremsen, durch einen Kreisverkehr. Ein kleiner Gartenzwerg baumelte vom Rückspiegel des Nissans und hüpfte panisch hin und her. »Daran kannst du dich wohl nicht erinnern?«

»Nein«, antwortete Portia. Dem Gartenzwerg war bestimmt speiübel.

»Wäre auch ungewöhnlich.« Bramble schanzte über eine Bremswelle. »Ich weiß noch, dass du gerne Sachen versteckt hast.« Sie lachte. »Einmal hast du Roses Schuhe in den Ofen gelegt. Sie hat eine Stunde gebraucht, um sie wiederzufinden.«

»Uhm. Das tut mir leid?«, sagte Portia, völlig überrumpelt von Brambles Anekdote.

»Ach was«, sagte Bramble. »Ich hab dein Versteck schon nach zehn Minuten entdeckt, aber es war zu schön, Rose beim Suchen zuzuschauen. Wenn du willst, können wir das gerne wiederholen. Oder bist du inzwischen zu alt für so was?«

Portia musste schmunzeln. »Ich glaub schon.«

»Schade«, sagte Bramble. »Musik?«

Sie drehte ihr Radio auf. ABBAs *Waterloo* dröhnte aus den Lautsprechern, und Bramble summte prompt die Melodie mit. Portia warf ihr einen Blick zu und bemerkte, dass ihre Brille auf ihre Nasenspitze gerutscht war. Eigentlich sah sie doch nicht aus wie eine Lehrerin. Eher wie eine Archäologin, die alte Schätze ausgrub und Pyramiden erforschte. *Fehlt nur der Lederhut*, dachte Portia. Als hätte sie ihre Gedanken gelesen, sah Bramble zur Seite und zwinkerte Portia zu. Ganz so dornig, wie sie befürchtet hatte, war Bramble wohl doch nicht.

Ein Dieb in der Nacht

Portia

Fuhr man von Conwy ins Landesinnere, folgte man dem Rand des Snowdonia-Nationalparks. Hier gab es die höchsten Berge in Wales, die schönsten Seen und die meisten Schafe. Das zumindest hatte Portias Mutter behauptet. Der Fluss Conwy schlängelte sich wie ein blaues Band durch grüne Wiesen, und tatsächlich gab es kaum einen Flecken Gras, der nicht von einem Schaf abgekaut wurde.

Nach zwanzig Minuten hatte Bramble den Nissan zu einem Ort gesteuert, der sich Trefriw nannte. Portia versuchte vergeblich, den Namen auszusprechen.

»Tre-früh«, sagte Bramble. »Wenn du das schon schwer findest, warte, bis wir dich nach *Llanfairpwll-gwyngyllgogerychwyrndrobwll-llantysilio-gogogoch* mitnehmen.«

»Wie bitte?« Portia verschluckte sich an ihrer eigenen Spucke.

Bramble wiederholte entweder den Namen, oder vielleicht ahmte sie auch nur einen zischenden Teekessel nach.

»Der Ort mit dem längsten Namen der Welt«, erklärte sie. »Heißt übersetzt so viel wie *Marienkirche in einer Mulde weißer Haseln in der Nähe eines schnellen Wirbels und der Thysiliokirche bei der roten Höhle*. Die Waliser nehmen es mit ihren Ortsangaben sehr genau.«

»Kommst du nicht aus Wales?«, wollte Portia wissen.

Bramble schüttelte den Kopf. »Aus Manchester eingewandert. Aber verrat's keinem.« Sie hupte laut und winkte einem Mann, der am Rand der Straße entlangspazierte.

»Nicht mehr weit«, versprach sie, schaute auf ihre Uhr und trat noch fester aufs Gaspedal. Der Nissan brauste hinaus aus dem Ort und über eine Brücke aus Schieferstein. Bramble fuhr an wilden Wiesen vorbei, bis sie schließlich auf ein Wäldchen zusteuerte. Knorrige Eichen drängten sich auf beiden Seiten der Straße, und als das Auto wieder aus dem Wald hinausschoss, stockte Portia der Atem. Vor ihnen erstreckte sich eine atemberaubende Landschaft. Eine Flussebene mit einem Band dunkler Weiden lag zu ihrer Rechten, während sich gegen Ende der Straße dunkelgrüne Wälder an immer steiler werdende Hügel schmiegten. Am Horizont verlor sich das Meer aus Bäumen schließlich in einer Front aus kargen Bergspitzen.

»Wow«, entfuhr es Portia.

Bramble grinste. »Schön, aber abgelegen«, sagte sie. »Aber keine Sorge. Mit meinem Fahrrad bist du im Nullkommanichts im Ort. Und nach Llanrwst ist es auch nicht weit.«

»Schlan…«, probierte Portia.

»*Chlan-rüst*«, wiederholte Bramble. »Da gibt's ein kleines Kino, einen Buchladen und so weiter. Du musst dich also nicht die ganze Zeit mit uns zwei Schreckschrauben beschäftigen. Ach ja, wenn man vom Teufel spricht.«

Portia spähte durch die Windschutzscheibe. Ein Obstgarten tauchte am Ende der Straße auf und dahinter ein Haus aus grauem Stein.

»Trautes Heim, Glück allein«, verkündete Bramble und parkte das Auto auf einem Stellplatz unter einem Apfelbaum. Noch ein Blick auf die Uhr, dann kletterte sie aus dem Auto. Portia tat es ihr nach, ihre Augen auf das Haus der Tanten gerichtet. So verträumt hatte sie es sich nicht vorgestellt! Es gab sogar einen Wintergarten und eine Hängematte, die zwischen zwei Bäume gespannt war. Die Tanten mussten vier grüne Daumen haben, denn überall im Garten und an den Fenstern blühten Blumen. Eine Heckenrose kletterte an der Wand des Hauses hinauf, und die violetten Blüten einer Klematis hingen von der überdachten Haustür wie ein Wasserfall. Wäre Peter Rabbit aus dem Garten gehoppelt, Portia wäre nicht einmal überrascht gewesen.

»Hast du Angst vor Hunden?«, fragte Bramble, während sie Portias Gepäck aus dem Kofferraum hievte.

»Nein, wieso?« Sie hatte den Satz kaum beendet, als eine schwarz-weiße Kanonenkugel aus dem Garten herausschoss.

»Marlowe!«, rief Bramble scharf, aber der Hund sprang bereits mit aufgeregtem Hecheln um Portia herum. Er stieg mit den Pfoten auf ihre Füße, drückte seine Flanke an ihre Knie und wedelte mit dem Schwanz, als wären sie die allerbesten Freunde.

Portia ging in die Hocke und kraulte Marlowe zwischen den Ohren. So wie er seine Schnauze auf ihren Oberschenkel legte, fand er das überaus gut.

Bramble schüttelte den Kopf. »Ein hervorragender Wachhund bist du.«

»Freunde auf den ersten Blick«, erwiderte eine neue Stimme.

Portia drehte sich um und sah hinauf zu einer Frau in Brambles Alter. Das musste Rose sein.

Portia wischte sich die Hände an ihrer Jeans ab und stand auf. Im Gegensatz zu Bramble hatte Rose kurze, elegant gewellte Haare. Sie hatte ebenfalls eine Brille auf der Nase, trug eine rote Bluse über einem Rock mit Mohnblumenmuster und sah überhaupt sehr ordentlich aus. Rose trocknete sich die Hände an einem Geschirrtuch ab und lächelte. Portia versuchte, ihre Hände noch ein wenig sauberer zu reiben, aber Rose hielt sich nicht mit einem Händedruck auf. Mit einem Lächeln legte sie Portia beide Hände auf die Schultern.

»Portia, Liebes«, sagte sie. »Du bist so groß geworden! Wir haben uns viel zu lange nicht gesehen. Wie alt warst du, als wir dich das letzte Mal besucht haben? Zwei?«

»Drei«, korrigierte Bramble. »Und, ja, in neun Jahren wachsen Mädchen für gewöhnlich.«

»Du kommst zu spät«, wandte sich Rose ihrer Freundin zu.

»Zu viel Verkehr«, entgegnete Bramble.

»Viel Verkehr?« Roses rechte Augenbraue zuckte in die Höhe. Bramble warf Portia einen vielsagenden Blick zu.

Ah, dachte Portia. *Das Ding mit der Augenbraue.*

»Massenhaft Verkehr«, bestätigte Bramble, ohne mit der Wimper zu zucken. »Liegt alles an der neuen Ampel in Tal-y-Cafn. Warum man die gebaut hat, ist mir eh ein Rätsel.« Sie trug Portias Koffer zum Gartentor. Marlowe flitzte an ihr vorbei ins Haus. »Außerdem musste ich anständig fahren«, fügte sie hinzu. »Man soll mit jungen Leuten im Auto nicht rasen, weißt du.«

Zu diesem Zeitpunkt glühte Portias Gesicht schon so heftig, dass sie sicher jeder Tomate Konkurrenz gemacht hätte. Noch nie hatte sie jemand so glatt lügen hören.

»O ja, du bist ein hervorragendes Vorbild für Menschen jeden Alters«, sagte Rose trocken. Sie warf sich das Geschirrtuch über die Schulter und hielt ihre Hand in Richtung Portia. Überrascht bemerkte Portia ein Tattoo an ihrem Handgelenk. Eine Reihe blauer Quer- und Längsstriche – wie die Spuren kleiner Vogelfüße.

»Komm mit, Liebes«, sagte Rose. »Du kannst mir helfen, den Tisch zu decken.«

Auf einer Kachel über der Klingel stand in runden Buchstaben der Name des Hauses: *Afallon*. Portia trat durch die offene Tür und blieb wie angewurzelt stehen.

Die Eingangshalle war vollgestellt mit einer Garderobe, einem Korb voller Regenschirme und einem kniehohen Elefanten aus Bronze. Auf einem alten Telefontisch stand eine Vase mit Lilien und Hortensien, und dahinter hing ein Spiegel mit vergoldetem Rahmen.

So viel Krempel hatte Portia bisher nur in Museen zu Gesicht bekommen. Nur dass es in einem Museum in der Regel nicht nach frischem Gebäck duftete. Sie schnupperte. *Vanille*, dachte sie. *Und Zitrone*. Langsam ging sie den Flur entlang. Zu jeder Seite warteten offene Türen.

Ob es hier auch Geheimgänge gab? Versteckte Türen

hinter großen Ölgemälden? Portias Herz schlug schneller, und sie hätte am liebsten sofort alle Räume erkundet. Sie drehte sich um und sah an den Wänden hinauf zur Decke. Eine dunkle Holzstiege mit einem verschnörkelten Geländer führte hinauf in den zweiten Stock.

»Na, was meinst du?« Rose lehnte in der Eingangstür und hatte die Arme unter der Brust verschränkt. »Wirst du es ein paar Wochen bei uns aushalten?«

»Auf jeden Fall«, platzte es aus Portia heraus. »Danke, dass ich herkommen durfte.«

»Unsinn, wir haben uns auf deinen Besuch gefreut.« Rose erhob die Stimme. »Um genau zu sein, freut sich der Tee schon seit einer Stunde auf dich.«

»Du kannst es nicht lassen, oder?«, brummte Bramble. Sie schob sich an Rose vorbei und trug Portias Koffer die Treppe hinauf.

»Dein Zimmer ist oben«, erklärte Rose. »Aber genehmigen wir uns doch erst mal ein Stück Kuchen.«

»Kuchen klingt gut«, sagte Portia sofort.

Rose lachte. »Hab ich mir gedacht.« Sie deutete auf eine Tür rechts neben ihnen. »Zum Wohnzimmer geht's da entlang. Geh schon mal vor, ich hole uns den Tee aus der Küche.«

Mit einem Kribbeln unter der Haut stellte Portia ihren Rucksack ab und ging durch die Tür, die Rose ihr gezeigt hatte.

»Genial«, flüsterte sie.

Das Wohnzimmer der Tanten sah aus wie eine Wurzelhöhle. Eichenbalken stützten die niedrige Decke, und die

Wände waren lindgrün angestrichen. Der Fußboden war mit Holzdielen und rostroten Perserteppichen ausgelegt. Vor einem Kamin standen drei Ohrensessel. Das Beste jedoch waren die Bücher. Jede Wand im Zimmer war zugestellt mit Bücherregalen. Eine offene Glastür führte in den Wintergarten, und sogar dort, auf einer Liege zwischen Pflanzenkübeln und prächtigen Hängepflanzen, stapelten sich dicke Wälzer.

Portia war so beeindruckt von der Masse an Lesematerial, dass sie zunächst nichts anderes wahrnahm. Erst als sie die Mitte des Raumes erreicht hatte, fiel ihr auf, dass sie nicht allein war.

Auf der Schwelle zwischen Wohnzimmer und Wintergarten saß ein Fuchs. Das Tier schaute sie direkt an, und im Licht der Nachmittagssonne leuchtete sein Fell kupferrot. Portia hielt den Atem an, aber der Fuchs lief nicht weg. Er beobachtete sie mit aufgestellten Ohren und aufmerksamen, goldenen Augen. Fasziniert erwiderte sie seinen Blick, bis sie ein Wimmern hinter sich hörte. Sie drehte sich um. Marlowe kauerte mit geducktem Kopf in der Tür zum Wohnzimmer.

Ein Jagdhund war der Gute offenbar nicht, so ängstlich wie er dreinschaute. Der Fuchs wiederum schien sich nicht zu fürchten. Im Gegenteil. Er musterte Marlowe mit gelassenem Blick, und Portia hatte den Eindruck, er würde frech grinsen, aber das konnte er natürlich nicht.

»Marlowe, alter Junge«, ertönte Brambles Stimme aus dem Flur. »Bettelst du schon wieder?« Eine Sekunde später stand sie im Türrahmen und entdeckte den Fuchs. »Du!«, donnerte sie, und beim Klang ihrer Stimme zuckte der Fuchs zusammen. Bramble ballte die Fäuste und stürmte ins Zimmer. »Ich glaub's ja nicht! Mach, dass du wegkommst!«

Der Fuchs duckte sich, zögerte und flitzte schließlich davon.

Bramble verfolgte ihn bis zu einer offenen Tür, die vom Wintergarten in den Garten hinausführte. »Komm bloß nicht wieder, sonst mach ich Handschuhe aus dir«, rief sie. »Da wird ja der Hund in der Pfanne verrückt!«

»Das war ein Fuchs!«, sagte Portia, als Bramble ins Wohnzimmer zurückkehrte.

»Mehr oder weniger«, brummte Bramble. Ihr Blick glitt hinüber zu einer geschlossenen Tür, direkt neben einem der Bücherregale. Marlowe trottete zu ihr hinüber, und sie kraulte ihm kopfschüttelnd die Ohren. »Hast dich erschreckt, was?«

»Was ist denn hier los?«, fragte Rose, die gerade mit einem Tablett voll Teegeschirr ins Wohnzimmer kam.

»Ein Fuchs!«, rief Portia. »Hier im Wohnzimmer!« Nicht zu fassen! Sie hatte noch nie einen Fuchs aus solcher Nähe gesehen. »Passiert das oft?«

Das Haus der Tanten wurde von Minute zu Minute spannender.

Rose allerdings schien der Besuch des Fuchses auch nicht zu gefallen. Sie warf Bramble einen besorgten Blick zu, aber Bramble presste als Antwort nur die Lippen aufeinander.

»Willkommen auf dem Land«, sagte Bramble knapp. Dann gab sie Marlowe einen Stups und nahm Rose das Tablett aus den Händen.